中华经典藏书

宋词三百首

吕明涛 谷学彝 编注

中华书局

图书在版编目（CIP）数据

宋词三百首/吕明涛,谷学彝编注. —北京:中华书局,2016.1
(2025. 3 重印)
（中华经典藏书）
ISBN 978-7-101-11460-7

Ⅰ.宋… Ⅱ.①吕…②谷… Ⅲ.①宋词-选集②宋词-注释
③宋词-译文 Ⅳ.I222.844

中国版本图书馆 CIP 数据核字（2016）第 000309 号

书　　　名	宋词三百首
编 注 者	吕明涛　谷学彝
丛 书 名	中华经典藏书
责任编辑	舒　琴
装帧设计	毛　淳
责任印制	陈丽娜
出版发行	中华书局
	（北京市丰台区太平桥西里38 号　100073）
	http://www.zhbc.com.cn
	E-mail:zhbc@zhbc.com.cn
印　　刷	河北博文科技印务有限公司
版　　次	2016 年 1 月第 1 版
	2025 年 3 月第 15 次印刷
规　　格	开本/880×1230 毫米　1/32
	印张 11⅛　插页 2　字数 140 千字
印　　数	430001-446000 册
国际书号	ISBN 978-7-101-11460-7
定　　价	23.00 元

前　言

　　诗有唐宋之分，故历来选诗者鲜有将注重意趣之唐诗与注重理趣之宋诗揽入同一部诗选中者。词则不同，词作为一个晚近出现的文体，萌芽于唐代，成长于五代，至两宋始成熟结实，完成其生命周期。唐宋词之间血脉贯通，故历来选词者并不把唐词、宋词划然分开，大多唐宋兼收，若《花庵词选》、《草堂诗余》之类。但是，宋词作为词史之荦荦大端，自然有其自足之存在，因而宋词的断代选本，亦代不乏编，自宋代曾慥《乐府雅词》启其端绪，至上彊村民之《宋词三百首》，已蔚然可观。

　　龙榆生《选词标准论》："晚清词人，颇喜选录，以寄其论词宗尚。各矜手眼，比类观之，亦可见当时词坛趋向。"晚清词家选本如陈廷焯之《云韶集》和《词则》，樊增祥之《微云榭词选》，谭献之《箧中词》，冯煦之《宋六十一家词选》，梁令娴、麦孟华之《艺蘅馆词选》，况周颐之《蕙风簃词选》，这些选本或初具纲目，或并未完稿，或虽已编成，但影响甚微，只有上彊村民之《宋词三百首》，及今八十余年而影响不衰。

　　《宋词三百首》编者上彊村民，为朱祖谋号。朱祖谋（1857—1931），原名孝臧，字古微，浙江归安人，因世居归安埭溪渚上彊山麓，故号"上彊村民"，又号沤尹。清光绪九年（1883）进士，历官国史馆协修、会典馆总纂总校、翰林院侍讲、礼部侍郎。光绪三十年（1904），于广东学政任上辞官归隐苏州。朱氏早年工诗，四十岁始专力词学，遂成为近代词学宗师，与王鹏运、况周颐、郑文焯并称清季词学四大家。其词作

《彊村语业》，"海内奉为圭臬"（吴梅语）。所编刻《彊村丛书》，汇集唐、五代、宋、金、元词总集五种，别集一百六十二家，精审严校，洵为善本。《宋词三百首》为彊村老人晚年编订。张尔田《词林新语》云："归安朱彊村，词流宗师。方其选三百首宋词时，辄携钞帙，过蕙风簃，寒夜啜粥，相与探论。维时风雪甫定，清气盈宇，曼诵之声，直充闾巷。"可知此选并非彊村老人独任其事，其间亦有况周颐、张尔田等人的切磋裁定之功，堪称是一部凝聚了近代词坛精英们心力的扛鼎之作。

此编1924年刻印后，又经过增删，因而市面上流传有两个版本。初刻本收词人八十七家，词作三百首。龙榆生《选词标准论》："（《宋词三百首》）录宋词八十七家，而柳永十三首，晏几道十八首，苏轼十二首，周邦彦二十三首，贺铸十二首，姜夔十六首，吴文英二十四首；七家之作，乃占今书三分之一以上，俨然推为宗主；而疏密兼收，情辞并重，其目的固一以度人为本，而兼崇体制；然不偏不颇，信能舍浙、常二派之所短，而取其所长，更从而恢张之，为学词者之正鹄矣。"龙氏所见当为初刻本。

唐圭璋《宋词三百首笺》于1934年由上海神州国光社出版，书前有吴梅写于1931年的笺序，序中称："彊村所尚在周、吴二家，故清真录二十二首，君特录二十五首，其义可思也。"则吴梅所见、唐圭璋笺释所据，为彊村晚年重编本。吴梅写序的当年，彊村老人离世，吴序称唐氏著此书，"晨夕钞录，多历年所"，则唐圭璋《宋词三百首笺》撰成于彊村去世之前。由于重编本未经刊刻，而书稿又因战乱不知下落，无从查考，故增删情况只能通过唐氏《宋词三百首笺》1947年上海神州国光社重印本附录推知。附录显示，彊村晚年对《宋词三百首》又增删过两次，第一次增录了张孝祥、范成大、姜夔、周密、蒋捷、张炎、王沂孙各一首，辛弃疾、吴文英各二首，合十一首。又删去张先、晏殊、欧阳修、苏轼、黄庭坚、吴文英等二十家共二十八首。仅余词人八十一家，词二百八十三首。第二次又增林逋、柳永各一首，最后的收录情况是：词人八十二人，词二百八十五首。

今次整理以1924年初刻本为底本。为尊重文献本真，词人顺序、词作次第，一仍其旧。只是将原编误归李甲名下的《忆王孙》（萋萋芳草忆王孙），划归李重元；将原编黄公绍名下的《青玉案》（年年社日停针线），据《全宋词》定为无名氏词。词作原文，校以中华书局1999年版《全宋词》简体横排增补本，有些词还参校了诸家总集、别集等，文字异同，择善而从。如苏轼《定风波》（莫听穿林打叶声）："回首向来萧瑟处。归去。也无风雨也无晴。""萧瑟"二字，《全宋词》作"潇洒"，不知何据。查《四部丛刊》影印宋版《集注分类东坡先生诗》，苏轼有《独觉》诗："翛然独觉午窗明，欲觉犹闻醉鼾声。回首向来萧瑟处，也无风雨也无晴。"后两句全同，可知应以"萧瑟"为是。为节省篇幅，未出校记。词正文标点遵循《全宋词》体例，以简明为主，叶韵处用句号，句用逗号，读用顿号。

作者小传，尽量不对历史人物作是非评判。对一些有争议的词人生平，除了借鉴学界的最新研究成果，也进行了必要的考证，比如词人程垓的生平，俞平伯《唐宋词选释》引杨慎《词品》云："东坡中表之戚"，接着说："非必昆弟同辈，其说未知所据。"俞氏似乎觉察到苏轼与程垓之间的时代差距，并未遽然判断，而是两说并存。唐圭璋《读词札记》中"程垓非东坡中表"条经过考辨，指出"顾自来以垓为东坡中表，实大误也。此说原始于杨（慎）升庵，毛晋从之，后人遂沿其说而莫辨"。唐氏所论大致不差，但仍非确论。杨万里《诚斋集》卷七十《荐举眉州布衣程佫应贤良方正科奏状》："眉州布衣程佫，经明行修，通达国体，其探索王霸，有仲舒师友渊源之淳；其议论古今，得苏洵父子治乱之学。""程佫"即"程垓"。《诚斋集》卷二十三有诗《题眉山程佫所藏山谷写杜诗帖》："杜家碧山银鱼诗，黄家虎卧龙跳字。六丁难取真宰愁，程家十袭今三世。程家苏家元舅甥，子瞻正辅外弟兄。正辅有孙文百炼，笔倒三江胸万卷。公车献策五十篇，玉札国体航化源。远谋小扣囊底智，环词未出海内传。三年抱璞咸阳市，子虚无因达天帝。如今却买巴峡船，峨嵋山月秋正圆。丈夫身健恐不免，即召枚皋未渠晚。"据此可知，程垓即苏轼中表程正辅之孙。类似的考证文字，为省篇幅，不在小传中一一展开。

词牌原本指填词用的曲调，最初的词都是配合音乐来歌唱的，有的按词制调，有的依调填词，曲调的名称即词牌，一般根据词的内容而定。后来主要是依调填词，曲调和词的内容就不一定有联系了，而且大多数词都已不再配乐歌唱，所以各个调名只作为文字、音韵结构的定式。尽管词牌已被符号化，但是考察词牌的本源、本事，仍能为我们阅读词作提供鉴照。比如词牌《苏幕遮》，原为唐教坊曲名。《唐会要》卷三十四《论乐》：（神龙）二年三月，并州清源县尉吕元泰上疏曰："比见都邑坊市，相率为浑脱队，骏马胡服，名为苏莫遮。旗鼓相当，军阵之势也；腾逐喧噪，战争之象也；锦绣夸竞，害女工也；征敛贫弱，伤政体也；胡服相欢，非雅乐也；浑脱为号，非美名也。安可以礼仪之朝，法胡虏之俗；以军阵之势，列庭阙之下？窃见诸王，亦有此好，自家刑国，岂若是也。"可见，此曲流传中国当在唐中宗之前。据吕元泰的描述，此曲最早应属军乐。唐慧琳《一切经音义》卷四十一"苏莫遮"条："'苏莫遮'，西戎胡语也，正云'飒磨遮'。此戏本出西域龟兹国，至今犹有此曲。此国浑脱、大面、拔头之类也。"据《宋高僧传》，慧琳俗姓裴氏，西域疏勒人。主要生活在唐贞元、元和年间。可见此曲原本为胡地舞曲，最迟在唐神龙年间，由并州传入中原，一开始在王侯贵族家出现，唐贞元、元和年间，已在中原广泛流传。至宋，词家用此调度为新曲。经过梳理，这一曲调的演化轨迹就比较明晰了。这类文字，在每首词的注①部分都有介绍（重出词牌除外）。

另外，每首词的注①部分除了介绍词牌本事外，还对每首词作的内容进行串讲，并以凝练的文字对每首词的写法、艺术特点进行归纳总结，以帮助读者更好地鉴赏作品。注释的其他部分，除了字音、字义、名物制度以外，还尽可能将词作中的语典、事典注释出来，以提高读者阅读的审美兴味。实际上，诗词的鉴赏趣味，在很大程度上就是读者对作者运用典事的默示与领悟。达到这一步，才能不仅理解诗词的篇中之言，还能把握其言外之意。

近年来，《宋词三百首》的笺释、评注本层出不穷，可谓"你方唱罢我登场"。本书绝不敢说"后出转精"，但的确是经过认真整理的注本。由于学识有限，错误失当之处，仍复不少，恳请读者不吝赐教。

吕明涛

2015 年 12 月

目　录

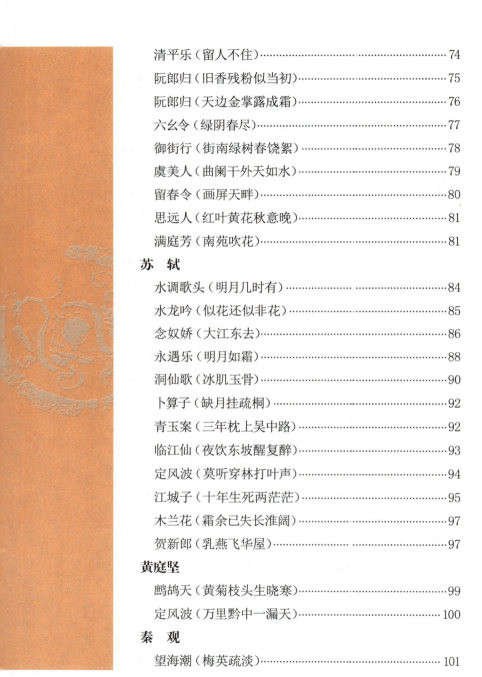

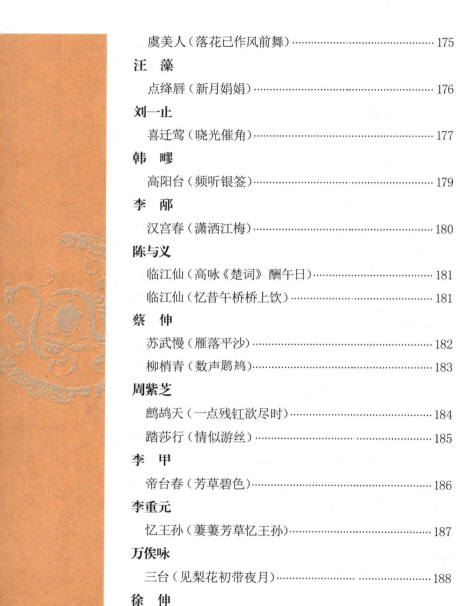

赵 佶

赵佶（1082—1135），即宋徽宗，神宗第十一子，1100—1125年在位。传位给长子赵桓（宋钦宗）后，被尊为教主道君太上皇帝。靖康二年（1127），金兵攻陷汴京，他与钦宗一起被俘入金，后囚死于五国城（今黑龙江依兰）。赵佶精通诗词、书画、音乐、歌吹，多才多艺，但政治上昏聩，重用奸臣，导致亡国。现存词十七首，早年词风秾艳，晚期词情调凄凉。

燕山亭① 北行见杏花

裁剪冰绡②，轻叠数重，淡着燕脂匀注③。新样靓妆④，艳溢香融，羞杀蕊珠宫女⑤。易得凋零，更多少、无情风雨。愁苦。闲院落凄凉，几番春暮。

凭寄离恨重重，这双燕，何曾会人言语⑥。天遥地远，万水千山，知他故宫何处。怎不思量，除梦里、有时曾去。无据⑦。和梦也、新来不做⑧。

【注释】

①燕山亭：《词苑丛谈》卷六："徽宗北辕后，赋《燕山亭》杏花一阕，哀情哽咽，仿佛南唐李主，令人不忍多听。"清宋荦《题宋徽宗竹禽图》："春风艮岳罢朝时，蕞尔微禽费睿思。肠断燕山亭子畔，杏花新燕又题词。""燕山亭"一作"宴山亭"。《词律》："此调本名《燕山亭》，恐是燕国之'燕'，《词汇刻》作'宴山亭'，非也。"这首词通过写杏花的凋零，

借以自悼。上片描写杏花，运笔极其细腻，好似在作工笔画。下片抒写离恨哀情，层层深入，愈转愈深，愈深愈痛。

②冰绡（xiāo）：轻薄洁白的绢。这里指杏花花瓣像白色薄绢。唐王勃《七夕赋》："停翠梭兮卷霜縠，引鸳杼兮割冰绡。"

③燕脂：同"胭脂"。匀注：涂抹均匀。

④靓妆：艳丽的妆扮。鲍照《代朗月行》："靓妆坐帷里，当户弄清弦。"

⑤蕊珠宫：道教经典中所说的仙宫。周邦彦《汴都赋》："蕊珠、广寒、黄帝之宫，荣光休气，笼晓往来。"赵佶信奉道教，自号教主道君皇帝。

⑥会：理解。

⑦无据：无所依凭。宋谢懋《蓦山溪》词："飞云无据，化作冥濛雨。"

⑧和：连。

钱惟演

钱惟演（962—1034），字希圣，临安（今浙江杭州）人。吴越王钱俶之子，入宋，历官知制诰、翰林学士、工部尚书、枢密使等。博学能文，曾参与修撰《册府元龟》。尤工诗，与杨亿、刘筠号"江东三虎"，领袖西昆诗派。今存词二首。

木兰花①

城上风光莺语乱②。城下烟波春拍岸。绿杨芳草几时休③，泪眼愁肠先已断④。

情怀渐觉成衰晚。鸾镜朱颜惊暗换⑤。昔年多病厌芳尊⑥，今日芳尊惟恐浅。

【注释】

①木兰花：唐教坊曲名，宋人所填木兰花，皆名为玉楼春。据《花间集》分析，《木兰花》与《玉楼春》原为两调，自《尊前集》误刻后，宋人相沿，率多混填。惟演暮年有汉东（今湖北钟祥）之谪，此调即当时所作，词极凄婉。

②莺语乱：莺的叫声此起彼伏。辛弃疾《锦帐春》（春色难留）有"燕飞忙，莺语乱"句，应为借用惟演成语。

③绿杨芳草几时休：笔意追摹李后主《虞美人》"春花秋月何时了？往事知多少"句。

④泪眼愁肠先已断：范仲淹《御街行》"愁肠已断无由醉，酒未到先成泪"，与此句笔意相似。

⑤鸾（luán）镜朱颜惊暗换：鸾镜，镜子的美称。《艺文类聚》卷九十引南朝宋范泰《鸾鸟诗》序云：罽宾王获一鸾鸟，三年不鸣。夫人悬镜于鸾鸟之前，欲使其见同类而后鸣。不想鸾鸟睹镜中影则愈悲，哀鸣不已，不久即亡。故诗词中多以鸾镜表现临镜而生悲。朱颜惊暗换，用李后主《虞美人》"雕栏玉砌应犹在，只是朱颜改"句意。

⑥尊：同"樽（zūn）"，酒杯。

范仲淹

范仲淹（989—1052），字希文，吴县（今江苏苏州）人。大中祥符八年（1015）进士，官至枢密副使、参知政事。积极推行"庆历新政"，曾提出十项政治改革方案。其词清丽而豪健，气势恢宏。《疆村丛书》收《范文正公诗余》一卷，《全宋词》据《中吴纪闻》卷五补辑一首。魏泰《东轩笔录》谓仲淹守边日，作《渔家傲》数阕，皆以"塞下秋来"为首句，颇述边镇之劳苦，今只存"衡阳雁去"一首。

渔家傲①

塞下秋来风景异。衡阳雁去无留意②。四面边声连角起③。千嶂里。长烟落日孤城闭④。

浊酒一杯家万里。燕然未勒归无计⑤。羌管悠悠霜满地。人不寐。将军白发征夫泪。

【注释】

①渔家傲：此调始见于北宋晏殊，因词中有"神仙一曲渔家傲"，因以"渔家傲"作调名。这是一首边塞词，起片写边塞景物，寒风萧瑟，满目荒凉。下片词人自抒怀抱，战争没有取得胜利，还乡之计是无从谈起的，然而要取得胜利，更为不易。继而由自己而及征夫，总收全词。爱国激情，浓重乡思，兼而有之，构成了将军与征夫复杂而又矛盾的情绪。这种情绪主要是通过全词景物的描写、气氛的渲染，婉曲地传达出来，情调苍凉而悲壮。

②衡阳：位于今湖南。其旧城之南有回雁峰，状如雁
之回旋。相传雁飞至此，不再南飞。

③边声：指边境上羌管、胡笳、画角等音乐声音。汉
李陵《答苏武书》："吟啸成群，边声四起。"

④孤城闭：杜甫《题忠州龙兴寺所居院壁》有"孤城
早闭门"句。

⑤燕然：即杭爱山，在今蒙古人民共和国境内。据
《后汉书》载，东汉窦宪领兵出塞，大破北匈奴，登
燕然山，刻石记功，宣扬汉朝威德。勒：刻石记功。

苏幕遮① 怀旧

碧云天，黄叶地。秋色连波，波上寒烟翠。山
映斜阳天接水。芳草无情②，更在斜阳外。

黯乡魂③，追旅思。夜夜除非，好梦留人睡。
明月楼高休独倚。酒入愁肠，化作相思泪。

【注释】

①苏幕遮：唐教坊曲名。唐慧琳《一切经音义》卷
四十一"苏莫遮"条："'苏莫遮'，西戎胡语也，
正云'飒磨遮'。此戏本出西龟兹国，至今犹有此
曲。此国浑脱、大面、拨头之类也。"《唐会要》卷
三十四《论乐》：(神龙)二年三月，并州清源县尉
吕元泰上疏曰："比见都邑坊市，相率为浑脱队，骏
马胡服，名为苏莫遮。旗鼓相当，军阵之势也；腾
逐喧噪，战争之象也；锦绣夸竞，害女工也；征敛

贫弱，伤政体也；胡服相欢，非雅乐也；浑脱为号，非美名也。安可以礼仪之朝，法胡虏之俗；以军阵之势，列庭阙之下？窃见诸王，亦有此好，自家刑国，岂若是也。"可见，此曲流传中国当在唐中宗之前。据吕元泰的描述，此曲最早应属军乐。至宋，词家用此调度新曲。又名《鬓云松令》《云雾敛》。范仲淹的这首词上片写秾丽阔远的秋景，暗透乡思；下片直抒思乡情怀。纵观全词，词人将阔远之境、秾丽之景与深挚之柔情完美地统一在一起，显得柔而有骨，深挚而不流于颓靡。

②芳草无情：据《穷幽记》载，小儿坡上草很旺盛，裴晋公经常散放几只白羊于其中，并说："芳草无情，赖此装点。"温庭筠《经西坞偶题》："摇摇弱柳黄鹂啼，芳草无情人自迷。"

③黯（àn）：黯然失色。"黯乡魂"暗用江淹《别赋》"黯然销魂"语。

御街行① 秋日怀旧

纷纷坠叶飘香砌②。夜寂静、寒声碎。真珠帘卷玉楼空③，天淡银河垂地。年年今夜，月华如练，长是人千里④。

愁肠已断无由醉。酒未到、先成泪。残灯明灭枕头敧⑤，谙尽孤眠滋味⑥。都来此事，眉间心上，无计相回避⑦。

①御街行：此调首见柳永《乐章集》，因宋杨湜《古今词话》收无名氏词有"听孤雁声嘹唳"句，因此又名《孤雁儿》。这是一首怀人之作，其间洋溢着一片柔情。上片描绘秋夜寒寂的景象，下片抒写孤眠愁思的情怀，由景入情，情景交融。

②香砌：铺有落花的台阶。

③真珠：即珍珠。

④长是人千里：谢庄《月赋》有"隔千里兮共明月"句。

⑤敧（qī）：倾斜。

⑥谙（ān）尽：犹言尝尽。谙，熟悉。

⑦眉间心上，无计相回避：李清照《一剪梅》"此情无计可消除，才下眉头，却上心头"句当化用此句。

张　先

张先（990—1078），字子野，乌程（今浙江湖州）人。天圣八年（1030）进士，曾任嘉禾判官，知渝州、虢州，以尚书都官郎中致仕。为人风趣幽默，晚年常与蔡襄、苏轼等名士唱酬。他善写清新含蓄的小令，又创作了大量慢词长调，情真意切，细腻深婉。初以《行香子》词有"心中事，眼中泪，意中人"之句，人称为"张三中"。后又自举平生所得意的三首词："云破月来花弄影"（《天仙子》），"娇柔懒起，帘幕卷花影"（《归朝欢》），"柔柳摇摇，坠轻絮无影"（《剪牡丹》）。世称"张三影"。著有《张子野词》。

千秋岁①

数声鶗鴂②。又报芳菲歇。惜春更把残红折。雨轻风色暴③，梅子青时节。永丰柳④，无人尽日飞花雪⑤。

莫把幺弦拨⑥。怨极弦能说。天不老，情难绝⑦。心似双丝网，中有千千结。夜过也，东窗未白凝残月。

【注释】

①千秋岁：唐教坊大曲有"千秋乐"调。据《旧唐书》卷八："（开元十七年）百僚表请以每年八月五日为千秋节，王公已下献镜及承露囊，天下诸州咸令燕乐，休暇三日……"《新唐书》卷二十二《礼乐志》："千秋节者，玄宗以八月五日生，因以其日名节，而君臣共为荒乐，当时流俗多传其事以为盛。其后巨盗起，陷两京，自此天下用兵不息，而离宫苑囿遂以荒堙，独其余声遗曲传人间，闻者为之悲凉感动。""千秋乐"调可能就是从宫中流传到坊间的乐调，经宋人翻为新曲。又名《千秋节》《千秋万岁》。张先这首词写悲欢离合之情，声调激越，极尽曲折幽怨之能事。上片完全运用描写景物来烘托、暗示美好爱情横遭阻抑的沉痛之情。下片主人公表示了反抗的决心，"心似双丝网，中有千千结"，在这个情网里，他们是通过千万个结，把彼此牢牢地系住，谁想破坏它都是徒劳的。

②数声鶗鴂（tíjué）：鶗鴂亦作"鹈鴂"，即杜鹃。张

衡《思玄赋》："恃己知而华予兮，鹠鸪鸣而不芳。"李善注："《临海异物志》曰：'鹠鸪，一名杜鹃，至三月鸣，昼夜不止，夏末乃止。'"

③风色：即风势。韩偓《江行》诗："舟人偶语忧风色，行客无聊罢昼眠。"

④永丰柳：唐时洛阳永丰坊西南角荒园中有垂柳一株被冷落，白居易赋《杨柳枝词》，以喻家妓小蛮。后传入乐府，遍流京师。后因以"永丰柳"泛指园柳，比喻孤寂无靠的女子。

⑤无人尽日飞花雪：白居易《杨柳枝词》有"永丰西角荒园里，尽日无人属阿谁"句。花雪，指柳絮。

⑥幺弦：琵琶的第四弦。借指琵琶。

⑦天不老，情难绝：化用李贺《金铜仙人辞汉歌》"天若有情天亦老"句，言天无情。

菩萨蛮①

哀筝一弄湘江曲。声声写尽湘波绿。纤指十三弦②。细将幽恨传。

当筵秋水慢③。玉柱斜飞雁④。弹到断肠时。春山眉黛低⑤。

【注释】

①菩萨蛮：唐教坊曲名。据唐苏鹗《杜阳杂编》卷下："大中初，女蛮国贡双龙犀，有二龙，鳞、鬣、爪、角悉备，明霞锦，云炼水香麻以为之也，光辉映耀，

芬馥着人，五色相间，而美于中华锦。其国人危髻金冠，璎珞被体，故谓之菩萨蛮。当时倡优遂制菩萨蛮曲，文士亦往往声其词。"又据《旧唐书》卷一百七十七《曹确传》："可及善音律，尤能转喉为新声，音辞曲折，听者忘倦。京师屠沽效之，呼为'拍弹'。同昌公主除丧后，帝与淑妃忌念不已，可及乃为'叹百年舞曲'。舞人珠翠盛饰者数百人，画鱼龙地衣，用官绁五千匹。曲终乐阕，珠玑覆地，词语凄恻，闻者涕流，帝故宠之。尝于安国寺作'菩萨蛮舞'，如佛降生，帝益怜之。"苏鹗《杜阳杂编》所云"倡优"当是《曹确传》中所言李可及。喜欢欣赏、甚至制作"菩萨蛮"曲子的唐代皇帝，除了唐宣宗，还有唐昭宗。文献中所见有关"菩萨蛮"的记载不早于唐宣宗。苏鹗所谓"文士亦往往声其词"，亦当指晚唐文人。至于传为李白的《菩萨蛮》，应该是晚唐文人的托名之作。张先这首词描写了一位弹筝歌妓的美貌和高超的技艺，并刻画了她内心深处的哀怨，表现了她丰富而美好的感情，给我们塑造了一个内在和外貌一样美好的歌女形象。全词语言清新婉丽，情感真挚凄哀，风格含蓄深沉。

②十三弦：唐宋时教坊用筝皆为十三弦。十二拟十二月，其一拟闰。

③秋水：形容女子双目明澈如秋水。

④玉柱斜飞雁：系弦的筝柱，排列如斜飞的雁阵。又称"雁柱"。唐路德延《小儿诗》："帘拂鱼钩动，

筝推雁柱偏。"张先《生查子·弹筝》词："雁柱
十三弦，一一春莺语。"

⑤春山：据《西京杂记》载，卓文君眉如望远山。后
因以山喻眉。眉黛低：是指弹筝女子因乐曲曲调幽
怨，而双眉紧蹙。眉黛，古人以黛色画眉，故称。
黛，青黑色。

醉垂鞭①

双蝶绣罗裙②。东池宴。初相见。朱粉不深匀③。
闲花淡淡春。

细看诸处好。人人道。柳腰身④。昨日乱山昏。
来时衣上云⑤。

【注释】

①醉垂鞭：调见张先《张子野词》卷一，后人很少填
此调者。"醉垂鞭"一名可能源于李白诗《赠郭将
军》："平明拂剑朝天去，薄暮垂鞭醉酒归。"白居
易《晚兴》："柳条春拂面，衫袖醉垂鞭。"这首词
为酒筵中赠妓之作，起片先写女子衣着，次及容
貌，再及神态，逐次写来。下片继续渲染这位女子
的身段、衣着，词人并不限于写她身段、衣着的
别致，更主要的是制造了一种气氛，衬托眼中女子
的神韵。一句"昨日乱山昏，来时衣上云"，亦虚
亦实，更于此处戛然而止，并无多话，收得极其
有力。

②罗裙：丝罗制的裙子。

③朱粉：胭脂和铅粉。

④柳腰：一般泛指女子婀娜的身姿。《云溪友议》："白乐天有二妾，樊素善歌，小蛮善舞，尝有诗曰：'樱桃樊素口，杨柳小蛮腰。'"温庭筠《南歌子》词："转盼如波眼，娉婷似柳腰。"

⑤衣上云：衣染云霞，仙女装束。喻所赠之妓。

一丛花①

伤高怀远几时穷。无物似情浓。离愁正引千丝乱，更东陌、飞絮濛濛。嘶骑渐遥②，征尘不断，何处认郎踪。

双鸳池沼水溶溶。南北小桡通③。梯横画阁黄昏后，又还是、斜月帘栊。沉恨细思，不如桃杏，犹解嫁东风④。

【注释】

①一丛花：据《词谱》，此调以苏轼《一丛花》（今年春浅腊侵年）为正体。其实之前张先这首《一丛花》就已流传很广了。宋范公偁《过庭录》载：张先子野郎中《一丛花》，一时盛传。欧阳永叔尤爱之，恨未识其人。子野家南地，以故至都谒永叔，阍者以通，永叔倒屣迎之曰："此乃'桃杏嫁东风'郎中。"东坡守杭，子野尚在，尝预宴席，有《南乡子》词，末句云："闻道贤人聚吴分，试问，也应傍

有老人星。"盖年八十余矣。这是一首闺怨词，写
一位女子独处深闺的相思与愁恨。上片着意渲染女
主人公的愁绪。下片写相思无奈的沉恨和空虚。整
首词紧扣"伤高怀远"，从登楼远望回忆，收归近
处池沼、眼前楼阁，最后收拍到自身，次第井然。

②骑（jì）：名词。乘坐的马。

③桡（ráo）：船桨。此指船。

④嫁东风：李贺《南园十三首》之一："可怜日暮嫣香
落，嫁与春风不用媒。"《全唐诗》收庚传素《木兰
花》："是何芍药争风彩，自共牡丹长作对。若教为
女嫁东风，除却黄莺难匹配。"可见以花为女，嫁
于东风，唐人已作此想。

天仙子①

时为嘉禾小倅②，以病眠不赴府会

水调数声持酒听③。午醉醒来愁未醒。送春春
去几时回，临晚镜。伤流景④。往事后期空记省⑤。

沙上并禽池上暝⑥。云破月来花弄影。重重帘
幕密遮灯，风不定。人初静。明日落红应满径。

【注释】

①天仙子：《词谱》云："唐教坊曲名，按：段安节《乐
府杂录》：天仙子，本名万斯年，李德裕进，属龟
兹部舞曲，因皇甫松词有'懊恼天仙应有以'句，

取以为名。"这首词为临老伤春之作，起片写本想借听歌饮酒来解愁，谁想一觉醒来，醉意虽消，愁却未曾稍减。词人遂心生感慨，人生也像眼前的春光，易逝而难寻。下片延续上片的时间线索，在描写夜晚景色的同时，又见出惜春的一往情深。

②嘉禾：郡名，宋置。治所在今浙江嘉兴。小倅（cuì）：判官。

③水调：曲调名，相传为隋炀帝所制，声韵悲切。

④流景：如流水般的光阴。唐武平一《妾薄命》诗："流景一何速，年华不可追。"

⑤记省（xǐng）：思念和省悟。

⑥并禽：成对的鸟。暝（míng）：日暮。

青门引① 春思

乍暖还轻冷。风雨晚来方定。庭轩寂寞近清明②，残花中酒③，又是去年病。

楼头画角风吹醒④。入夜重门静。那堪更被明月，隔墙送过秋千影。

【注释】

①青门引：调见《乐府雅词》及《天机余锦词》，张先本集《安陆集》不载。这首词为春日怀人之作。寒食佳节，清明方近，词人独处家中，感于自己生活孤独寂寞，触景生情，忧苦不堪。此词用景表情，寓情于景，"怀则自触，触则愈怀，未有触之至此极

者"（沈际飞《草堂诗余正集》）。

②庭轩：庭院，走廊。

③中（zhòng）酒：喝酒过量。杜牧《睦州四韵》："残春杜陵客，中酒落花前。"

④画角：绘彩的号角，军中用于警昏晓、振士气。

生查子①

含羞整翠鬟，得意频频顾。雁柱十三弦②，一一春莺语。

娇云容易飞③，梦断知何处。深院锁黄昏，阵阵芭蕉雨。

【注释】

①生查子：唐教坊曲名，敦煌曲子词中已有此调。《尊前集》注：双调。元高拭词注：南吕宫。朱希真词有"遥望楚云深"句，名"楚云深"；韩淲词有"山意入春晴，都是梅和柳"句，名"梅和柳"，又有"晴色入青山"句，名"晴色入青山"。这首词咏歌妓当筵弹筝。上阕将女子的情态与音乐声相映衬，人美、乐声美相映生辉。下阕写演奏的效果，同时也在写歌筵结束后的冷落，暗示着艳情相思。

②雁柱：乐器筝上整齐排列的弦柱。

③娇云：杜牧《茶山下作》："娇云光占岫，健水鸣分溪。"苏舜钦《初晴游沧浪亭》诗："夜雨连明春水生，娇云浓暖弄微晴。"

晏 殊

晏殊（991—1055），字同叔，临川（今江西抚州）人。七岁能属文，以神童应召试，赐同进士出身。三十岁拜翰林学士；庆历二年（1042）官同中书门下平章事，兼枢密使。晏殊"文章赡丽，应用不穷，尤工诗，闲雅有情思"（《宋史》本传）。其词擅长小令，是婉约派代表作家，其词风流旖旎，时有真情流露。有《珠玉词》三卷。

浣溪沙①

一曲新词酒一杯。去年天气旧亭台。夕阳西下几时回。

无可奈何花落去，似曾相识燕归来②。小园香径独徘徊③。

【注释】

①浣溪沙：唐教坊曲名，张泌词有"露浓香泛小庭花"句，名"小庭花"；贺铸名"减字浣溪沙"，韩淲词有"芍药酴醿满院春"句，名"满院春"；有"东风拂槛露犹寒"句，名"东风寒"；有"一曲西风醉木犀"句，名"醉木犀"；有"霜后黄花菊自开"句，名"霜菊黄"；有"广寒曾折最高枝"句，名"广寒枝"；有"春风初试薄罗衫"句，名"试香罗"；有"清和风里绿阴初"句，名"清和风"；有"一番春事怨啼鹃"句，名"怨啼鹃"。这首词上片通过叠印时空，交错换位，进行了变与不变的哲学

思考；下片则巧借眼前景物，着重写眼前的感伤。全词语言流转，明白如话，清丽自然，意蕴深沉，启人神智，耐人寻味。

②无可奈何花落去，似曾相识燕归来：萧纲《春日》诗："欲道春园趣，复忆春时人。春人竟何在，空爽上春期。独念春花落，还似昔春时。"两者立意相似。晏殊另有诗《假中示判官张寺丞王校勘》："元巳清明假未开，小园幽径独徘徊。春寒不定斑斑雨，宿醉难禁滟滟杯。无可奈何花落去，似曾相识燕归来。游梁赋客多风味，莫惜青钱万选才。"可见是晏殊的得意之作，只是不知先有诗，还是先有词。

③香径：落花满径，留有芬芳，故云香径。唐戴叔伦《游少林寺》诗："石龛苔藓积，香径白云深。"

浣溪沙①

一向年光有限身②。等闲离别易销魂③。酒筵歌席莫辞频。

满目山河空念远④，落花风雨更伤春。不如怜取眼前人⑤。

【注释】

①浣溪沙：这是一首伤别词，所写的并非一时所感，也非一人一事，而是反映了作者对人生的认识：年光有限，世事难料；空间和时间的距离难以逾越，美好事物总难追寻，不如立足现实，牢牢地抓住眼

前的一切。

②一向（shǎng）：片刻。向，同"晌"。

③等闲：平常。销魂：谓心灵震荡，如魂飞魄散。形容极度哀愁感伤。

④满目山河空念远：由唐李峤《汾阴行》诗"山川满目泪沾衣"句化出。念远，思念远方友人。

⑤怜：爱怜。唐《会真记》载崔莺莺诗："还将旧来意，怜取眼前人。"此句化用其意。

清平乐①

红笺小字②。说尽平生意。鸿雁在云鱼在水③。惆怅此情难寄。

斜阳独倚西楼。遥山恰对帘钩。人面不知何处，绿波依旧东流④。

【注释】

①清平乐：王灼《碧鸡漫志》："清平乐，《松窗录》云：'开元中，禁中初种木芍药，得四本，红、紫、浅红、通白繁开，上乘照夜白，太真妃以步辇从，李龟年手捧檀板押众乐前，将欲歌之。上曰：焉用旧词为？命龟年宣翰林学士李白，立进《清平调》词三章。白承诏赋词，龟年以进。上命梨园弟子约格调，抚丝竹，促龟年歌。太真妃笑领歌意甚厚。'张君房《脞说》指此为《清平乐》曲。按：明皇宣白进《清平调》词，乃是令白于《清平调》中制词。

盖古乐取声律高下合为三，曰清调、平调、侧调，此之谓三调。明皇止令就择上两调偶，不乐侧调故也。况白词七字绝句，与今曲不类，而《尊前集》亦载此三绝句，止目曰《清平词》，然唐人不深考，妄指此三绝句耳。此曲在越调，唐至今盛行。今世又有黄钟宫、黄钟商两音者，欧阳炯称白有应制《清平乐》四首，往往是也。"复据《词谱》，《花庵词选》名"清平乐令"，张辑词有"忆着故山萝月"句，名"忆萝月"；张翥词有"明朝来醉东风"句，名"醉东风"。这首词为怀人之作。词中寓情于景，以淡景写浓愁，言青山常在，绿水长流，而自己爱恋着的人却不知去向；虽有天上的鸿雁和水中的游鱼，它们却不能为自己传递书信，因而惆怅万端。

②红笺：红色笺纸。

③鸿雁在云鱼在水：暗含鱼雁传书之意。《全唐诗》收张泌《生查子》："鱼雁疏，芳信断，花落庭阴晚。"

④人面不知何处：语本崔护《题都城南庄》诗"人面不知何处去，桃花依旧笑春风"。

清平乐①

金风细细②。叶叶梧桐坠。绿酒初尝人易醉③。一枕小窗浓睡。

紫薇朱槿花残。斜阳却照阑干。双燕欲归时节，银屏昨夜微寒。

【注释】

①清平乐：词人以精细的笔触，描写细细的秋风、衰
残的紫薇、木槿、斜阳照耀下的庭院等意象，继而
通过主人公目睹双燕归去、感到银屏微寒，营造了
一种冷清索寞的意境，抒发了词人淡淡的忧伤。

②金风：秋风。《文选·张协〈杂诗〉》："金风扇素节，
丹霞启阴期。"李善注："西方为秋而主金，故秋风
曰金风也。"

③绿酒：美酒。

木兰花①

燕鸿过后莺归去②。细算浮生千万绪。长于春
梦几多时，散似秋云无觅处③。

闻琴解佩神仙侣④。挽断罗衣留不住⑤。劝君莫
作独醒人⑥，烂醉花间应有数⑦。

【注释】

①木兰花：这是一首优美动人、寓有深意的词作，词
人借青春和爱情的消失，感慨美好生活的无常，细
腻含蓄地表达了词人的复杂情感。

②燕（yān）鸿：燕地的鸿。泛指北雁。

③"长于"二句：语本白居易《花非花》诗"来如春
梦不多时，去似朝云无觅处"。

④闻琴：据《史记·司马相如列传》载，文君新寡，
司马相如以求凰之曲挑之，文君闻琴心动，夜奔相

如。解佩：据《列仙传》载，江妃二女出游，遇郑文甫，文甫悦之，但不知其为神仙，女解下佩物送给他，文甫怀之，向前走十余步，视佩不见，回顾二女，亦不见。此处用"闻琴解佩"喻情投意合，两情相悦。

⑤挽断罗衣留不住：李之仪《偶书二首》一云："通中玉冷梦偏长，花影笼阶月浸凉。挽断罗巾留不住，觉来犹有去时香。"全用此句。

⑥独醒人：语见《楚辞·渔父》："屈原曰：'举世皆浊我独清，众人皆醉我独醒，是以见放。'"

⑦应有数：有定数，即指命运的安排。白居易《村中留李三固言宿》："平生早游宦，不道无亲故。如我与君心，相知应有数。"

木兰花①

池塘水绿风微暖。记得玉真初见面②。重头歌韵响铮琮③，入破舞腰红乱旋④。

玉钩阑下香阶畔⑤。醉后不知斜日晚。当时共我赏花人⑥，点检如今无一半⑦。

【注释】

①木兰花：这首词上下两片对照来写，以上片场面之热烈反衬下片眼前的凄清与孤独，怀旧之情自然流露出来。结句由虚入实，感情沉着，情韵杳渺。

②玉真：玉人，美人。

③重头：词的上下片声韵节拍完全相同的称重头。铮
　琮（zhēngcóng）：形容金属撞击时所发出的声音。

④入破：指乐声骤变为繁碎之音。乱旋（xuàn）：谓
　舞蹈节奏加快。

⑤玉钩：指新月。鲍照《玩月城西门廨中》诗："蛾眉
　蔽珠栊，玉钩隔琐窗。"李白《挂席江上待月有怀》
　诗："倐忽城西郭，青天悬玉钩。"

⑥赏花人：欣赏歌舞美色之人。

⑦点检：犹言算来。

木兰花①

绿杨芳草长亭路②。年少抛人容易去。楼头残
梦五更钟③，花底离愁三月雨。

无情不似多情苦。一寸还成千万缕。天涯地角
有穷时，只有相思无尽处④。

【注释】

①木兰花：这首词抒写少年易别，相思苦长。在渲染
　相思之苦的同时，不乏幽怨之情，却又不失忠厚之
　态。正如陈廷焯《白雨斋词话》所云："婉转缠绵，
　深情一往，丽而有则，耐人寻味。"

②长亭路：送别的路。古时于驿道每隔十里设长亭，
　故亦称"十里长亭"，供行旅休息。近城者遂成为
　送别场所。南北朝庾信《哀江南赋》："十里五里，
　长亭短亭。"

③五更钟：指怀人之时。下句"三月雨"同。

④"天涯"二句：语本唐白居易《长恨歌》诗"天长地久有时尽，此恨绵绵无绝期"。

踏莎行①

祖席离歌②，长亭别宴。香尘已隔犹回面③。居人匹马映林嘶，行人去棹依波转④。

画阁魂消，高楼目断⑤。斜阳只送平波远。无穷无尽是离愁，天涯地角寻思遍。

【注释】

①踏莎行：大约为宋人自创此调。宋吴曾《能改斋漫录》卷十一"钱文僖赋竹诗唱踏莎行"："钱文僖公留守西洛，尝对竹思鹤，《寄李和文公诗》云：'瘦玉萧萧伊水头，风宜清夜露宜秋。更教仙骥傍边立，尽是人间第一流。'其风致如此。淮宁府城上莎，犹是公所植。公在镇，每宴客，命厅籍分行，划袜步于莎上，传唱《踏莎行》，一时胜事，至今称之。"一说"踏莎行"词名取自韩翃诗《过栎阳山溪》："众草穿沙芳色齐，踏莎行草过春溪。"此为送行之作。上片写送别场面，别情依依，缱绻缠绵。下片写相思情苦，惘惘离怀，黯然魂消。唐圭璋先生谓这首小词"足抵一篇《别赋》"，可谓中的之评。

②祖席：饯行的酒席。唐杜甫《送许八拾遗归江宁觐省》诗："圣朝新孝理，祖席倍辉光。"仇兆鳌

注："祖席，饮饯也。"宋梅尧臣《梦同诸公饯仲文梦中坐上作》诗："已许郊间陈祖席，少停车马莫催行。"

③香尘：落花很多，尘土也带香气，故云香尘。晋王嘉《拾遗记·晋时事》："(石崇)又屑沉水之香如尘末，布象床上，使所爱者践之。"唐沈佺期《洛阳道》诗："行乐归恒晚，香尘扑地遥。"

④棹（zhào）：船桨，这里代指船。

⑤目断：望断。

踏莎行①

小径红稀，芳郊绿遍。高台树色阴阴见②。春风不解禁杨花，濛濛乱扑行人面③。

翠叶藏莺，朱帘隔燕。炉香静逐游丝转④。一场愁梦酒醒时，斜阳却照深深院。

【注释】

①踏莎行：这首词写暮春景色，上片写郊外景色，下片写院内景象，最后以"斜阳却照深深院"作结，闲愁淡淡，难以排解。

②阴阴见：树木葱郁茂密，现出幽暗之色。见，同"现"。唐李商隐《燕台诗》之《夏》："前阁雨帘愁不卷，后堂芳树阴阴见。"

③濛濛（méng）：纷杂的样子。

④游丝：飞扬在空中的蜘蛛等虫类的丝。

踏莎行①

碧海无波②，瑶台有路③。思量便合双飞去。当时轻别意中人，山长水远知何处。

绮席凝尘④，香闺掩雾。红笺小字凭谁附⑤。高楼目尽欲黄昏，梧桐叶上萧萧雨。

【注释】

①踏莎行：这首词写别情。上片从悔别入笔，一经离别，芳踪难寻，悔之晚矣。下片写别后音讯难通，空自守望，夜深难寐。全词深婉含蓄，蕴藉韵高，颇耐赏玩。

②碧海：月明星稀的夜空。唐李商隐《嫦娥》诗："嫦娥应悔偷灵药，碧海青天夜夜心。"

③瑶台：传说中神仙居住的地方。

④绮（qǐ）席：华丽的席具。南朝江淹《杂体诗·效惠休〈怨别〉》："膏炉绝沉燎，绮席生浮埃。"

⑤红笺小字凭谁附：唐韩偓《偶见》诗："小叠红笺书恨字，与奴方便寄卿卿。"此化用之。附，带去。

蝶恋花①

六曲阑干偎碧树②。杨柳风轻，展尽黄金缕③。谁把钿筝移玉柱④。穿帘海燕双飞去⑤。

满眼游丝兼落絮。红杏开时，一霎清明雨⑥。浓睡觉来莺乱语。惊残好梦无寻处。

【注释】

①蝶恋花：唐教坊曲名。本名为鹊踏枝。晏殊取梁简
　文帝萧纲诗句"翻阶蛱蝶恋花情"改作今名。又名
　《黄金缕》《凤栖梧》《卷珠帘》《江如练》等。这首
　词抒写春日闲情。上片写春风、杨柳、飞燕，一派
　盎然春意。下片写风吹柳絮，雨打杏花，满眼暮春
　景象。结句莺语惊梦，好梦难寻，怅惘满怀。

②偎：倚靠。

③黄金缕：比喻柳条。

④钿（diàn）筝：装饰以金银等宝物的筝。移玉柱：
　指弹筝。

⑤海燕：燕子的别称，古人认为燕子渡海而来，故称
　海燕。唐张九龄《咏燕》诗："海燕何微眇，乘春亦
　暂来。"

⑥一霎（shà）：瞬间。

韩 缜

　　韩缜（1019—1097），字玉汝，雍丘（今河南杞县）人。
庆历二年（1042）进士，官至尚书右仆射、兼中书侍郎。今
存《凤箫吟》词一首，咏芳草以留别，当时天下盛传。

凤箫吟①

　　锁离愁，连绵无际，来时陌上初熏②。绣帏人
念远，暗垂珠泪，泣送征轮③。长亭长在眼，更重
重、远水孤云。但望极楼高，尽日目断王孙④。

消魂。池塘别后，曾行处、绿妒轻裙。恁时携素手⑤，乱花飞絮里，缓步香茵。朱颜空自改，向年年、芳意长新。遍绿野，嬉游醉眠，莫负青春。

【注释】

① 凤箫吟：又名《凤楼吟》《芳草》，以韩缜词为正体。这是一首咏物词，借咏芳草以寄托离情别绪。上片写游子即将远征，女子垂泪相送，想日后征人远去，只留下思妇，危楼远眺，目断平芜。下片写别后触目伤怀，意兴索然，深恐美人迟暮，芳意不成。整首词咏草，却不着一草字，借句用典，却全无雕琢痕迹。

② 陌上：田间的小路上。熏：同"薰"，散发香气。江淹《别赋》："闺中风暖，陌上草熏。"

③ 征轮：远行人乘坐的车子。唐王维《观别者》诗："挥泪逐前侣，含凄动征轮。"

④ 王孙：即王孙草。

⑤ 恁时：那时。

宋 祁

宋祁（998—1061），字子京，祖居安陆（今属湖北），徙居雍丘（今河南杞县）。天圣二年（1024）与兄庠同登进士第，奏名第一。章献太后以为弟不可先兄，乃擢庠为第一，置祁第十，号称"大小宋"。累官至工部尚书、翰林学士承旨。曾参与修撰《新唐书》，著有《宋景文公集》。他以《木兰花》(又名《玉楼春》)词中"红杏枝头春意闹"句享誉词坛,人称"红杏尚书"。王国维称道其《木兰花》"'红杏枝头春意闹',着一'闹'字而境界全出"(《人间词话》)。其词多写个人生活琐事,语言工丽。近人赵万里辑有《宋景文公长短句》一卷。

木兰花① 春景

东城渐觉风光好。縠皱波纹迎客棹②。绿杨烟外晓寒轻,红杏枝头春意闹。

浮生长恨欢娱少。肯爱千金轻一笑③。为君持酒劝斜阳,且向花间留晚照④。

【注释】

①木兰花:这是一首惜春词。上片极力渲染盎然的春意,富有灵性的水波,如丝如烟的绿杨,"喧闹"于枝头的红杏,一派烂漫的春光。下片转而感叹春光易逝,良辰难驻,斜阳晚照,劝酒花间,情绪略显低沉。这与古人燃烛照花,秉烛夜游,取径相同,似不必以"及时行乐"责备古人。从写法上讲,于极盛处略抒愁思,全词意脉方显波澜。

②縠(hú)皱:绉纱似的波纹。

③肯爱千金轻一笑:意即怎么肯爱惜金银而轻视欢乐的生活呢。千金一笑,据《艺文类聚》卷五十七引东汉崔骃《七依》云:"酒酣乐中,美人进以承宴,调欢欣以解容。回顾百万,一笑千金。"盖宴席中侑

酒美女难得笑颜，后遂用"一笑千金"形容歌姬舞
女娇美的形象与动人的笑容。

④且向花间留晚照：化用李商隐《写意》诗"日向花
间留返照"句。

欧阳修

欧阳修（1007—1072），字永叔，号醉翁，晚号六一居
士。吉州永丰（今属江西）人，天圣八年（1030）进士。官
至枢密副使、参知政事。曾参与修撰《新唐书》《新五代
史》。他是北宋诗文革新运动的领袖，属于"唐宋八大家"
之一。他奖掖后进，王安石、曾巩及苏洵、苏轼、苏辙
等都得其举荐与指导。擅长写词：或写恋情醉歌，缠绵婉
曲；或绘自然美景，富于情韵。风格深婉而清丽。词集有
《六一词》《近体乐府》《醉翁琴趣外篇》等。

采桑子①

群芳过后西湖好，狼藉残红②。飞絮濛濛。垂
柳阑干尽日风③。

笙歌散尽游人去④，始觉春空。垂下帘栊。双
燕归来细雨中。

【注释】

①采桑子：据《词谱》，唐教坊曲有《杨下采桑》，《采
桑子》调名本此。《采桑子》的另名如下：南唐李煜
词名《丑奴儿令》，冯延巳词名《罗敷媚歌》，贺铸

词名《丑奴儿》，陈师道词名《罗敷媚》。这首词是欧阳修组词《采桑子》十首中的第四首，描写的是颍州西湖的暮春景象。上片以"残红""飞絮""垂柳"点出时令，末句着一"风"字，始将这些片段景物连成一片。下片写人去春空，着一"空"字，便觉真味隽永，西湖之好，正在于此。西湖之美并不仅止于此，末句"双燕归来"，使西湖之美于空幽之外，平添几分灵动。

②狼藉：纵横散乱的样子。

③阑干：纵横散乱、交错杂乱的样子。岑参《白雪歌送武判官归京》："瀚海阑干百丈冰，愁云惨淡万里凝。"

④笙（shēng）歌：奏乐唱歌。

诉衷情① 眉意

清晨帘幕卷轻霜。呵手试梅妆②。都缘自有离恨，故画作远山长③。

思往事，惜流芳④。易成伤。拟歌先敛，欲笑还颦⑤，最断人肠。

【注释】

①诉衷情：唐教坊曲名。《全唐诗》收毛文锡《诉衷情》，上下两片的末句各为"何时携手洞边迎，诉衷情"、"何时解佩掩云屏，诉衷情"，《诉衷情》调名由此而来。又因毛文锡这首词首句为"桃花流水

漾纵横”，《诉衷情》又名《桃花水》。这首词抒写了一位歌女的离愁别恨。上片勾勒出一娇怯歌女临镜梳妆的景象，从其梳妆的式样可以看出其内心的愁苦。下片经一番追忆，中心成伤，万千隐情，显于眉端。词中一“敛”、一“颦”，都是写眉，强颜欢笑，最断人肠。

②梅妆：南朝宋武帝女寿阳公主无意中额上作梅花妆，宫女争相仿效。

③远山：指眉。《西京杂记》："文君姣好，眉色如望远山。"

④流芳：流光，好时光。

⑤颦（pín）：皱眉。

踏莎行①

候馆梅残②，溪桥柳细。草薰风暖摇征辔③。离愁渐远渐无穷，迢迢不断如春水。

寸寸柔肠，盈盈粉泪。楼高莫近危阑倚。平芜尽处是春山④，行人更在春山外。

【注释】

①踏莎行：这首词写游子思妇天各一方，两处相思的情怀。上片写游子征途所见所感，由春景及离愁，其中以春水喻离愁，可谓上承李后主，下启秦少游。下片推己及人，遥想家中思妇凭高望远而不见所思之人的情景。整首词由陌上游子而及楼头思妇，由实景而及想象，层层递进，而又运思婉转。

②候馆：原指可以登高观望的楼。此指旅舍。

③草薰：青草发出香气。江淹《别赋》："闺中风暖，陌上草薰。"李善注："薰，香气也。"征辔（pèi）：远行之马的缰绳。此处代马。柳永《满江红》："匹马驱驱，摇征辔，溪边谷旁。"

④平芜（wú）：草木丛生的平旷原野。江淹《去故乡赋》："穷阴匝海，平芜带天。"

蝶恋花①

庭院深深深几许。杨柳堆烟，帘幕无重数。玉勒雕鞍游冶处。楼高不见章台路②。

雨横风狂三月暮③。门掩黄昏，无计留春住。泪眼问花花不语④。乱红飞过秋千去。

【注释】

①蝶恋花：这是一首闺怨词，描写了一位独守深闺的少妇极其苦闷的心情。上片写女子生活的处境，整日禁锢于深宅大院之中，而负心的夫君，却终日游荡于歌楼妓馆，这是一桩不幸的婚姻。下片抒写少妇的心情，风雨无情，留春不住，使少妇想到自己易逝的芳年，情思绵邈，意境深远。

②章台路：汉朝长安有章台街，歌妓居之。唐朝许尧佐有《章台柳传》，后人因以章台为歌妓聚居之地。

③雨横（hèng）：雨下得猛。

④泪眼问花花不语：唐严恽《惜花》诗："春光冉冉归

何处，更向花前把一杯。尽日问花花不语，为谁零落为谁开。"

蝶恋花①

谁道闲情抛弃久。每到春来，惆怅还依旧。日日花前常病酒②。不辞镜里朱颜瘦。

河畔青芜堤上柳③。为问新愁，何事年年有。独立小桥风满袖。平林新月人归后。

【注释】

①蝶恋花：这首词借言春愁抒写自己难以排解的孤寂与惆怅。上片以反问起句，极言自己为愁所困。下片复对愁发问，为何年年生愁，且挥之不去。结句看似写景，却寓情于景，使无边的孤寂笼罩全篇。

②病酒：醉酒。《世说新语·任诞》："刘伶病酒，渴甚，从妇求酒。"

③青芜（wú）：茂盛的草地。杜甫《徐步》诗："整履步青芜，荒庭日欲哺。"

蝶恋花①

几日行云何处去②。忘了归来，不道春将暮。百草千花寒食路③。香车系在谁家树。泪眼倚楼频独语。双燕来时，陌上相逢否。撩乱春愁如柳絮④。依依梦里无寻处。

【注释】

①蝶恋花：这首词从思妇角度悬想游子行踪，并抒写自己缠绵而烦乱的思绪。上片写游子忘归，音讯全无，有怨情，亦有牵挂。下片写自己的情思，泪眼望远，痴问归来双燕，或见芳踪？结句言愁绪满怀，乱如飞絮，依稀梦里，无从寻觅。

②行云：用巫山神女之典，比喻人行踪不定。唐戎昱《送零陵妓》诗："宝钿香蛾翡翠裙，妆成掩泣欲行云。"

③寒食：节日名，农历清明前一日或二日。

④撩乱：纷乱。

木兰花①

别后不知君远近。触目凄凉多少闷。渐行渐远渐无书，水阔鱼沉何处问②。

夜深风竹敲秋韵③。万叶千声皆是恨。故敧单枕梦中寻，梦又不成灯又烬④。

【注释】

①木兰花：这首词描写了闺中思妇深沉凄婉的离愁别恨。上片写别后音讯渐无，心中顿生牵念，因而触目生愁。下片写夜不成寐，梦难成，而灯已烬，凄苦至极。

②鱼沉：意谓没有信使来。

③秋韵：即秋声。庾信《咏画屏风诗》之十一："急节

迎秋韵，新声入手调。"

④烬（jìn）：化成灰烬。

临江仙①

柳外轻雷池上雨②，雨声滴碎荷声③。小楼西角断虹明。阑干倚处，待得月华生④。

燕子飞来窥画栋，玉钩垂下帘旌⑤。凉波不动簟纹平。水精双枕，傍有堕钗横⑥。

【注释】

①临江仙：唐教坊曲名。原本用来歌咏水仙，故名"临江仙"。又名《庭院深深》《采莲回》《花屏春》等。这首词写夏日黄昏，阵雨过后，至月亮升起时分的景象。上片写楼外雨后初晴的景致。下片由燕子窥画栋，将人的视线引入室内，描写室内奢华的陈设及女主人的睡姿。整首词句句景语，而情蕴其中。

②轻雷：隐隐的雷声。唐高适《陪窦侍御灵云南亭宴诗得雷字》："新秋归远树，残雨拥轻雷。"

③荷声：雨打荷叶的声响。李商隐《宿骆氏亭寄怀崔雍崔衮》："秋阴不散霜飞晚，留得枯荷听雨声。"

④月华：月光。

⑤帘旌（jīng）：帘幕。

⑥"凉波"三句：化用李商隐《偶题》诗"水纹簟上琥珀枕，傍有堕钗双翠翘"句意。簟（diàn）纹，席纹。

浪淘沙①

把酒祝东风。且共从容②。垂杨紫陌洛城东③。总是当时携手处，游遍芳丛④。

聚散苦匆匆。此恨无穷。今年花胜去年红。可惜明年花更好，知与谁同。

【注释】

①浪淘沙：唐教坊曲名。原与七言绝句形式相似，白居易《白氏长庆集》收有《浪淘沙》词六首，其中第六首有"却到帝都重富贵，请君莫忘浪淘沙"句。刘禹锡也写过此体。双调小令《浪淘沙》为南唐后主李煜创制，《词谱》即以李词为正体。这是一首伤时惜别之作。明道元年（1032）春，欧阳修与友人梅尧臣洛阳城东旧地重游，有感而作，感叹人生聚散无常。上片追忆昔时与友人欢聚的良辰美景，把酒赏花，意气轩昂。下片写与朋友别后的无限的离恨。其中末句"知与谁同"，以诘问作结，浓重的孤寂之感，使人不忍卒读。

②"把酒"二句：唐司空图《酒泉子》词有"黄昏把酒祝东风，且从容"。此化用其句。从容，流连盘桓。

③紫陌：指京城郊外的道路。刘禹锡《元和十一年自朗州召至京戏赠看花诸君子》诗："紫陌红尘拂面来，无人不道看花回。"

④芳丛：花丛。晏殊《凤衔杯》词："凭朱槛，把金卮。对芳丛、惆怅多时。"

浣溪沙①

堤上游人逐画船。拍堤春水四垂天。绿杨楼外出秋千②。

白发戴花君莫笑，六幺催拍盏频传③。人生何处似尊前④。

【注释】

①浣溪沙：黄氏《蓼园词评》："第一阕写世上儿女多少得意欢娱，第二阕写老成意趣自在众人喧嚣之外，末句写无限凄怆沉郁，妙在含蓄不尽。"

②绿杨楼外出秋千：吴曾《能改斋漫录》卷八记载"王摩诘《寒食城东即事》诗云：'蹴踘屡过飞鸟上，秋千竞出垂杨里。'欧公用'出'字盖本此"。

③六幺：曲调名，即"绿腰"，节奏急促。

④尊：同"樽（zūn）"，酒杯。

青玉案①

一年春事都来几。早过了、三之二。绿暗红嫣浑可事②。绿杨庭院，暖风帘幕，有个人憔悴。

买花载酒长安市。又争似、家山见桃李③。不枉东风吹客泪。相思难表，梦魂无据，惟有归来是。

【注释】

①青玉案：调名出自东汉张衡《四愁诗》："美人赠我锦绣段，何以报之青玉案。"《词谱》以贺铸《青

玉案》（凌波不过横塘路）为正体，故又名《横塘路》等。这首词表现了暮春思归的满怀愁绪。上片写面对大好春光，却斯人独憔悴。下片继而解释憔悴的原因：春已尽而家难回，托梦还乡，不如遽然归去。下片立意颇似韦庄《菩萨蛮》："琵琶金翠羽，弦上黄莺语。劝我早归家，绿窗人似花。"

②浑可事：宋人方言，意谓算不了啥事。

③争似：怎能比得上。

聂冠卿

聂冠卿（988—1042），字长孺，新安（今安徽歙县）人。大中祥符五年（1012）进士，庆历元年（1041）以兵部郎中知制诰拜翰林学士。今存《多丽》词一首，才情富丽，盖北宋慢词始于此篇，在词史上有重要地位。

多　丽① 李良定公席上赋

想人生，美景良辰堪惜。问其间、赏心乐事，就中难是并得②。况东城、凤台沙苑③，泛晴波、浅照金碧。露洗华桐，烟霏丝柳④，绿阴摇曳，荡春一色⑤。画堂迥、玉簪琼佩⑥，高会尽词客。清欢久、重燃绛蜡⑦，别就瑶席⑧。

有翩若轻鸿体态⑨，暮为行雨标格⑩。逞朱唇、缓歌妖丽，似听流莺乱花隔。慢舞萦回，娇鬟低亸，腰肢纤细困无力⑪。忍分散、彩云归后，何处更寻觅。休辞醉，明月好花，莫谩轻掷⑫。

【注释】

①多丽：据《词谱》卷三十七："多丽"亦名"绿头鸭""陇头泉"，宋元人少有填此体者。又据《词苑丛谈》卷一：多丽词牌名缘于张均妓名。《说郛》卷一一九下引《辨音录》：张均妓多丽，弹琵琶曲，项上有高丽丝结，赵诗争夺，致伤二指。晁补之曾经用这一词牌表现"轻盈弹琵琶"。据吴曾《能改斋漫录》卷十六，这首词为聂冠卿赋于李良定公席上。蔡襄时知泉州，寄定公书云："新传《多丽》词，述宴游之娱，使病夫举首增叹耳。"另蔡襄《端明集》卷八诗《客有至京师言诸公春间多会于元伯园池因念昔游辄形篇咏》有句"清游胜事传京下，多丽新词到海边"。可见，聂冠卿《多丽》词写成不久，就已远近传播开了。这首词和白居易《三月三日被禊洛滨》诗，在谋篇上有异曲同工之妙，可参看。

②就中难是并得：谢灵运《拟邺中诗序》："天下良辰、美景、赏心、乐事，四者难并。"美景、良辰、赏心、乐事，此四者正是本词的结撰之处。

③凤台：华美的台榭。刘向《列仙传·萧史》："萧史者，秦穆公时人也。善吹箫，能致孔雀白鹤于庭。穆公有女，字弄玉，好之。公遂以女妻焉……公为作凤台，夫妇止其上。"南朝宋鲍照《升天行》："凤台无还驾，箫管有遗声。""沙苑"一作"沁苑"。

④霏：笼罩。

⑤荡春一色：即春色浩荡。

⑥迥（jiǒng）：高。

⑦重燃绛（jiàng）蜡：重新点起绛色的蜡烛。意谓良辰欢会，不觉已至深夜。

⑧瑶席：美味的酒宴。

⑨轻鸿：代指女子轻盈的体态。吴文英《声声慢》（云深山坞）"恨玉奴，消瘦飞趁轻鸿"句意相似。

⑩暮为行雨标格：宋玉《高唐赋》言巫山之女"旦为朝云，暮为行雨"。标格，风范、风度。苏轼《荷华媚·荷花》词："霞苞电荷碧，天然地、别是风流标格。"意谓眼前女子有仙女风度。

⑪"逞朱唇"至"困无力"句：白居易《三月三日祓禊洛滨》诗："舞急红腰软，歌迟翠黛低。"两相对比，可以看出，词中的语句显然点化了白居易的诗句。軃（duǒ），低垂的样子。

⑫"忍分散"至"莫谩（màn）轻掷"句：与前引白居易诗"夜归何用烛，新月凤楼西"，结缓处正同。晏几道《临江仙》（梦后楼台高锁）"当时明月在，曾照彩云归"，可以合观。谩，白白地。

柳　永

柳永（约987—约1060），初名三变，改名永，字耆卿，因排行第七，人称"柳七"。崇安（今属福建）人。景祐元年（1034）进士，历任睦州团练推官、余杭令、定海晓峰盐场监官、泗州判官、太常博士，终官屯田员外郎，世称"柳屯田"。政治上不得志，虽奔走干谒已见于词篇，仍未得重用，遂流连于歌楼妓馆，"忍把浮名换了浅斟低唱"。在词学史上柳永有两大贡献：其一是推广慢词长调，用来铺写城市风光、承平气象，或抒发离情别绪，题材广阔，音律谐婉，时出隽语，对后世影响深远。其二是独辟蹊径，旧调翻新；俗语入词，俗事入词。《宋史》无传，事迹散见笔记、方志。善为诗文，"皆不传于世，独以乐章脍炙人口"（《清波杂志》卷八）。所著《乐章集》凡一百五十余曲。其词自成一派，世称"屯田蹊径"、"柳氏家法"。《避暑录话》卷三记西夏归朝官语："凡有井水饮处，即能歌柳词"，可见柳词影响之大。

曲玉管①

陇首云飞②，江边日晚，烟波满目凭阑久。立望关河萧索，千里清秋。忍凝眸。杳杳神京③，盈盈仙子④，别来锦字终难偶⑤。断雁无凭⑥，冉冉飞下汀洲⑦。思悠悠。

暗想当初，有多少、幽欢佳会，岂知聚散难期，翻成雨恨云愁⑧。阻追游。每登山临水，惹起平生心事，一场消黯⑨，永日无言⑩，却下层楼。

【注释】

①曲玉管：唐教坊曲名。此调并不常见，只柳永这一首词。这首词为柳永离京后的怀人之作，词人登高怀远，触景伤情，不胜唏嘘。

②陇首云飞：《梁书·柳恽传》记载："少工篇什，始为

诗曰：'亭皋木叶下，陇首秋云飞。'琅邪王元长见而嗟赏，因书斋壁。""陇首云飞"语本于此。

③杳杳（yǎo）：远隔的样子。神京：指都城汴京。意谓词人离京后，与自己思念的人天各一方。

④仙子：容颜姣好的女子，唐宋间常以"仙子"代指娼妓或女道士。

⑤锦字：又称锦书，情书的美称。《晋书》卷九十六："窦滔妻苏氏，始平人也，名蕙，字若兰，善属文。滔苻坚时为秦州刺史，被徙流沙。苏氏思之，织锦为回文旋图诗，以赠滔。宛转循环以读之，词甚凄惋。"因以"锦字"指情侣间往还的书信。

⑥断雁无凭：言孤鸿不足以传书。断雁，孤鸿。雁，传书之鸿雁。典出《汉书·苏武传》。

⑦汀洲：水中的小洲。

⑧雨恨云愁：言聚散如云似雨，难以预料。王禹偁《点绛唇·感兴》："雨恨云愁，江南依旧称佳丽。"

⑨消黯（àn）：黯然销魂，语出江淹《别赋》。

⑩永日：从早到晚，整天。

雨霖铃①

寒蝉凄切②。对长亭晚，骤雨初歇。都门帐饮无绪③，留恋处、兰舟催发④。执手相看泪眼，竟无语凝噎⑤。念去去、千里烟波，暮霭沉沉楚天阔⑥。

多情自古伤离别。更那堪、冷落清秋节。今宵酒醒何处⑦，杨柳岸、晓风残月。此去经年⑧，应是良辰、好景虚设^⑨。便纵有、千种风情，更与何人说。

【注释】

①雨霖铃：又作《雨淋铃》，唐教坊曲名。据王灼《碧鸡漫志》引《明皇杂录》及《杨妃外传》记载：安史之乱爆发后，唐玄宗避乱入蜀，初入斜谷，霖雨弥日，栈道中闻铃声。玄宗方悼念贵妃，采其声为雨淋铃曲以寄托哀思。后由伶人张微（野狐）演奏，流传于世。又据《唐诗品汇》卷五十二引《明皇别录》记载："洎至德中，复幸华清宫，从官嫔御皆非昔人，帝于望京楼令张微奏此曲，不觉凄怆流涕，其曲后入法部。"唐诗人崔道融《羯鼓》："华清宫里打撩声，供奉丝簧束手听。寂寞銮舆斜谷里，是谁翻得雨淋铃。"以雨霖铃事入诗的唐诗还有若干首，可见，玄宗翻制雨霖铃曲调事，广为唐人所知。雨霖铃又作雨霖铃慢，双调。王灼《碧鸡漫志》云："今双调雨霖铃慢，颇极哀怨，真本曲遗声。"柳永的这首词，是一首著名的别情词，描写词人离开汴京与心爱的人难舍难分的痛苦心情。

②寒蝉：秋蝉之谓。陆佃《埤雅》卷八："立秋之节，初五日凉风至，次五日白露降，后五日寒蝉鸣。"

③帐饮：于郊外搭起帐篷，摆宴送行。江淹《别赋》："帐饮东都，送客金谷。"《海录碎事》卷六："野次无宫室，故曰帐饮。"

④兰舟：在古诗词中，常用兰舟极言舟之华贵。梁任

昉《述异记》卷下："木兰川在浔阳江中，多木兰树。昔吴王阖闾间植木兰于此，用构宫殿也。七里洲中有鲁班刻木兰为舟，舟至今在洲中。诗家云木兰舟出于此。"

⑤执手相看泪眼，竟无语凝噎：江淹《别赋》："造携手而衔泪，各寂寞而伤神。"（文字据《四部丛刊》宋本《江文通集》）可以对读。

⑥"念去去"至"楚天阔"句：可参看唐代诗人黄滔《旅怀寄友人》"一船风雨分襟处，千里烟波回首时"。去去，不断远去，越走越远。楚天，江南楚地的天空。

⑦今宵酒醒何处：言以酒去愁，酒醒更愁。李璟《应天长》："昨夜更阑酒醒，春愁过却病。"周邦彦《关河令》："酒已都醒，如何消永夜。"句意相似。

⑧经年：年复一年。

⑨应是良辰、好景虚设：言若无相爱的人陪伴，美好的光景就等于虚设。类似的意思，柳永在其他词作中反复表现过多次。《慢卷绸》："对好景良辰，皱着眉儿，成甚滋味。"《应天长》中也说："把酒与君说：恁好景佳辰，怎忍虚设。"

蝶恋花①

伫倚危楼风细细。望极春愁，黯黯生天际②。草色烟光残照里。无言谁会凭阑意。

拟把疏狂图一醉③。对酒当歌④，强乐还无味⑤。

衣带渐宽终不悔。为伊消得人憔悴⑥。

【注释】

①蝶恋花：这是一首怀远之作，词人登高望远，独倚
　危栏，任思念在心头滋生，终无悔意。

②望极春愁，黯黯生天际：黯黯春愁，生于天际。黯
　黯，伤心忧愁的样子。以黯黯言春愁有韦应物《寄
　李儋元锡》诗："世事茫茫难自料，春愁黯黯独成
　眠。"另，"薄暮起暝愁"是古诗中一个常见的主题，
　此处言日暮时分，心生春愁。前人有不少类似的诗
　句，唐人张祜《折杨柳枝》："伤心日暮烟霞起，无
　限春愁生翠眉。"《鹤林玉露》引唐人赵嘏诗云："夕
　阳楼上山重迭，未抵春愁一倍多。"

③疏狂：豪放而不受拘束。白居易《代书诗寄微之》：
　"疏狂属年少，闲散为官卑。"朱敦儒《鹧鸪天·西
　都作》词："我是清都山水郎，天教懒慢带疏狂。"

④对酒当歌：语出曹操《短歌行》"对酒当歌，人生几
　何"。

⑤强乐：勉强作乐。《二程遗书》卷十八："勉强乐不
　得，须是知得了，方能乐得。"

⑥"衣带渐宽"以下二句："衣带渐宽"化自《古诗十九
　首》中的"相去日已远，衣带日已缓"。柳词中的这
　两句言为思念而憔悴，虽憔悴而不悔，较之《古诗
　十九首》又更进一层。欧阳修《蝶恋花》有"日日
　花前常病酒，不辞镜里朱颜瘦"句，两相比较，意

义虽有相似，但境界、气象已是不同。王国维《人间词话》将这两句作为"古今之成大事业大学问"的第二重境界，看重的正是柳永在这首词中所创造的锲而不舍、执着如一的精神境界。消得，犹言值得。唐人崔涂《夷陵夜泊》："一曲巴歌半江月，便应消得二毛生。"柳永《尾犯》："一种劳心力，图利禄、殆非长策。除是恁，点检笙歌，访寻罗绮消得。"

采莲令①

月华收②，云淡霜天曙③。西征客、此时情苦。翠娥执手送临歧④，轧轧开朱户⑤。千娇面、盈盈伫立⑥，无言有泪⑦，断肠争忍回顾。

一叶兰舟，便恁急桨凌波去⑧。贪行色、岂知离绪⑨。万般方寸，但饮恨，脉脉同谁语⑩。更回首、重城不见，寒江天外，隐隐两三烟树。

【注释】

① 采莲令：《文献通考》卷一百四十六：宋朝循旧制，教坊凡四部。皇帝曲宴游幸，教坊所奏乐凡十八调四十大曲，其中第九调为双调，其中有曲，名为"采莲"。可知"采莲令"亦本于教坊曲。此调为孤调，仅存柳永词一首。这是一首别情词，词中描写了一对有情人惜别时的缠绵及别后细密的情思。其间景语情语错落编织，不辨彼此，情韵悠远。

② 月华收：言月已落，而天将明。月华，月光、月色。

南朝梁江淹《杂体诗·效王微〈养疾〉》："清阴往来远，月华散前墀。"

③云淡霜天曙：孟浩然有句"微云淡河汉，疏雨滴梧桐"，一时叹为清绝。张元幹《芦川词》："月淡霜天，今夜空清坐。"句意与此仿佛。曙，天明。

④临歧：行至岔路口。古诗中常用"歧路"表现朋友分别的场景。王勃《送杜少府之任蜀州》："无为在歧路，儿女共沾巾。"高适《别韦参军》："丈夫不作儿女别，临歧涕泪沾衣巾。"皆是。

⑤轧轧（yà）：象声词。开门声。

⑥千娇面、盈盈伫立：柳永《玉女摇仙佩》"争如这多情，占得人间，千娇百媚"。盈盈，言女子体态轻盈。《古诗十九首》："盈盈楼上女，皎皎当窗牖。"

⑦无言有泪：柳永《雨霖铃》中"执手相看泪眼，竟无语凝噎"，意同此。

⑧凌波：在水面上行走。汉严忌《哀时命》："势不能凌波以径度兮，又无羽翼而高翔。"

⑨行色：行旅出发前后的情状、气派。刘因《临江仙》："行色匆匆缘底事，山阳梅信相催。"

⑩脉脉同谁语：《古诗十九首》中有"盈盈一水间，脉脉不得语"句，此处化用此句。

浪淘沙慢①

梦觉、透窗风一线，寒灯吹息。那堪酒醒，又闻空阶，夜雨频滴②。嗟因循、久作天涯客③。负佳人、几许盟言，便忍把、从前欢会，陡顿翻成忧戚④。

愁极。再三追思，洞房深处⑤，几度饮散歌阑，香暖鸳鸯被。岂暂时疏散，费伊心力。殢云尤雨⑥，有万般千种，相怜相惜。

恰到如今、天长漏永⑦，无端自家疏隔。知何时、却拥秦云态⑧，愿低帏昵枕，轻轻细说与，江乡夜夜，数寒更思忆⑨。

【注释】

①浪淘沙慢：词牌《浪淘沙》的别格，由柳永、周邦彦演制。唐五代所传《浪淘沙》词皆为令词小调，二十八字或五十四字，至柳永则演制为一百三十五字（正体）的长篇慢调。这首词为三片构成的双拽头格式，首片写词人夜半酒醒，忧思难寐；次片追思过往之情事；第三片回到眼下，同时设想将来两人欢会的情景。

②又闻空阶，夜雨频滴：龚颐正《芥隐笔记》中有"阴铿有'夜雨滴空阶'，柳耆卿用其语，人但知为柳词耳"。

③因循：延宕不归、徘徊不去。姚合《武功县中作》诗之二二："门外青山路，因循自不归。"韦庄《出关》诗："马嘶烟岸柳阴斜，东去关山路转赊。到处因循缘嗜酒，一生惆怅为判花。"久作天涯客：周邦彦《苏幕遮》"故乡遥，何日去，家住吴门，久作长安旅"，句意与此相似。

④陡顿：突然。柳永《斗百花》："无限幽恨，寄情空殢纨扇。应是帝王，当初怪妾辞辇。陡顿今来，宫中第一妖娆，却道昭阳飞燕。"辛弃疾《贺新郎·题傅岩叟悠然阁》："更风雨、东篱依旧。陡顿南山高如许，是先生、拄杖归来后。"

⑤洞房：这里并不是新婚夫妇的卧室，而是泛指幽深的内室。多指卧室、闺房。《楚辞·招魂》："姱容修态，絙洞房些。"

⑥殢（tì）云尤雨：指男欢女爱，备极缠绵。蒲松龄《聊斋志异·荷花三娘子》："更初，（女）果至宗斋，殢雨尤云，备极亲爱。"

⑦漏永：时间漫长。漏，古代的计时器，即漏壶。永，长。《红楼梦》中《"女儿"酒令》（其一）："展不开的眉头，捱不明的更漏。"正是此意。

⑧秦云：秦云楚雨。司空图《浙江二首》（其一）："丹桂石楠宜并长，秦云楚雨暗相和。"这里借指男女欢爱之事。

⑨"知何时"以下五句：运意谋篇与李商隐《夜雨寄北》"何当共剪西窗烛，却话巴山夜雨时"相似，由眼前遥想未来，在未来的某一个时段，再回首眼前的场景，到那时，而今的眼前场景已变成过往的回忆。时空回环交错，妙不可言。

定风波①
自春来、惨绿愁红②，芳心是事可可③。日上花梢④，莺穿柳带，犹压香衾卧。暖酥消⑤，腻云嚲⑥。终日厌厌倦梳裹⑦。无那⑧。恨薄情一去，音书无个⑨。

早知恁么。悔当初、不把雕鞍锁。向鸡窗、只与蛮笺象管⑩，拘束教吟课。镇相随，莫抛躲。针线闲拈伴伊坐。和我。免使年少，光阴虚过⑪。

【注释】

①定风波：唐教坊曲名，唐崔令钦《教坊记》有记载。敦煌曲子词残卷中有《定风波》，其中有"问儒士，谁人敢去定风波"句。就其曲名与内容看，《定风波》可能与古之"赳赳武夫，公侯干城"之类的尚武之曲有关。及后蜀欧阳炯所作《定风波》（暖日闲窗映碧纱），句律已有不同，元李冶《敬斋古今黈》卷八称之为"诗句定风波也"。欧阳炯的这首词最早见于《尊前集》，宋人遂以为正调。至柳永演为慢词。又名《卷春空》《定风流》《定风波令》《醉琼枝》等。这首词描写了一位少妇因丈夫客居在外，独自面对大好春光，空虚寂寞、百无聊赖，进而后悔当初让丈夫离开自己。这是柳永俚词的代表作，整首词语言浅白，读来如话家常。

②惨绿愁红：张孝祥《减字木兰花》中有"惨绿愁红，憔悴都因一夜风"。如果说张孝祥眼中的"惨绿愁红"是由风雨所致，那么柳永眼中的"惨绿愁红"，则更多的是因为心情使然，此正是王国维《人间词话》所谓的"移情入境"、"有我之境"。

③是事：所有的事。《敦煌变文字义通释》："'是'作所有解，是唐宋人的习语。"可可：两可，无可无不可，即不在意、不经心的样子。前蜀薛昭蕴《浣溪沙》词："瞥地见时犹可可，却来闲处暗思量。"

④日上花梢：太阳升起来了，天已大亮。李吕《临江仙》："日上花梢初睡起，绣衣闲纵金针。"

⑤暖酥：本意指乳酪因温度升高而融化，这里比喻女子松软的皮肤。酥，原本指乳酪，这里代指女子白皙的皮肤。黄庭坚《清平乐》："舞回脸玉胸酥，缠头一斛明珠。"

⑥腻云亸（duǒ）：在古诗词中常用云比喻女子的头发，这里指头发蓬松，未经梳洗。

⑦终日厌厌倦梳裹：《诗经·伯兮》中有"自伯之东，首如飞蓬，岂无膏沐，谁适为容"，两者取意相同。

⑧无那：即无奈。

⑨恨薄情一去，音书无个：陈以庄《菩萨蛮》中有"叵耐薄情夫，一行书也无"，都是怨情。

⑩鸡窗：指书斋。《艺文类聚》卷九一引南朝宋刘义庆《幽明录》："晋兖州刺史沛国宋处宗尝买得一长鸣鸡，爱养甚至，恒笼着窗间。鸡遂作人语，与处宗谈论，极有言智，终日不辍。处宗因此言巧大进。"唐罗隐《题袁溪张逸人所居》诗："鸡窗夜静开书卷，鱼槛春深展钓丝。"蛮笺：唐时高丽纸的别称，亦指蜀地所产名贵的彩色笺纸。宋辛弃疾《贺新郎》词："十样蛮笺纹错绮，粲珠玑。"象管：象牙

制的笔管，亦指珍贵的毛笔。

⑪免使年少，光阴虚过：整首词在谋篇布局上，与王昌龄的绝句《闺怨》很相似："闺中少妇不知愁，春日凝妆上翠楼。忽见陌头杨柳色，悔教夫婿觅封侯。"都突出一个"悔"字。

少年游①

长安古道马迟迟②。高柳乱蝉嘶③。夕阳岛外④，秋风原上，目断四天垂⑤。

归云一去无踪迹⑥。何处是前期？狎兴生疏⑦，酒徒萧索，不似去年时。

【注释】

①少年游：最早见于晏殊的《珠玉词》，因其中有"长似少年时"句，于是以"少年游"取为调名。又名《小阑干》《玉腊梅枝》。这首词可能是柳永晚年之作，词以"少年游"为名，对少年快意的光阴却不着一字，只是从衰飒、颓唐的晚景写入，有追思，有悔恨，有迷惘。

②长安古道马迟迟：长安古道向来是追名逐利之途，自古而今，车轮辐辏，从不稍歇。陈德武《望海潮》："长安古道长亭，叹马蹄不驻，车辙难停。"杨慎《瑞龙吟》："记曲江池上，长安古道，多少愁落愁开，风横雨暴，沉吟无语，时把朱阑靠。"据考，柳永曾有长安之行。马迟迟：言人心萧散失意之至。

白居易《立秋日登乐游园》："独行独语曲江头,回马迟迟上乐游。萧飒凉风与衰鬓,谁教计会一时秋?"

③乱蝉嘶:即乱蝉噪。不用鸣、吟、唱来形容蝉的叫声,而着一"嘶"字,说明词人心境的烦躁。元稹《哭子十首》(其一):"独在中庭倚闲树,乱蝉嘶噪欲黄昏。"

④岛外:犹方外、世外,具体说可以是京城、闹市之外,抽象说可以是世俗礼法之外。罗隐《出试后投所知》:"岛外音书应有意,眼前尘土渐无情。"齐己《道林寺居寄岳麓禅师二首》(其一):"山袍不称下红尘,各是闲居岛外身。"贯休《题一上人经阁》:"岛外何须去,衣如藓亦从。但能无一事,即是住孤峰。"

⑤秋风原上,目断四天垂:原,为长安南郊的乐游原。唐时为长安士女游赏的胜地。李白《登乐游园望》诗:"独上乐游园,四望天日曛。"其后一句与"目断四天垂"摹画相似。梅尧臣《闻永叔出守同州寄之》:"访古寻碑可销日,秋风原上足麒麟。"此"秋风原上"指的就是乐游原。

⑥归云一去无踪迹:参见晏几道《鹧鸪天》"凭谁问取归云信,今在巫山第几峰"。

⑦狎(xiá)兴:狎游的兴致。

戚 氏①

晚秋天。一霎微雨洒庭轩。槛菊萧疏②,井梧零乱惹残烟。凄然。望江关。飞云黯淡夕阳间。当时宋玉悲感③，向此临水与登山。远道迢递④，行人凄楚，倦听陇水潺湲⑤。正蝉吟败叶，蛩响衰草⑥，相应喧喧。

孤馆度日如年。风露渐变，悄悄至更阑。长天净、绛河清浅⑦，皓月婵娟⑧。思绵绵。夜永对景，那堪屈指，暗想从前。未名未禄，绮陌红楼⑨，往往经岁迁延。

帝里风光好⑩，当年少日，暮宴朝欢。况有狂朋怪侣，遇当歌、对酒竟留连。别来迅景如梭⑪，旧游似梦，烟水程何限⑫。念利名、憔悴长萦绊。追往事、空惨愁颜。漏箭移⑬，稍觉轻寒。渐呜咽、画角数声残⑭。对闲窗畔，停灯向晓，抱影无眠⑮。

【注释】

①戚氏：始见于《乐章集》，为柳永创调，宋人少有填此调者。宋李之仪《姑溪居士前集》卷三十八有《跋戚氏》云："东坡老人自礼部尚书为定州安抚使"，"多令官妓随意歌于坐侧，各因其谱，即席赋咏。一日歌者辄于老人之侧作《戚氏》，意将索老人之才于仓卒，以验天下之所向慕者，老人笑而领之，邂逅方论《穆天子》事，颇谪其虚诞，遂资以应之，随声随写，歌竟篇就，才点定五六字尔。坐中随声击节，终席不间他辞，亦不容别进一语，临分曰：足以为中山一时盛事，前固莫与比，而后来

者未必能继也。"《东坡词》中有《戚氏》词，声律与柳永词又有不同。元人丘处机尝填此调，声律、用字又不同于柳词、苏词。丘词首句为"梦游仙"，后人于是以"梦游仙"作为《戚氏》的别名。这首词可能是柳永入仕后晚年的作品。词作以凄清的秋景起笔，引入对以前冶游生涯的回忆，言语间充满了留恋，收笔处又回到现实，不胜唏嘘感慨。

②槛（jiàn）菊：栏杆边的菊花。下句"井梧"指井边的梧桐树。

③宋玉：屈原弟子，辞赋家。所作《九辩》有"悲哉，秋之为气也……登山临水兮送将归"句。

④迢递：遥远。

⑤陇水：河流名。

⑥蛩（qióng）：蟋蟀。

⑦绛河：银河。

⑧婵娟：形容月色明媚。唐刘长卿《琴曲歌辞·湘妃》："婵娟湘江月，千载空蛾眉。"

⑨绮（qǐ）陌红楼：指花街柳巷、歌楼妓馆。

⑩帝里：指都城汴京。

⑪迅景：飞速的光阴。

⑫程：路径，行程。

⑬漏箭：漏壶的部件，上刻时辰度数，随水浮沉以计时。借指光阴。

⑭画角：传自西羌古管乐器，发声哀厉高亢。

⑮抱影：守着影子，形容孤独。汉严忌《哀时命》：

"廓抱景而独倚兮，超永思乎故乡。"晋左思《咏史》之八："落落穷巷士，抱影守空庐。"

夜半乐①

冻云黯淡天气②，扁舟一叶，乘兴离江渚。度万壑千岩，越溪深处。怒涛渐息，樵风乍起③，更闻商旅相呼，片帆高举。泛画鹢、翩翩过南浦④。

望中酒旆闪闪⑤，一簇烟村，数行霜树。残日下，渔人鸣榔归去⑥。败荷零落，衰杨掩映，岸边两两三三、浣纱游女⑦。避行客，含羞笑相语。

到此因念，绣阁轻抛，浪萍难驻。叹后约，丁宁竟何据⑧。惨离怀，空恨岁晚归期阻。凝泪眼，杳杳神京路⑨。断鸿声远长天暮⑩。

【注释】

①夜半乐：王灼《碧鸡漫志》："《夜半乐》，《唐史》云：明皇自潞州还京师，夜半举兵，诛韦皇后。制《夜半乐》《还京乐》二曲。"唐崔令钦《教坊记》载有此曲名，柳永据旧曲名翻成新调。这首词分三片，首片写旅程中所见，一派吴越风光，美不胜收；次片写沿途所见人物，有渔人、浣女；第三片由景入情，因见美貌清秀的浣女而想到被抛闪在汴京，独守空闺的爱人。前两片写景，从容平叙，波澜不惊，第三片入情，始掀波澜，收绾处复现景语，振笔荡开，余音绕梁。

②冻云：严冬的阴云。唐方干《冬日》诗："冻云愁暮色，寒日淡斜晖。"

③樵（qiáo）风：指顺风、好风。《后汉书·郑弘传》"郑弘字巨君，会稽山阴人"，李贤注引南朝宋孔灵符《会稽记》："射的山南有白鹤山，此鹤为仙人取箭。汉太尉郑弘尝采薪，得一遗箭，顷有人觅，弘还之，问何所欲，弘识其神人也，曰：'常患若邪溪载薪为难，愿旦南风，暮北风。'后果然。"唐宋之问《游禹穴回出若邪》诗："归舟何虑晚，日暮使樵风。"

④画鹢（yì）：画有鹢鸟的船。泛指船。南浦：指送别的地方。

⑤酒旆（pèi）：酒旗。

⑥榔（láng）：用来敲击船舷的木棒，捕深水藏鱼时用之。

⑦浣（huàn）：洗涤。

⑧丁宁：同"叮咛"。

⑨杳杳（yǎo）：遥远。神京：北宋都城汴京。

⑩断鸿：失群的孤雁。

玉蝴蝶①

望处雨收云断，凭阑悄悄，目送秋光。晚景萧疏②，堪动宋玉悲凉。水风轻、蘋花渐老③；月露冷、梧叶飘黄。遣情伤。故人何在，烟水茫茫。

难忘。文期酒会④，几孤风月⑤，屡变星霜⑥。海阔山遥，未知何处是潇湘⑦。念双燕、难凭远信，指暮天、空识归航。黯相望，断鸿声里，立尽斜阳。

【注释】

①玉蝴蝶：调见《花间集》卷一温庭筠词。又名《玉
　蝴蝶令》《玉蝴蝶慢》。此调有小令、长调两体，小
　令始于温庭筠，见《花间集》；长调始于柳永，见
　《乐章集》。在柳永的词作中，男女恋情是最常见的
　一种抒情形态。这首《玉蝴蝶》呈现给我们的却是
　不同于浅斟低唱的别一种感情，即友情。正如晓川
　《影珠词话》中所云：这首词，"凄怆之怀，衰飒之
　景，交相融注，所感甚大。不止于偎红倚翠矣"。

②萧疏：有寂寞、凄凉之意。

③蘋（pín）花：夏秋季开的一种白色小花。

④文期酒会：指文人雅集。

⑤孤：辜负。

⑥星霜：星辰运转，一年一循环，寒霜秋降，一年一
　轮回。一星霜即一年。

⑦潇湘：古水名，在今湖南。此借指所思之处。

八声甘州①

对潇潇、暮雨洒江天，一番洗清秋。渐霜风凄
紧②，关河冷落③，残照当楼。是处红衰翠减④，苒
苒物华休⑤。惟有长江水，无语东流。

不忍登高临远，望故乡渺邈⑥，归思难收⑦。叹
年来踪迹，何事苦淹留。想佳人、妆楼颙望⑧，误几

回、天际识归舟⑨。争知我、倚阑干处，正恁凝愁⑩。

【注释】

①八声甘州：《甘州》为唐教坊大曲，杂曲中也有《甘州子》，属边塞曲。《八声甘州》是从大曲《甘州》改制而成，由于整首词共八韵，故称《八声甘州》，尽管规模比大曲《甘州》小了很多，但仍属慢词。这首词通过描写羁旅行役之苦，表达了强烈的思归情绪，语浅而情深。开头两句写雨后江天，澄澈如洗。复由苍莽悲壮，而转入细致沉思。下片词人推己及人，本是自己登高远眺，却偏想故园之闺中人，应也是登楼望远，伫盼游子归来。整首词结构细密，写景抒情融为一体，以铺叙见长。

②霜风：刺骨的寒风。庾信《卫王赠桑落酒奉答》诗："霜风乱飘叶，寒水细澄沙。"

③关河：泛指关塞河川。《后汉书·荀彧传》："此实天下之要地，而将军之关河也。"

④红衰翠减：指花凋叶落。李商隐《赠荷花》："此花此叶长相映，翠减红衰愁杀人。"

⑤苒苒（rǎn）：渐渐。物华休：景物凋残。

⑥渺邈（miǎo）：遥远。

⑦归思：归家的心情。

⑧颙（yóng）望：举首凝望。唐李赤《望夫山》诗："颙望临碧空，怨情感离别。"

⑨天际识归舟：此句化自谢朓《之宣城郡出新林浦向

板桥》："江路西南永，归流东北骛。天际识归舟，云中辨江树。"

⑩恁：如此。

迷神引①

一叶扁舟轻帆卷。暂泊楚江南岸。孤城暮角②，引胡笳怨③。水茫茫，平沙雁。旋惊散。烟敛寒林簇，画屏展。天际遥山小，黛眉浅④。

旧赏轻抛，到此成游宦。觉客程劳，年光晚。异乡风物，忍萧索，当愁眼。帝城赊⑤，秦楼阻⑥，旅魂乱。芳草连空阔⑦，残照满。佳人无消息，断云远⑧。

【注释】

①迷神引："引"常常是一首乐曲的序曲。宋晁补之也填过该调，清《词谱》以柳永"红板桥头秋光暮"为正体。这是一首典型的羁旅行役之词，是柳永五十岁后宦游各地的心态写照。词起句写柳永宦游经过楚江，舟人将风帆收卷，靠近江岸，作好停泊准备。继而作者以铺叙的方法对楚江暮景作了富于特征的描写，衬托出游子的愁怨和寂寞之感。下片抒发对宦游生涯的感慨，并对这种感慨作层层铺叙。可以看出作者对仕途的厌倦情绪和对早年生活的向往，内心十分矛盾痛苦。

②角：古代乐器，即画角。

③胡笳（jiā）：古代北方民族使用的管乐器。

④黛眉：形容远山。

⑤帝城：京城，指汴京。赊（shē）：距离远。

⑥秦楼：妓院。

⑦芳草：屈原《离骚》有："何所独无芳草兮，尔何怀乎故宇？"

⑧断云：片云。南朝梁简文帝《薄晚逐凉北楼迥望》诗："断云留去日，长山减半天。"

竹马子①

登孤垒荒凉，危亭旷望，静临烟渚。对雌霓挂雨②，雄风拂槛③，微收残暑。渐觉一叶惊秋④，残蝉噪晚，素商时序⑤。览景想前欢，指神京、非雾非烟深处。

向此成追感，新愁易积，故人难聚。凭高尽日凝伫。赢得消魂无语⑥。极目霁霭霏微⑦，暝鸦零乱，萧索江城暮⑧。南楼画角，又送残阳去。

【注释】

①竹马子：宋叶梦得《石林词》中又名《竹马儿》。这首词是词人漫游江南时抒写的离情别绪之作，起片写古垒残壁与酷暑新凉，抒写了壮士悲秋的感慨，景象雄浑苍凉。次片由写景转向抒情，表现了思念故人的痛苦情绪。全词意脉相承，严谨含蓄。

②雌霓（ní）：虹双出，色鲜艳者为雄，色暗淡者为

雌，雄曰虹，雌曰霓。

③雄风：猛烈的风。宋玉《风赋》："此所谓大王之雄风也。"

④一叶惊秋：《淮南子·说山》有"见一叶落而知岁之将暮"。

⑤素商：秋日。因为秋色尚白，音属商，故名。梁元帝《纂要》："秋日素商，亦曰素秋。"

⑥赢得：剩得。消魂：即销魂。江淹《别赋》："黯然销魂者，唯别而已矣。"

⑦霁霭（jìʼǎi）：晴天的烟雾。

⑧萧索：萧条。

王安石

王安石（1021—1086），字介甫，号半山，抚州临川（今属江西）人。"唐宋八大家"之一。庆历二年（1042）进士。神宗朝，召为翰林学士兼侍讲；熙宁二年（1069）除参知政事，次年拜相，推行变法革新。在一片声讨中罢相、复相、再罢相。晚年退居江宁，潜心于学术。曾封荆国公，世称王荆公。他的"新学"在当时有很大影响。其散文简洁明快，精于说理；诗则关注现实，好发议论，其"集句诗"别具一格。写词不多，却很精彩，洗尽五代以来绮靡词风。《彊村丛书》收《临川先生歌曲》一卷，《补遗》一卷。

桂枝香①

登临送目②。正故国晚秋③，天气初肃④。千里澄江似练⑤，翠峰如簇。归帆去棹残阳里⑥，背西风、酒旗斜矗。彩舟云淡，星河鹭起⑦，画图难足。

念往昔、繁华竞逐。叹门外楼头⑧，悲恨相续⑨。千古凭高，对此谩嗟荣辱。六朝旧事随流水⑩，但寒烟、衰草凝绿。至今商女，时时犹唱，《后庭》遗曲⑪。

【注释】

①桂枝香：五代王定保《唐摭言》卷三："裴思谦状元及第后，作红笺名纸十数，诣平康里，因宿于里中。诘旦，赋诗曰：'银釭斜背解鸣珰，小语偷声贺玉郎。从此不知兰麝贵，夜来新惹桂枝香。'"据《填词名解》，《桂枝香》调名即本于此。因张辑词有"疏帘淡月"句，所以又名《疏帘淡月》。这首词为荆公晚年退居金陵，凭栏怀古之作。上片写景，斜阳映照，帆风樯影，酒肆青旗，好一幅故国晚秋图。下片感叹六朝相继覆亡的史实。结语用商女犹唱《后庭花》一典，振起全篇，嗟叹之意，千古弥永。

②送目：注视。南朝齐王融《和南海王殿下咏秋胡妻诗》之五："送目乱前华，驰心迷旧婉。"

③故国：指金陵，今江苏南京。

④肃：肃杀。形容秋高气爽。

⑤千里澄江似练：谢朓《晚登三山还望京邑》有"余霞散成绮，澄江静如练"句。

⑥棹（zhào）：船桨。此以"归帆去棹"指代来往船只。

⑦星河：银河。比喻长江。

⑧门外楼头：语本杜牧《台城曲》诗"门外韩擒虎，楼头张丽华"，这里借隋将灭陈，泛指六朝的终结。

⑨悲恨相续：指南朝各朝代相继覆亡。

⑩六朝：指吴、东晋、宋、齐、梁、陈。

⑪《后庭》遗曲：陈后主作《玉树后庭花》曲，其词靡丽哀怨，后人称之为"亡国之音"。杜牧《夜泊秦淮》诗有"商女不知亡国恨，隔江犹唱后庭花"句。

千秋岁引①

别馆寒砧②，孤城画角。一派秋声入寥廓③。东归燕从海上去，南来雁向沙头落。楚台风④，庾楼月⑤，宛如昨。

无奈被些名利缚。无奈被他情担阁⑥。可惜风流总闲却。当初谩留华表语⑦，而今误我秦楼约。梦阑时⑧，酒醒后，思量着。

【注释】

①千秋岁引：《词谱》以王安石这首词为正调。复据《词谱》：《高丽史·乐志》作《千秋岁令》，李冠词名《千秋万岁》。这首词通过对秋景的赋写，抒发了曾被名利耽搁了的归隐之志。上片写秋景，下片言情。结句处又宕开一笔，说梦回酒醒的时候，每每思量此情此景。此可视为作者历尽沧桑后的幡然省悟。

②别馆：客馆。寒砧（zhēn）：寒秋的捣衣声。砧，捣衣石。诗词中常用以描写秋景的冷落萧条。唐沈佺期《古意呈补阙乔知之》诗："九月寒砧催木叶，十年征戍忆辽阳。"

③寥廓（liáokuò）：旷远，广阔。

④楚台风：据宋玉《风赋》载，楚王游于兰台，有风飒然而来，楚王披襟而当之。

⑤庾楼月：《世说新语·容止》载，庾亮镇守武昌，曾与佐吏于秋夜登南楼吟咏。后以庾楼泛指楼阁。此云庾亮南楼之月。

⑥担阁：耽误。

⑦谩（màn）：白白地。华表语：据《搜神后记》载，辽东人丁令威学仙得道，化鹤归来，落在城门华表柱上，有青年欲射之，鹤盘旋空中，唱道："有鸟有鸟丁令威，去家千年今日归。城郭如旧人民非，何不学仙冢累累。"

⑧阑：尽。

王安国

王安国（1030—1076），字平甫，抚州临川（今属江西）人。王安石弟。赐进士出身，官至大理寺丞、集贤校理。其政见与安石不合，其诗文语出惊人。

清平乐① 春晚

留春不住。费尽莺儿语。满地残红宫锦污②，昨夜南园风雨③。

　　小怜初上琵琶④。晓来思绕天涯。不肯画堂朱户⑤，春风自在杨花。

【注释】

①清平乐：这首词为惜春之作。上片写景，莺语间关，却留春不住，徒留下一窗风雨，满地残红。下片由惜春、惜花引入惜人。歌女小怜，技艺初成，弦语铮铮，可使闻者夜不成寐，她本可以依附权贵，享尽荣华，然而她的理想却在深宅大院之外的大自然里。结合上下两片，词人似乎在告诉我们：春之难留亦如小怜之难留，如果说春之难留带给人的是感伤，那么面对去意已决的小怜，人们只有欣羡。

②宫锦：宫中所制的锦缎。

③南园：泛指园圃。晋张协《杂诗》之八："借问此何时，胡蝶飞南园。"

④小怜：指齐后主宠妃冯小怜，善弹琵琶。

⑤画堂朱户：达官贵人的家。

晏几道

　　晏几道（1038—1110），字叔原，号小山，抚州临川（今属江西）人。晏殊第七子。由恩荫入仕，曾任太常寺太祝。熙宁七年（1074）受郑侠案株连而入狱；获释后曾任颍昌府许田镇监官、开封府推官等。他出身名门贵族却仕途坎坷，困顿潦倒又疏狂孤傲。他的词多写一见钟情的爱恋与一厢情愿的凄苦，缠绵悱恻又伤感无奈，使小令的艺术技巧臻于炉火纯青。与其父晏殊齐名，世称"二晏"。有《小山词》一卷。

临江仙①

梦后楼台高锁，酒醒帘幕低垂。去年春恨却来时。落花人独立，微雨燕双飞②。

记得小蘋初见③，两重心字罗衣④。琵琶弦上说相思⑤。当时明月在，曾照彩云归⑥。

【注释】

①临江仙：这是一首感旧怀人之作。上片写"春恨"，描绘梦后酒醒、落花微雨的情景。下片写相思，追忆"初见"及"当时"的情状，表现词人苦恋之情、孤寂之感。词人怀人的同时，也抒发了人世无常、欢娱难再的淡淡哀愁。

②"落花"二句：语本五代翁宏《春残》诗"又是春残也，如何出翠帏。落花人独立，微雨燕双飞"。

③小蘋：歌妓的名字。

④心字罗衣：用一种心字香熏过的罗衣。这里含有深情蜜意的双关意思。

⑤琵琶弦上说相思：与白居易《琵琶行》"低眉信手续续弹，说尽心中无限事"取意相同。

⑥彩云归：李白《宫中行乐词》有"只愁歌舞散，化作彩云飞"句。又，白居易《简简吟》："大都好物

不坚牢，彩云易散琉璃脆。"

蝶恋花①

梦入江南烟水路。行尽江南，不与离人遇。睡里消魂无说处。觉来惆怅消魂误。

欲尽此情书尺素②。浮雁沉鱼③，终了无凭据。却倚缓弦歌别绪。断肠移破秦筝柱④。

【注释】

①蝶恋花：上片写梦中无法寻觅到离人。"烟水路"三字写出江南景物特征，梦境尤为优美。下片写书信无从寄出，寄了也得不到回音。相思之情，无可弥补、无法表达，只好倚弦寄恨，无奈恨深弦急促，移遍筝柱不成调。

②尺素：古人将书信写在尺许长的绢帛上，故以尺素代指书信。

③浮雁沉鱼：古人认为鱼、雁能够传书，雁浮鱼沉，书信便无从传递。

④移破：移遍。秦筝：古秦地所用的一种弦乐器。岑参《秦筝歌送外甥萧正归京》诗："汝不闻秦筝声最苦，五色缠弦十三柱。"

蝶恋花①

醉别西楼醒不记。春梦秋云，聚散真容易②。斜月半窗还少睡。画屏闲展吴山翠③。

衣上酒痕诗里字④。点点行行，总是凄凉意。红烛自怜无好计。夜寒空替人垂泪⑤。

【注释】

①蝶恋花：这首词为离别感忆之作。上片回忆醉别西楼，醒后却浑然不记。只有斜月半窗，映照画屏。词人不觉感叹，人生聚散如春梦秋云，顷刻间消逝，无影无踪。下片写词人酒醒后，意绪烦乱，检点故人旧物，徒增凄凉，唯有红烛垂泪相伴。

②春梦秋云，聚散真容易：化用其父晏殊《木兰花》"长于春梦几多时，散似秋云无觅处"词意。而晏殊则化用白居易《花非花》诗："来如春梦不多时，去似朝云无觅处。"

③吴山翠：指画屏上描绘的江南风景。

④酒痕：酒滴的痕迹。岑参《奉送贾侍御史江外》诗："荆南渭北难相见，莫惜衫襟着酒痕。"

⑤夜寒空替人垂泪：化用杜牧《赠别》"蜡烛有心还惜别，替人垂泪到天明"诗意。

鹧鸪天①

彩袖殷勤捧玉钟②。当年拼却醉颜红③。舞低杨柳楼心月，歌尽桃花扇底风。

从别后，忆相逢。几回魂梦与君同。今宵剩把银釭照④，犹恐相逢是梦中⑤。

【注释】

①鹧鸪天：唐五代词中无此调，首见于宋祁之作，至晏几道多为此调。《词苑丛谈》云，调名取自唐郑嵎"春游鸡鹿塞，家在鹧鸪天"诗句。但杨慎《词品》认为此说未必确实。因贺铸词中有"化出白莲千叶花"句，故名《千叶莲》，又因其有"梧桐半死清霜后"句，又名《半死桐》等。这首词写恋人久别重逢后的喜悦。上片追忆初次相见的情景。女子的殷勤劝酒，词人的拼却一醉，以及花前月下的歌舞，所有这一切驻留在记忆深处，历久弥新。下片写别后相思，以及意外的重逢。通篇词情婉丽，读来沁人心脾。

②彩袖：代指歌女。玉钟：酒杯。

③拼却：甘愿，不顾。

④剩把：尽把。银釭（gāng）：银白色的烛台。

⑤"今宵"二句：从杜甫《羌村》诗"夜阑更秉烛，相对如梦寐"两句化出。

鹧鸪天①

醉拍春衫惜旧香。天将离恨恼疏狂②。年年陌上生秋草③，日日楼中到夕阳。

云渺渺，水茫茫。征人归路许多长④。相思本是无凭语，莫向花笺费泪行⑤。

【注释】

①鹧鸪天：这首词写欢聚的疏狂，以及别后的相思。

上片并未正面描述欢会的疏狂，一个"恼"字，已写尽疏狂。春衫旧香，陌上秋草，楼中夕阳，俱是撩人情思之物。下片写云水渺茫，归路漫长，相思无凭，惟有泪洒香笺。全词意境深阔，感人至深，具有较强的艺术魅力。

②疏狂：不受拘束。白居易《代书诗寄微之》："疏狂属年少，闲散为官卑。"

③生秋草：李白《寄远》（其七）有"一为云雨别，此地生秋草"句。

④征人：游子。

⑤花笺：彩色信笺。末二句与晏几道自己的《采桑子》"长情短恨难凭寄，枉费红笺"情意相同。

生查子①

金鞭美少年，去跃青骢马②。牵系玉楼人，绣被春寒夜。

消息未归来，寒食梨花谢。无处说相思，背面秋千下③。

【注释】

①生查子：唐教坊曲名，敦煌曲子词中有此调。该调文人词当以晚唐诗人韩偓为最早。《词苑丛谈》云："查，古槎字，张骞乘槎（往天河）事也。"聊备一说。又名《陌上郎》《梅和柳》《楚云深》《愁风月》等。这首词抒写了女主人公的相思怀人之情。词之

　　上片写少年出游，下片写闺中相思，词中通过环境、景物描写来烘托人物的感情。

②青骢（cōng）马：毛色青白相杂的骏马。

③背面秋千下：化用李商隐诗《无题二首》其一"十五泣春风，背面秋千下"。

生查子①

　　关山魂梦长，塞雁音书少。两鬓可怜青②，只为相思老。

　　归傍碧纱窗，说与人人道③。真个别离难，不似相逢好。

【注释】

①生查子：这首词刻画了一位痴心公子的痴情痴语。上片摹写这位痴公子离家远游的经历，满篇皆是怨情：埋怨关山归梦长，埋怨家中音书少，埋怨白发只为相思生。下片这位痴公子期待爱人入梦，在梦中也还是埋怨：离别真的很难熬，相逢的日子真是好。

②青：白色。

③人人：为宋时口语，指所爱的人。欧阳修《蝶恋花》词："翠被双盘金缕凤。忆得前春，有个人人共。"

木兰花①

　　东风又作无情计。艳粉娇红吹满地②。碧楼帘影不遮愁，还似去年今日意。

谁知错管春残事。到处登临曾费泪。此时金盏直须深，看尽落花能几醉③。

【注释】

①木兰花：这是一首惜春词。上片怨东风无情，直吹得落红满地。楼台高远，帘影层深，年复一年，不忍见花飞零乱。下片写花落春去，无法挽留，惜春怜花，徒然多事而已。更何况，每当登临游春，为花落泪，于今看来，都属庸人自扰，不如痛饮美酒，恣赏落花。语极旷达，却极为沉痛，较之惋惜更深一层。

②艳粉娇红：指落花。

③"此时"二句：化用唐人崔敏童《宴城东庄》"能向花前几回醉，十千沽酒莫辞频"句意，另外与韩偓《惜花》"临轩一盏悲春酒，明日池塘是绿阴"立意亦同。金盏，华美的酒杯。直须，尽管。

木兰花①

秋千院落重帘暮。彩笔闲来题绣户②。墙头丹杏雨余花，门外绿杨风后絮。

朝云信断知何处③。应作襄王春梦去。紫骝认得旧游踪④，嘶过画桥东畔路。

【注释】

①木兰花：这首词写词人故地重游，见旧景而思故人。

上片写故地重游，看到似曾相识的情景。往日有佳人笑语的院落，于今已是空寂幽邃了，只见得一枝红杏出墙头，几树绿杨飘白絮。墙内之人如雨余之花，墙外之人如风后之絮，行踪不定。下片词人不说这位佳人的住处他很熟悉，而偏偏以拟人化的手法，托诸骏马。这一比喻很符合词人作为贵家子弟的身份，可知词人确曾身骑骏马，来到这秋千深院，与玉楼绣户中人相会。由于常来常往，连马儿也认得游踪了。

②彩笔：即五色笔。据《南史·江淹传》：相传南朝梁代江淹，才思横溢，名章隽语，层出不穷，后梦中为郭璞索还曾借与他的彩笔，从此作品绝无佳者。

③朝云：代指所思念的人。宋玉《高唐赋序》有楚襄王梦会巫山神女事，其中有"旦为行云，暮为行雨"句。

④紫骝（liú）：黑鬃黑尾红身的马，泛指骏马。

清平乐①

留人不住。醉解兰舟去。一棹碧涛春水路。过尽晓莺啼处。

渡头杨柳青青。枝枝叶叶离情②。此后锦书休寄③，画楼云雨无凭④。

【注释】

①清平乐：这是一首离情词。上片女子殷勤挽留，男

子乘醉而别，都是为情。碧涛晓莺，应是女子意中之幻，而非男子眼前之景。过片两句方是女子眼前之景，杨柳青青，枝叶关情，景语情语，打成一片。末两句，陡然转折，以怨写爱，因多情而生绝望，绝望恰表明不忍割舍之情怀。

②"渡头"二句：从刘禹锡《竹枝词》"杨柳青青江水平，闻郎江上唱歌声。东边日出西边雨，道是无情却有情"中化出。

③锦书：即锦字书。《晋书》载，前秦窦滔妻苏蕙寄给丈夫锦字回文诗。后多用以指情书。

④云雨无凭：用宋玉《高唐赋》写神女的典故，指行踪不定。

阮郎归①

旧香残粉似当初。人情恨不如。一春犹有数行书。秋来书更疏②。

衾凤冷③，枕鸳孤④。愁肠待酒舒。梦魂纵有也成虚⑤。那堪和梦无。

【注释】

①阮郎归：《神仙记》云："刘晨、阮肇入天台山采药，遇二仙女，留住半年，思归甚苦。既归，则乡邑零落，经已十世。"调名本此。又名《碧桃春》《醉桃源》《濯缨曲》《宴桃源》等。这首词抒写思妇积思成怨的幽怀别绪。上片起首两句将物与人比照来

写，物仍故物，香犹故香，而离去之人的感情，却经不起考验，逐渐淡薄，今不如昔了。下片转而叙述女子夜间的愁思，抒写其处境的凄凉、相思的痛苦。

②疏：少。

③衾（qīn）凤：绣着凤凰的被子。

④枕鸳：绣有鸳鸯的枕头。

⑤梦魂：离开肉体的灵魂。唐刘希夷《巫山怀古》诗："颓想卧瑶席，梦魂何翩翩。"宋晏几道《鹧鸪天》词："春悄悄，夜迢迢，碧云天共楚宫遥。梦魂惯得无拘检，又踏杨花过谢桥。"

阮郎归①

天边金掌露成霜②。云随雁字长③。绿杯红袖趁重阳④。人情似故乡。

兰佩紫⑤，菊簪黄⑥。殷勤理旧狂。欲将沉醉换悲凉。清歌莫断肠。

【注释】

①阮郎归：这首词为重阳佳节宴饮之作。上片首两句写秋景，三、四两句将客居心情与思乡之情交织来写，即写了故乡人情之美，表达出思乡心切的情怀，又赞美了重阳友情之美。过片二句，应是典型的重阳景致。况周颐《蕙风词话》卷二说："'殷勤理旧狂'，五字三层意：狂者，所谓一肚皮不合时

宜，发见于外者也。狂已旧矣，而理之，而殷勤理
之，其狂若有甚不得已者"，"'欲将沉醉换悲凉'
是上句注脚；'清歌莫断肠'仍含不尽之意。"

②金掌：铜制的手掌。汉武帝时所铸金铜仙人，手捧
铜盘承露，取露饮之，以求长生不老。

③雁字：雁飞行时常排列成"一"字或"人"字形，
称为雁字。

④绿杯红袖：代指美酒、歌女。

⑤兰佩紫：即以紫兰为佩。《离骚》："纫秋兰以为佩。"

⑥菊簪黄：即簪黄菊，将菊花插在头上。杜牧《九日
齐山登高》："尘世难逢开口笑，菊花须插满头归。"

六幺令①

绿阴春尽，飞絮绕香阁②。晚来翠眉宫样③，巧
把远山学④。一寸狂心未说，已向横波觉⑤。画帘遮
匝⑥。新翻曲妙⑦，暗许闲人带偷掐⑧。

前度书多隐语，意浅愁难答。昨夜诗有回文⑨，
韵险还慵押。都待笙歌散了，记取来时霎。不消红
蜡。闲云归后，月在庭花旧阑角。

【注释】

①六幺令：原唐教坊曲名，后用作此调。宋王灼《碧
鸡漫志》："此曲拍无过六字者，故曰六幺。"《燕
乐考原》认为："幺"指细小而繁急之声调，此曲
共用六种幺调。又名《绿腰》《乐世》《录要》。这

首词极为细腻婉曲地描写了一位歌女和情人幽会的情景。上片首两句，点出季节时令及女子约会前兴奋、紧张的心情。下片写沉浸在浓情蜜意中的恋人，语言的表达是苍白的。只消细细品味两人欢会时刻的甜蜜就足够了。

②香阁：闺房。

③翠眉：古代女子以青黛画眉。

④远山：指眉。

⑤横波：形容眼神流动。傅毅《舞赋》："眉连娟以增绕兮，目流睇而横波。"

⑥遮匝（zā）：周围都被遮盖。

⑦翻：谱写。白居易《残酌晚餐》："舞看新翻曲，歌听自作词。"

⑧偷掐：暗地里学习弹奏乐曲。掐，掐记。即以手指叩弦而记其声调。

⑨回文：指诗中的字句回环往复读，皆可成诗。

御街行①

街南绿树春饶絮②。雪满游春路③。树头花艳杂娇云④，树底人家朱户。北楼闲上，疏帘高卷，直见街南树。

阑干倚尽犹慵去。几度黄昏雨。晚春盘马踏青苔⑤，曾傍绿阴深驻。落花犹在，香屏空掩，人面知何处⑥。

①御街行：这是一首冶游之作。上片写景：暮春时节，夹道绿荫，杨柳飞絮，充塞天地，弥漫似雪。于绿树杂花之间，隐约可见旧时游踪。下片由景及情，词中倚阑之人，独守夕阳，不忍遽去。过片之后，词人采用几帧画面，写出了词中人不忍离去的情态和心理。对景怅触如此，必有值得永久纪念的特殊情事。于是，结拍"落花犹在，香屏空掩，人面知何处"点明词旨。

②饶：丰富。

③雪：谓白色柳絮飘如雪。

④娇云：彩云。

⑤盘马：驰马盘旋。

⑥人面知何处：暗用唐崔护《题都城南庄》"人面不知何处去，桃花依旧笑春风"诗意。

虞美人①

曲阑干外天如水②。昨夜还曾倚。初将明月比佳期。长向月圆时候、望人归。

罗衣着破前香在。旧意谁教改。一春离恨懒调弦。犹有两行闲泪、宝筝前。

【注释】

①虞美人：原为唐教坊曲名，后用为此调。原本用于吟咏项羽宠妃虞姬，调名也由此而来。这首词为怀

人怨别之作。上片描述女主人公倚阑望月、盼人归来之情。下片抒写女子不幸被弃之恨，与上片的真诚信托、痴情等待形成强烈的反差。

②天如水：语本柳永《二郎神》词"乍露冷风清庭户，爽天如水，玉钩遥挂"。可参看唐赵嘏《江楼旧感》："独上江楼思渺然，月光如水水如天。同来望月人何处，风景依稀似去年。"

留春令①

画屏天畔②，梦回依约③，十洲云水④。手捻红笺寄人书，写无限、伤春事。

别浦高楼曾漫倚⑤。对江南千里。楼下分流水声中⑥，有当日、凭高泪。

【注释】

①留春令：《词谱》以晏几道的这首词为正调。这是一首伤春怀人的词作。上片由梦回时分写起，眼前之景、梦中之境，交错弥漫，难分彼此。待把无限心事制成红笺，寄给远方之人。下片回忆往事，抒情主人公独倚高楼，面对着辽阔的千里江南之地，人在何处，抛洒的泪水，和着江水，流向远方。

②天畔：指画屏上部。

③依约：依稀隐约。

④十洲云水：托名为汉东方朔撰的《十洲记》载，八方大海中，有祖洲、瀛洲、玄洲、炎洲、长洲、元

洲、流洲、生洲、凤麟洲、聚窟洲。

⑤别浦：离别的地方。

⑥分流：古乐府《白头吟》有"蹀躞御沟上，沟水东西流"句。

思远人①

红叶黄花秋意晚②，千里念行客。飞云过尽，归鸿无信，何处寄书得。

泪弹不尽临窗滴。就砚旋研墨③。渐写到别来，此情深处，红笺为无色。

【注释】

①思远人：《词谱》："调见《小山乐府》，因词有'千里念行客'句，取其意以为名。"《词谱》指的正是晏几道的这首词。这是一首念远怀人之作。上片写秋意渐浓，见飞鸿而念远，渺渺长空，盼远信而不得。下片出人意表，另开思路：悲感而弹泪，泪弹不尽，临窗滴下，有砚承泪，于是研墨作书。情至深处，泪如雨下，笺色之红，因泪而淡。

②红叶：枫叶。黄花：菊花。

③就砚旋研墨：此承上句，谓泪滴入砚，即以泪研墨。语本孟郊《归信吟》"泪墨洒为书"一句。

满庭芳①

南苑吹花②，西楼题叶③，故园欢事重重。凭阑秋思，闲记旧相逢。几处歌云梦雨，可怜便流水西东。别来之，浅情未有、锦字系征鸿④。

年光还少味，开残槛菊，落尽溪桐。谩留得，尊前淡月凄风。此恨谁堪共说⑤，清愁付、绿酒杯中。佳期在，归时待把、香袖看啼红。

【注释】

①满庭芳：《词统源流》以为《满庭芳》调名出自柳宗元诗"偶此即安居，满庭芳草积"，及吴融"满庭芳草易黄昏"诗句。又名《满庭霜》《江南好》《话桐乡》《满庭花》《锁阳台》《潇湘夜雨》《潇湘雨》。这首词为怀人之作。词中主人公自与情人分手后，回忆往日欢情，期待重约佳期。在萧瑟的秋天，怨恨交加，悲不自胜。全词婉约有致，情溢言外，余味无穷。

②吹花：古代重阳节的一种活动。

③题叶：指红叶题诗传情。唐玄宗时顾况于"苑中，坐流水上，得大梧叶"，上有题诗云："一入深宫里，年年不见春。聊题一片叶，寄与有情人。"况亦于叶上题诗与之，反复唱和。事见唐孟棨《本事诗·情感》。

④锦字系征鸿：即系于雁足的书信。语出《汉书·苏武传》："昭帝即位。数年，匈奴与汉和亲。汉求武等，匈奴诡言武死。后汉使复至匈奴，常惠请其守者与俱，得夜见汉使，具自陈道。教使者谓单于，

言天子射上林中，得雁，足有系帛书，言武等在某泽中。使者大喜，如惠语以让单于。单于视左右而惊，谢汉使曰：'武等实在。'"锦字，即锦字书，指书信。

⑤堪：能够，可以。

苏　轼

　　苏轼（1037—1101），字子瞻，号东坡居士，眉山（今四川眉山）人。与其父苏洵、其弟苏辙并称"三苏"，同属"唐宋八大家"之列。嘉祐二年（1057）进士，曾任凤翔府签判。熙宁二年（1069）王安石变法，苏轼在改革主张与策略上持不同政见，被视为旧党，自请离开朝廷，出任杭州通判，转知密州、徐州、湖州。政敌以东坡讥讽朝政的罪名发动"乌台诗案"，元丰二年（1079）苏轼经牢狱之灾后被贬为黄州团练副使。哲宗继位后被召回朝廷，任翰林学士、知制诰。元祐四年（1089）出知杭州，转知颍州、扬州；元祐七年（1092）再召回京，历任礼部尚书、兵部尚书。绍圣元年（1094）再受党争牵累，被贬往惠州、儋州。建中靖国元年（1101）遇赦北归途中病死在常州。苏轼一生坎坷，总成为党争的牺牲品，但他始终关心民生疾苦，关注朝政大局。苏轼才华横溢，在诗文词赋、书法绘画诸多方面都取得了辉煌成就，逐渐形成清新淡雅与雄浑奔放并存的风格，又奖掖后进，产生深远影响。苏轼词被认为是豪放派代表，实则风格多样，题材广泛，个性鲜明，超凡脱俗。他"以诗为词"，一洗绮罗香泽之态；声韵谐婉，但不拘泥于音律；语言清新，兼采史传、口语；调名之外，创立标题、小序。他把诗文革新的成果推广到词的领域，为宋词的发展开拓出一片新天地。苏词版本很多，重要的有宋绍兴间傅干《注坡词》、元延祐间《东坡乐府》，《彊村丛书》本始创编年，《全宋词》收苏轼词最为完备。

水调歌头①

丙辰中秋，欢饮达旦，大醉。作此篇，兼怀子由②。

明月几时有③，把酒问青天。不知天上宫阙，今夕是何年④。我欲乘风归去，惟恐琼楼玉宇⑤，高处不胜寒。起舞弄清影，何似在人间。

转朱阁，低绮户⑥，照无眠。不应有恨，何事长向别时圆。人有悲欢离合，月有阴晴圆缺，此事古难全。但愿人长久，千里共婵娟⑦。

【注释】

①水调歌头：《历代诗余》卷五十八："《水调》，隋唐时曲名。《水调歌》者，一曲之名。如称《河传》曰《水调河传》。蜀王衍泛舟阆中，亦自制《水调银汉曲》是也。歌头，又曲之始音，如《六州歌头》《氐州第一》之类。姜夔填此词名为《花犯》《念奴》，吴文英名为《江南好》，皆此调也。一名《凯歌》。"复据《词谱》卷二十三："《水调》，乃唐人大曲。凡大曲有歌头，此必裁截其歌头，另倚新声也。"这

是一首广为传颂的中秋词。上片表现词人由超尘出世到热爱人生的思想活动，侧重写天上。下片融写实为写意，化景物为情思，表现词人对人世间悲欢离合的解释，侧重写人间。词人俯仰古今变迁，感慨宇宙流转，渗入了浓厚的哲学意味，揭示了睿智的人生理念。宋胡仔《苕溪渔隐丛话》后集卷三十九："中秋词，自东坡《水调歌头》一出，余词尽废。"

②丙辰中秋：宋神宗熙宁九年（1076）八月十五日。子由：作者之弟苏辙，字子由。

③明月几时有：借用李白《把酒问月》"青天有月来几时？我今停杯一问之"诗意。

④不知天上宫阙，今夕是何年：《周秦行记》载牛僧孺诗"香风引到大罗天，月地云阶拜洞仙。共道人间惆怅事，不知今夕是何年"。天上宫阙，指月宫。

⑤琼楼玉宇：想象月宫中晶莹瑰丽的楼台殿阁。

⑥低绮（qǐ）户：月光移入彩绘雕花的门窗。

⑦婵娟：指代明月。末二句化用谢庄《月赋》"隔千里兮共明月"句。

水龙吟① 次韵章质夫杨花词②

似花还似非花，也无人惜从教坠。抛家傍路，思量却是，无情有思③。萦损柔肠，困酣娇眼，欲开还闭。梦随风万里，寻郎去处，又还被、莺呼起④。

不恨此花飞尽，恨西园、落红难缀。晓来雨

过，遗踪何在，一池萍碎⑤。春色三分，二分尘土，一分流水。细看来，不是杨花，点点是离人泪。

【注释】

①水龙吟：调名取自李白诗《宫中行乐词八首》其三："笛奏龙吟水，箫鸣凤下空。"《词谱》以苏轼这首词为正调。这是东坡少有的婉约风格的咏物词作。词人借暮春之际"抛家傍路"的杨花，化"无情"之花为"有思"之人，"直是言情，非复赋物"，幽怨缠绵而又空灵飞动地抒写了带有普遍性的离愁。王国维《人间词话》："咏物之词，自以东坡《水龙吟》为最工。"

②章质夫：名楶（jié），字质夫，浦城（今属福建）人。曾作《水龙吟》咏杨花，苏轼依章词原韵唱和，故称"次韵"。

③无情有思：前代诗人，有的说杨花无情，如韩愈《晚春》诗"杨花榆荚无才思"。有的说杨花有情，如杜甫《白丝行》诗"落絮游丝亦有情"。

④"梦随"三句：唐金昌绪《春怨》"打起黄莺儿，莫教枝上啼。啼时惊妾梦，不得到辽西"句意相似。

⑤萍碎：苏轼自注："杨花落水为浮萍，验之信然。"此说并无科学根据，是词人的误解。

念奴娇① 赤壁怀古②

大江东去，浪淘尽、千古风流人物。故垒西

边，人道是、三国周郎赤壁③。乱石穿空，惊涛拍岸，卷起千堆雪。江山如画，一时多少豪杰。

遥想公瑾当年，小乔初嫁了④，雄姿英发⑤。羽扇纶巾⑥，谈笑间、强虏灰飞烟灭。故国神游⑦，多情应笑我，早生华发。人生如梦，一樽还酹江月⑧。

【注释】

①念奴娇：宋王灼《碧鸡漫志》："念奴娇，元微之《连昌宫词》云：'……力士传呼觅念奴，念奴潜伴诸郎宿……'自注云：'念奴，天宝中名倡，善歌。每岁楼下酺宴，万众喧溢。严安之、韦黄裳辈，辟易不能禁，众乐为之罢奏。明皇遣高力士大呼楼上曰："欲遣念奴唱歌，邠二十五郎吹小管逐，看人能听否？"皆悄然奉诏……岁幸温汤，时巡东洛，有司潜遣从行而已。'《开元天宝遗事》云：'念奴有色，善歌，宫伎中第一，帝尝曰："此女眼色媚人。"又云："念奴每执板当席，声出朝霞之上。"'今大石调《念奴娇》，世以为天宝间所制曲，予固疑之，然唐中叶渐有今体慢曲子，而近世有填连昌辞入此曲者，后复转此曲入道调宫，又转入高宫大石调。"这是一首怀古词作，也是宋代豪放词的代表之作。上片即景抒情，将读者带入历史的沉思之中，唤起人们对人生的思索，气势恢宏，笔大如椽。下片刻画周瑜的丰姿潇洒、韶华似锦、年轻有为，足以令人艳羡。继而感慨身世，言生命短促，

人生无常，深沉、痛切地发出了年华虚掷的悲叹。

②赤壁怀古：宋神宗元丰五年（1082）七月在黄州（今湖北黄冈）游赤壁矶后作。

③周郎：三国时吴将周瑜，字公瑾。吴主孙策授以"建威中郎将"时年仅二十四岁，吴中呼为周郎。

④小乔：据《三国志》载，周瑜从孙策攻皖，得乔公二女，皆国色也。策自纳大乔，瑜纳小乔。

⑤英发：神采焕发。

⑥羽扇纶（guān）巾：据《演繁露》载，诸葛亮与司马懿将决战于渭水边，诸葛亮扎着葛布制作的头巾，摇着白色羽毛扇，指挥三军。后以此形容儒将的装束，表现其指挥若定，潇洒从容。此处指周瑜。

⑦神游：心神向往，如亲游其境。《列子·黄帝》："昼寝而梦游于华胥氏之国。华胥氏之国在弇州之西，台州之北，不知斯齐国几千万里，盖非舟车足力之所及，神游而已。"南朝梁沈约《谢齐竟陵王教撰〈高士传〉启》："迹屈岩廊之下，神游江海之上。"

⑧酹（lèi）：以酒洒地，表示祭奠。

永遇乐①

彭城夜宿燕子楼②，梦盼盼，因作此词。

明月如霜，好风如水，清景无限。曲港跳鱼，圆荷泻露，寂寞无人见。紞如三鼓③，铿然一叶④，黯黯梦云惊断⑤。夜茫茫，重寻无处，觉来小园行遍。

天涯倦客，山中归路，望断故园心眼。燕子楼空，佳人何在，空锁楼中燕。古今如梦，何曾梦觉，但有旧欢新怨。异时对，黄楼夜景⑥，为余浩叹。

【注释】

①永遇乐：《锦绣万花谷》前集卷十七："唐杜秘书，工于小词。邻翁有女，小字酥香，凡才人所为歌曲，悉能讽之。一夕，逾墙而至，杜始望不及此，邻翁失女所在。后半年，仆有过，杜答之，窜而闻官，杜流河朔，临行述《永遇乐》一词诀别，女持纸三唱而死。"《锦绣万花谷》为南宋著作，其所云"杜秘书"则不知为唐代何时人物，若所述真实，则唐代当有《永遇乐》歌调。现在看到的最早的《永遇乐》词作见于柳永的《乐章集》。《词谱》以苏轼词为正体。这首词即景抒情，情理交融，状燕子楼小园清幽夜景，抒燕子楼惊梦后萦绕于怀的惆怅之情，言词人由人去楼空而悟得的"古今如梦，何曾梦觉"之理。上片写夜宿燕子楼的四周景物和梦。下片直抒感慨，议论风生。整首词传达了一种禅意玄思的人生空幻，隐藏着某种要求彻底解脱的出世意念。

②燕子楼：唐代尚书张愔侍妾关盼盼居处，在徐州（古彭城）。张死后，盼盼感念旧情，独居此楼十余年。

③纮（dǎn）如：击鼓声。

④铿（kēng）然：金石声。此喻树叶落地声。

⑤梦云：指梦见盼盼。

⑥黄楼：苏轼守徐州时，为治理黄河水患，在彭城东门堆黄土建成黄楼。

洞仙歌①

仆七岁时，见眉州老尼，姓朱，忘其名，年九十余。自言尝随其师入蜀主孟昶宫中②。一日大热，蜀主与花蕊夫人夜起避暑摩诃池上③，作一词。朱具能记之。今四十年，朱已死久矣，人无知此词者。但记其首两句，暇日寻味，岂《洞仙歌令》乎？乃为足之。

冰肌玉骨，自清凉无汗。水殿风来暗香满。绣帘开、一点明月窥人，人未寝、攲枕钗横鬓乱④。

起来携素手，庭户无声，时见疏星渡河汉⑤。试问夜如何，夜已三更，金波淡、玉绳低转⑥。但屈指、西风几时来，又不道、流年暗中偷换。

【注释】

①洞仙歌：宋张邦基《墨庄漫录》卷九：东坡作长短句《洞仙歌》所谓"冰肌玉骨，自清凉无汗"者，公自叙云："予幼时见一老人，年九十余，能言孟蜀主时事，云蜀主尝与花蕊夫人夜起纳凉于摩诃池上，作《洞仙歌令》。老人能歌之。予今但记其首两句，力为足之。"近见李公彦《季成诗话》乃云："杨元素作《本事记》，《洞仙歌》'冰肌玉骨，自清

凉无汗'，钱唐有老尼能诵后主诗首章两句，后人为足其意，以填此词。"其说不同。予友陈兴祖德昭云："顷见一诗话，亦题云李季成作，乃全载孟蜀主一诗：'冰肌玉骨清无汗，水殿风来暗香满。帘间明月独窥人，欹枕钗横云鬟乱。三更庭院悄无声，时见疏星度河汉。屈指西风几时来，只恐流年暗中换。'云：东坡少年遇美人，喜《洞仙歌》，又邂逅处景色暗相似，故隐括稍协律以赠之也。予以谓此说近之，据此乃诗耳，而东坡自叙乃云是《洞仙歌令》，盖公以此叙自晦耳，《洞仙歌》腔出近世，五代及国初，未之有也。"这首词表现了后蜀国君孟昶与花蕊夫人夏夜摩诃池上纳凉的情景。上片写花蕊夫人的绰约风姿。下片写爱侣夏夜偕行，空灵曼妙，末句表达了词人对时光流逝的深深惋惜和感叹。整首词清灵隽永，语意高妙，读来令人心驰神往。

②孟昶（chǎng）：五代时后蜀国君。生活奢靡，喜好词曲。

③花蕊夫人：后蜀主孟昶之妃。摩诃池：在蜀王宫宣华苑，相传故址在今成都昭觉寺。

④欹（qī）枕：即倚枕，靠着枕头。

⑤河汉：指天河。

⑥金波：指浮动的月光。《汉书·礼乐志》："月穆穆以金波，日华耀以宣明。"颜师古注："言月光穆穆，若金之波流也。"玉绳：星名，此处泛指群星。

卜算子① 黄州定惠院寓居作②

缺月挂疏桐，漏断人初静③。谁见幽人独往来④，飘渺孤鸿影。

惊起却回头，有恨无人省。拣尽寒枝不肯栖，寂寞沙洲冷。

【注释】

①卜算子：清万树《词律》云：唐骆宾王诗用数目名，人谓之卜算子。宋黄庭坚词有"似挟着，卖卜算"句。词调名称盖缘于此。又名《百尺楼》《楚天遥》。《词谱》以苏轼《卜算子》"缺月挂疏桐"为正体，所以《缺月挂疏桐》也是《卜算子》又名。词中借月夜孤鸿这一形象托物寓怀，表达了词人孤高自许、蔑视流俗的心境。黄庭坚评此词道："语意高妙，似非吃烟火食人语，非胸中有万卷书，笔下无一点尘俗气，孰能至此！"

②黄州：今湖北黄冈。

③漏断：漏壶水已滴尽，表示夜深。

④幽人：隐居之人。苏轼《定惠院寓居月夜偶出》诗："幽人无事不出门，偶逐东风转良夜。"

青玉案① 和贺方回韵送伯固归吴中故居②

三年枕上吴中路。遣黄犬、随君去③。若到松江呼小渡。莫惊鸳鹭。四桥尽是，老子经行处④。

《辋川图》上看春暮⑤，常记高人右丞句⑥。作个归期天已许。春衫犹是，小蛮针线⑦，曾湿西湖雨。

【注释】

①青玉案：这是一首赠别词。上片写对苏坚思乡心情的理解，言外之意：人各有家，乡情却是一样的，我何尝没有归乡之心、思乡之情呢！词人接着回忆了吴中给自己留下的美好印象，表达了对吴中故交的挂念。下片借对王维诗画的赞叹，表现自己欲归不能的无奈以及对苏坚回乡的羡慕，间接表达了词人对仕宦生涯的厌倦之情。

②贺方回：即词人贺铸。伯固：苏坚字伯固，苏轼族人。

③黄犬：据《晋书》载，陆机有犬名黄耳，他在洛阳时，曾把书信系在它的脖子上，送至松江家中，并得回信。

④老子：作者自称。宋人习用语，犹老夫。辛弃疾《水调歌头·和王正之吴江观雪见寄》词："老子旧游处，回首梦耶非。"

⑤《辋（wǎng）川图》：王维隐居辋川别墅，曾在清凉寺绘《辋川图》。此指作者有归隐之意。

⑥右丞：王维官尚书右丞。杜甫《解闷》："不见高人王右丞，蓝田丘壑漫寒藤。"

⑦小蛮：白居易侍妾名。此指苏轼妾朝云。

临江仙①

夜饮东坡醒复醉，归来仿佛三更。家童鼻息已雷鸣。敲门都不应，倚杖听江声。

　　长恨此身非我有^②，何时忘却营营^③。夜阑风静縠纹平^④。小舟从此逝，江海寄余生。

【注释】

①临江仙：东坡黄州之贬第三年，深秋之夜于雪堂畅饮，醉后返归临皋。这首词正是写当时的情景。上片以动衬静，以有声衬无声，家僮如雷的鼻息和远处的江声，衬托出夜静人寂的境界，从而烘托出词人心事之浩茫和心情之孤寂。下片以一种透彻了悟的哲理思辨，表达出一种对出处去留无所适从的困惑和对人生的无限感伤，读来震撼人心。

②长恨此身非我有：据《庄子》载，舜问于丞曰："道可得而有乎？"丞曰："汝身非汝有也，汝何得有夫道？"此借指仕宦之人不自由。

③营营：为功名利禄奔波。唐张九龄《上封事》："欲利之心，日夜营营。"

④縠（hú）纹：指细微的水波。苏轼《和张昌言喜雨》："禁林夜直鸣江濑，清洛朝回起縠纹。"

定风波^①

三月七日，沙湖道中遇雨^②。雨具先去，同行皆狼狈，余独不觉。已而遂晴，故作此词。

　　莫听穿林打叶声。何妨吟啸且徐行^③。竹杖芒鞋轻胜马④。谁怕。一蓑烟雨任平生。

料峭春风吹酒醒⑤。微冷。山头斜照却相迎。回首向来萧瑟处。归去。也无风雨也无晴⑥。

【注释】

①定风波：词人野外遇雨，却全无惧色，任天而行，超然物外。上片写雨中，下片写雨后。整首词于简朴中见深意，于寻常处生奇警，表现出旷达超脱的胸襟，寄寓着超凡脱俗的人生理想。

②沙湖：在湖北黄冈东南三十里，又名螺师店。

③吟啸：边歌咏边长啸，形容意态潇洒。《世说新语·文学》："桓玄尝登江陵城南楼云：'我今欲为王孝伯作诔。'因吟啸良久，随而下笔，一坐之间，诔以之成。"

④芒鞋：草鞋。

⑤料峭（qiào）：形容春风略带寒意。

⑥末二句：苏轼《独觉》："倏然独觉午窗明，欲觉犹闻醉鼾声。回首向来萧瑟处，也无风雨也无晴。"后两句全同，可见这是苏轼非常欣赏的两句。

江城子① 乙卯正月二十日夜记梦②

十年生死两茫茫。不思量。自难忘。千里孤坟③，无处话凄凉。纵使相逢应不识，尘满面、鬓如霜④。

夜来幽梦忽还乡。小轩窗。正梳妆。相顾无言，惟有泪千行。料得年年肠断处，明月夜、短松冈。

【注释】

①江城子：清李良年《词家辩证》："南唐张泌有《江城子》二阕。"五代欧阳炯用此调填词，词中有"如西子镜，照江城"句，犹含本意。唐词为单调，宋人演为双调。又名《江神子》《村意远》《水晶帘》等。夫妻生死永诀，转瞬十载，不需思量，只因时时忆念。最可悲的是，这对恩爱夫妻面对的不止是幽冥之隔，更有空间的阻隔。身处密州的苏轼，却不能到妻子的坟前祭奠、倾诉，一个"孤"字，多少凄凉。下片记梦，羁縻于宦海的词人，只能梦中还乡，见到久别的妻子，还是十年前的模样，久别重逢当有千言万语，而词人当此之时，只有泪流满面。整首词凄情满怀，"有声当彻天，有泪当彻泉"（陈师道语）。

②乙卯正月：本篇为宋神宗熙宁八年（1075）正月，作者在密州悼念亡妻王弗而作。王弗，四川眉州青神人。十六岁嫁与苏轼，二十七岁时病亡。从王弗逝世（1065）到作者作此词正好十年。

③千里孤坟：此时作者在密州（今山东诸城），王弗葬于眉山东北（今四川彭山）苏洵夫妇墓旁，两地相距何止千里。

④鬓如霜：言两鬓斑白。白居易《闻龟儿咏诗》："莫学二郎吟太苦，才年四十鬓如霜。"

木兰花① 次欧公西湖韵②

霜余已失长淮阔。空听潺潺清颍咽③。佳人犹唱醉翁词，四十三年如电抹④。

草头秋露流珠滑。三五盈盈还二八⑤。与余同是识翁人，惟有西湖波底月。

【注释】

①木兰花：这首词是苏轼五十六岁时为怀念恩师欧阳修而作。上片写自己泛舟颍河时触景生情，下片写月出波心而生的感慨和思念之情。全词在一派淡泊、凄清的秋水月色中化出淡淡的思念和叹惋，因景而生怀人之情，悲叹人生无常，令人感慨万千，怅然若失。

②欧公：指欧阳修。欧阳修曾作一词《玉楼春》咏颍州西湖。

③清颍：颍水。淮河支流，在今河南。

④四十三年：自欧阳修作《木兰花》至苏轼作此词，已相距四十三年。电抹：形容光阴飞逝。范成大《泛湖诗》："一笑流光飞电抹，嫦娥相对两愁绝。"

⑤三五：指每月十五。二八：指每月十六。

贺新郎①

乳燕飞华屋②。悄无人、桐阴转午③，晚凉新浴。手弄生绡白团扇，扇手一时似玉。渐困倚、孤眠清熟。帘外谁来推绣户，枉教人、梦断瑶台曲④。

又却是、风敲竹。

石榴半吐红巾蹙⑤。待浮花、浪蕊都尽，伴君幽独。秾艳一枝细看取⑥，芳心千重似束。又恐被、西风惊绿。若待得君来向此，花前对酒不忍触。共粉泪、两簌簌⑦。

【注释】

①贺新郎：清毛先舒《填词名解》谓此调为苏轼首创。因苏词中有"晚凉新浴"句，故名《贺新凉》，后误"凉"为"郎"，调名盖本此。又名《金缕曲》《金缕歌》《金缕词》《风敲竹》《乳燕飞》《貂裘换酒》等。这是一首抒写闺怨的双调词，上片写美人，下片掉转笔锋，专咏榴花，借花取喻，时而花人并列，时而花人合一。作者赋予词中的美人、榴花以孤芳高洁、自伤迟暮的品格和情感，这两个美好的意象中渗透进自己的人格和感情。词中写失时之佳人，托失意之情怀；以婉曲缠绵的儿女情长，寄慷慨郁愤的身世之感。

②乳燕飞华屋：宋赵彦卫《云麓漫钞》卷四："东坡长短句《贺新郎》词云：'乳燕飞华屋'尝见其真迹，乃'栖华屋'。"

③转午：天已到午后。

④瑶台：传说中神仙居住的地方。

⑤蹙（cù）：褶皱。

⑥秾（nóng）艳：艳丽。

⑦簌簌（sù）：坠落的样子。

黄庭坚

　　黄庭坚（1045—1105），字鲁直，号山谷，又号涪翁，洪州分宁（今江西修水）人。治平四年（1067）登进士第，官至起居舍人；晚年一再遭贬。他是"苏门四学士"之一。诗与苏轼齐名，并称"苏黄"，被奉为"江西诗派"创始人。书法亦有盛名。黄庭坚的词，早期多写艳情，格调不高，晚年亦有疏宕豪健之词，然佳作不多，当时与秦观齐名，并称"秦黄"。本集附词一卷，另有《山谷琴趣外篇》三卷单行，收入《彊村丛书》。

鹧鸪天①

坐中有眉山隐客史应之和前韵，即席答之。

　　黄菊枝头生晓寒。人生莫放酒杯干。风前横笛斜吹雨，醉里簪花倒着冠。

　　身健在，且加餐②。舞裙歌板尽清欢。黄花白发相牵挽③，付与时人冷眼看④。

【注释】

①鹧鸪天：此为宴席间互相酬唱之作。上片是劝酒之辞，劝别人，也劝自己到酒中去求安慰，到醉中去求欢乐。下片则是对世俗的侮慢与挑战。整首词词人采取自娱自乐、放浪形骸、侮世慢俗的方式来发

泄心中郁结的愤懑与不平，对现实中的政治迫害进行调侃和抗争，体现了词人挣脱世俗约束的理想。
②加餐：《古诗十九首》有"弃捐勿复道，努力加餐饭"句。李白《代佳人寄翁参枢先辈》："直是为君餐不得，书来莫说更加餐。"
③黄花：同黄华，指未成年人。白发：指老年人。
④冷眼：轻蔑的眼光。

定风波① 次高左藏使君韵

万里黔中一漏天②。屋居终日似乘船。及至重阳天也霁。催醉。鬼门关外蜀江前③。

莫笑老翁犹气岸④。君看。几人黄菊上华颠。戏马台南追两谢⑤。驰射。风流犹拍古人肩⑥。

【注释】

①定风波：这首词为词人贬谪黔州期间的作品。上片首二句写黔中气候，以明贬谪环境之恶劣。下三句一转，重阳放晴，登高痛饮。久雨得晴，又适逢佳节，可谓喜上加喜，遂逼出"催醉"二字。过片三句承上意写重阳簪菊的风俗，以老翁自居的词人也将黄花插在满是白发的头上，这种不入俗眼的举止，现出一种不服老的气概。最后三句是高潮，词人不但饮酒赏菊，还要骑马射箭，其气概直追古时的风流人物。
②黔中：四川一带。漏天：天似泄漏一般，比喻雨水多。

③鬼门关：古代关名。

④气岸：气概。李白《流夜郎赠辛判官》诗："气岸遥凌豪士前，风流肯落他人后。"

⑤戏马台：在徐州，项羽所筑。两谢：指晋宋间文学家谢灵运和其族兄谢瞻，两人均有《九日从宋公戏马台集送孔令诗》。

⑥拍肩：比肩，追踪的意思。郭璞《游仙诗》："右拍洪崖肩。"

秦　观

秦观（1049—1100），字少游，一字太虚，号淮海居士。高邮（今属江苏）人。少有才名，研习经史，喜读兵书。熙宁十年（1077），往谒苏轼于徐州，次年作《黄楼赋》，苏轼以为"有屈、宋姿"。元丰八年（1085）进士，元祐初，任秘书省正字，兼国史院编修；晚年一再遭贬。他是"苏门四学士"之一，其诗清新婉丽；词多写恋情和身世之慨，语工而入律，情韵兼胜，哀艳动人，曾因《满庭芳》词赢得"山抹微云君"雅号。他毕生追随苏氏兄弟，而词风不学东坡，独创一格，以秀丽含蓄取胜，情调略嫌柔弱与凄凉。有单刻本《淮海居士长短句》三卷行世，后收入《彊村丛书》。

望海潮①

梅英疏淡，冰澌溶泄②，东风暗换年华。金谷俊游③，铜驼巷陌④，新晴细履平沙。长记误随车⑤。

正絮翻蝶舞，芳思交加。柳下桃蹊，乱分春色到人家。

西园夜饮鸣笳⑥。有华灯碍月，飞盖妨花。兰苑未空，行人渐老，重来是事堪嗟⑦。烟暝酒旗斜。但倚楼极目，时见栖鸦。无奈归心，暗随流水到天涯。

【注释】

①望海潮：调见柳永《乐章集》。钱塘自古为观海潮的胜地，调名大约取意于此。《词苑丛谈》卷七："柳耆卿与孙相何为布衣交，孙知杭，门禁甚严，耆卿欲见之不得，作《望海潮》词，往诣名妓楚楚曰：'欲见孙相，恨无门路，若因府会，愿朱唇歌之，若问谁为此词，但说柳七。'中秋夜会，楚宛转歌之，孙即席迎耆卿预坐。"这是一首怀旧之作。起片写初春景色：梅花渐落，河冰溶解，春天悄悄来到。继而写旧时游踪：前年上巳，适值新晴，游赏幽美名园，漫步繁华街道，缓踏平沙，快意无似。下片从美景而及饮宴，通宵达旦，尽情欢畅。"兰苑"二句，暗中转折，追忆前游，是事可念，而"重来"旧地，则"是事堪嗟"，感慨至深。而今酒楼独倚，只见烟暝旗斜，暮色苍茫，既无飞盖而来之俊侣，也无鸣笳夜饮之豪情，极目所至，所见唯有栖鸦。当此之时，归兮之心自然涌上心头。

②冰澌（sī）：冰块。

③金谷：金谷园。晋石崇所建别墅名园，石崇常在此园中招待宾客，饮宴游玩。

④铜驼：汉代洛阳街名。街道两侧有铜驼相对立，故名。

⑤长记误随车：语出韩愈《游城南十六首》之《嘲少年》："直把春偿酒，都将命乞花。只知闲信马，不觉误随车。"以及张泌的《浣溪沙》："晚逐香车入凤城，东风斜揭绣帘轻，慢回娇眼笑盈盈。消息未通何计是？便须伴醉且随行，依稀闻道太狂生。"则都可作误随车的注释。

⑥西园夜饮鸣笳：暗指元祐三年苏轼、秦观等十七人在驸马都尉王诜家西园雅集之事。曹植《公讌》诗："清夜游西园，飞盖相追随。明月澄清景，列宿正参差。"

⑦是事：事事，每件事。

八六子①

倚危亭。恨如芳草，萋萋刬尽还生②。念柳外青骢别后③，水边红袂分时③，怆然暗惊④。

无端天与娉婷⑤。夜月一帘幽梦，春风十里柔情⑥。怎奈向、欢娱渐随流水，素弦声断⑦，翠绡香减⑧，那堪片片飞花弄晚，濛濛残雨笼晴。正销凝⑨。黄鹂又啼数声。

【注释】

①八六子：调见《尊前集》中杜牧的作品。杜词全词

秦观

一〇三

八韵，以六字句为主，调名可能取自此意。因秦观词有"黄鹂又啼数声"句，故又名《感黄鹂》。这首词抒写别后相思之苦。上片径直情入，一个"恨"字，如天风海雨，忽然而来。下片回溯别前之欢，追忆离后之苦，感叹现实之悲，委婉曲折，道尽心中一个"恨"字。

②刬（chǎn）：铲除。李煜《清平乐》："离恨恰如春草，更行更远还生。"

③红袂（mèi）：红色衣袖。

④怆（chuàng）然：悲伤的样子。

⑤娉婷（pīngtíng）：姿态美好的样子。

⑥"夜月"二句：借用杜牧《赠别》诗句"娉娉袅袅十三余，豆蔻梢头二月初。春风十里扬州路，卷上珠帘总不如"。

⑦素弦声断：意谓分别后无心弹琴。

⑧翠绡（xiāo）香减：意谓分别后懒于修饰。

⑨销凝：因伤感而凝思出神。此二句化用杜牧《八六子》末句："正销魂，梧桐又移翠阴。"

满庭芳①

山抹微云②，天连衰草，画角声断谯门③。暂停征棹，聊共引离尊。多少蓬莱旧事，空回首、烟霭纷纷。斜阳外，寒鸦万点，流水绕孤村④。

消魂。当此际，香囊暗解⑤，罗带轻分⑥。谩赢得、青楼薄幸名存⑦。此去何时见也，襟袖上、空惹啼痕。伤情处，高城望断，灯火已黄昏。

【注释】

①满庭芳：这首词写离情别绪。上片从绘景入笔，摹
　　画离别场景，远山淡云，衰草接天，画角声声，此
　　景已属凄清，当此离别之际，尤觉不忍。词人于
　　"山""云"之间着一"抹"字，出语新奇，别有意
　　趣。继而转入叙事，引出饯别场景，并以景衬意，
　　斜阳寒鸦，流水孤村，喻别后前程之迷惘。下片
　　"消魂"二字，当空而来，拎出伤别题旨。以下数句
　　直赋情事，坦陈心迹，一气贯之，酣畅淋漓。结句
　　以景语收煞，含蓄萦回，韵味深长。

②抹：涂抹。词人另有《泗州东城晚望》诗："林梢一
　　抹青如画，应是淮流转处山。"两者可参看。

③谯（qiáo）门：建有瞭望楼的城门。

④寒鸦万点，流水绕孤村：直接用隋炀帝断句诗："寒
　　鸦千万点，流水绕孤村。"

⑤香囊：古代男子有佩香荷包风尚。

⑥罗带轻分：意谓分离。古人用罗带结成同心结象征
　　相爱。

⑦"谩赢得"句：语本杜牧《遣怀》诗"十年一觉扬
　　州梦，赢得青楼薄幸名"。

满庭芳①

晓色云开，春随人意，骤雨才过还晴。古台芳

榱，飞燕蹴红英②。舞困榆钱自落③，秋千外、绿水桥平。东风里，朱门映柳，低按小秦筝。

多情。行乐处，珠钿翠盖，玉辔红缨。渐酒空金榼④，花困蓬瀛。豆蔻梢头旧恨⑤，十年梦、屈指堪惊。凭阑久，疏烟淡日，寂寞下芜城⑥。

【注释】

①满庭芳：此为春游感怀之作。上片写景，昨夜一阵急雨，至破晓时分，雨霁云散，词人满怀欣悦，开始游赏园林。傍水古台，飞燕穿花，榆英飞舞，绿水盈岸，到处洋溢着明媚的春光。"秋千"句以下引出佳人。下片抒情，追忆往日行乐生活，琼都春来，男女出游，尽情欢乐，渐至酒空人倦，方才作罢。十年如梦，屈指算来，使人心惊。结句词人凭栏久立，唯见雾霭斜阳，向城墙落下。对比前此欢娱游事，使人顿生一种人事全非的怅惘之感。整首词语言清丽，形象鲜明，感情丰富。

②蹴（cù）：追逐。杜甫《城西陂泛舟》："鱼吹细浪摇歌扇，燕蹴飞花落舞筵。"

③榆钱：唐施肩吾《戏咏榆英》："风吹榆钱落如雨，绕林绕屋来不住。"

④金榼（kē）：酒器。

⑤"豆蔻"二句：语本杜牧《赠别》诗"豆蔻梢头二月初"和《遣怀》诗"十年一觉扬州梦"。

⑥芜城：扬州的别名。

减字木兰花①

天涯旧恨。独自凄凉人不问。欲见回肠②。断尽金炉小篆香③。

黛蛾长敛④。任是春风吹不展。困倚危楼。过尽飞鸿字字愁⑤。

【注释】

①减字木兰花：据《词谱》:《木兰花》令始于韦庄，系五十五字，全用仄韵者。《花间集》魏承班有五十四字词一体，毛熙震有五十三字词一体，亦用仄韵，皆非减字也。自南唐冯延巳制《偷声木兰花》五十字，前后起两句仍作仄韵，七言结处乃偷平声，作四字一句，七字一句，始有两仄、两平、四换韵体。故《减字木兰花》又名《偷声木兰花》《减兰》《小木兰花》等。这首词为念远怀人之作。上片写女子独自凄凉，愁肠欲绝；下片写女子百无聊赖，困倚危楼。全词先写内心，再写外形，触物兴感，借物喻情，词采清丽，笔法多变，细致入微地表现了女子深重的离愁，抒写出一种深沉的怨愤激楚之情。

②回肠：司马迁《报任安书》有"是以肠一日而九回"，南朝陈徐陵《在北齐与杨仆射书》:"朝千悲而掩泣，夜万绪而回肠，不自知其为生，不自知其为死也。"

③篆（zhuàn）香：即盘香。此处喻"回肠"。李清照《满庭芳》:"篆香烧尽，日影下帘钩。"

④黛蛾：女子之眉。温庭筠《晚归曲》："湖西山浅似
　　相笑，菱刺惹衣攒黛蛾。"
⑤飞鸿：即大雁。字字：大雁飞时排成"一"字或
　　"人"字，故云。

踏莎行① 郴州旅舍

雾失楼台，月迷津渡②。桃源望断无寻处③。可
堪孤馆闭春寒④，杜鹃声里斜阳暮。

驿寄梅花⑤，鱼传尺素⑥。砌成此恨无重数。郴
江幸自绕郴山，为谁流下潇湘去。

【注释】

①踏莎行：这首词为词人贬谪郴州时所写。词中抒写
　　了词人流徙僻远之地的凄苦失望之情和思念家乡的
　　怅惘之情。上片以写景为主，描写了词人谪居郴州
　　登高怅望时的所见和谪居的环境，但景中有情，表
　　现了他苦闷迷惘、孤独寂寞的情怀。下片以抒情为
　　主，写他谪居生活中的无限哀愁，偶尔也情中带景。
②津渡：渡口。
③桃源：陶渊明《桃花源记》所写的理想境界。杜甫
　　《春日江村》："茅屋还堪赋，桃源自可寻。"
④可堪：哪堪。
⑤驿寄梅花：《太平广记》引《荆州记》曰："陆凯与
　　范晔为友，在江南寄梅花一枝诣长安与晔，并赠诗
　　云：'折梅逢驿使，寄与陇头人。江南无所有，聊赠

一枝春。'"

⑥鱼传尺素:《饮马长城窟行》诗有"客从远方来，遗我双鲤鱼。呼儿烹鲤鱼，中有尺素书"。此上两句指亲朋书信。

浣溪沙①

漠漠轻寒上小楼。晓阴无赖似穷秋②。淡烟流水画屏幽。

自在飞花轻似梦，无边丝雨细如愁。宝帘闲挂小银钩③。

【注释】

①浣溪沙:这是一首抒写淡淡春愁的词作。上片写景，漠漠轻寒，似雾如烟，春阴寒薄，使人感到郁闷无聊。环顾室内，画屏闲展:烟霭淡淡，流水轻轻。词作至此，眼前之景、画中之境、意中之情，三者交汇，亦幻亦真，亦虚亦实。下片正面描写春愁，飞花袅袅，飘忽不定;细雨如丝，迷迷蒙蒙，一派愁绪无边的景象。结语处提振全篇，帘外愁境、帘内愁人，交相呼应，不言愁而愁自现。

②穷秋:深秋。

③宝帘:即珠帘。

阮郎归①

湘天风雨破寒初。深沉庭院虚。丽谯吹罢小单于②。迢迢清夜徂③。

乡梦断，旅魂孤。峥嵘岁又除。衡阳犹有雁传
书。郴阳和雁无④。

【注释】

①阮郎归：这首词为秦观郴州除夕之作，当岁暮天寒，
　孤馆羁旅，伶仃一人，独对清夜，不禁有家山之
　思。全词于浅语、淡语中蕴有深远意味，抒写了无
　比哀伤的情感，寄托了沉重的身世感慨。

②丽谯（qiáo）：即谯楼。小单（chán）于：唐代大角
　曲名。

③徂（cú）：消逝。

④郴（chēn）阳：即郴州。在衡阳南。

鹧鸪天①

枝上流莺和泪闻。新啼痕间旧啼痕。一春鱼雁
无消息②，千里关山劳梦魂③。

无一语，对芳尊。安排肠断到黄昏。甫能炙得
灯儿了④，雨打梨花深闭门。

【注释】

①鹧鸪天：这首词的作者归属有争议，今暂归秦观名
　下。上片起句"枝上流莺"，《草堂诗余》《历代诗余》
　《词律》俱作"枕上"。若以下文之"啼痕""梦魂"
　合观，当以"枕上"为佳。上片径直抒情，抒情主

人公因游子不归，杳无音信，遂积思成梦，梦中片刻的相聚，换来的却是梦醒后整夜的涕泪。拂晓时分，闻流莺鸣唱，感春日将尽，叹流年易逝，复又垂泪。下片写思妇终日面对相思的煎熬。把酒无语，独对黄昏，青灯枯坐，暗自垂泪。

②鱼雁：代指书信。

③千里关山劳梦魂：李白《长相思》有"天长路远魂飞苦，梦魂不到关山难"。

④甫：刚刚。炙（zhì）：烧。

晁端礼

晁端礼（1046—1113），名一作元礼，字次膺，祖居清丰，徙家彭门（今江苏徐州）。熙宁六年（1073）进士，两为县令，得罪上官而废徙。后以承事郎为大晟府协律，未及就职而卒。名作《绿头鸭》最为清婉。王灼谓其词"源流从柳氏来"，"有佳句"，"病于无韵"（《碧鸡漫志》卷二）。有词集《闲斋琴趣外篇》六卷。

绿头鸭①

晚云收，淡天一片琉璃。烂银盘、来从海底②，皓色千里澄辉。莹无尘、素娥淡伫③，静可数、丹桂参差④。玉露初零⑤，金风未凛，一年无似此佳时。露坐久、疏萤时度，乌鹊正南飞⑥。瑶台冷，阑干凭暖，欲下迟迟。

念佳人、音尘别后，对此应解相思。最关情、漏声正永，暗断肠、花阴偷移。料得来宵，清光未减，阴晴天气又争知。共凝恋、如今别后，还是隔年期。人强健，清尊素影，长愿相随。

【注释】

①绿头鸭：这首词写中秋赏月并寄远怀人。上片写月，晚云收尽，天空里现出一片琉璃般的色彩。接着，海底涌出了月轮，放出无边的光辉，继而描写月下的景色，美景良辰，使人流连。下片悬想远方佳人，同沐月色，一样相思，漏声相接、花影移动，料想明天夜月，清光未必减弱，至于是阴是晴，谁能预料呢？歇拍三句，与苏轼"但愿人长久，千里共婵娟"立意相同。有不尽之情，无衰飒之感。

②烂银盘、来从海底：语本卢仝（tóng）《月蚀》诗"烂银盘从海底出，出来照我草屋东"。烂银盘，喻指月亮。

③素娥：嫦娥。

④丹桂：传说月亮中有桂树。

⑤玉露：秋露。杜甫《秋兴八首》："玉露凋伤枫树林，巫山巫峡气萧森。"

⑥乌鹊正南飞：化用曹操《短歌行》"月明星稀，乌鹊南飞"。

赵令畤

赵令畤（zhì，1051—1134），初字景贶，改字德麟，自号聊复翁，宋太祖次子燕王德昭玄孙。元祐中签书颍州公事。时苏轼为知州，荐其才于朝。后坐元祐党籍，被废十年。绍兴初，袭封安定郡王，卒赠开府仪同三司。其词善于抒情，凄婉感伤。有赵万里辑《聊复集》一卷。

蝶恋花①

欲减罗衣寒未去。不卷珠帘②，人在深深处③。
红杏枝头花几许④。啼痕止恨清明雨。

尽日沉烟香一缕⑤。宿酒醒迟⑥，恼破春情绪。
飞燕又将归信误⑦。小屏风上西江路。

【注释】

①蝶恋花：这是一首闺中怀人之作。上片着重写闺中人不可名状的愁绪，约略可析为三层：春已至，而寒意未消，欲减衣，而时令不许，这是一层；春寒料峭，致使珠帘不卷，人困深闺，不得漫步庭园，这是一层；红杏满枝，繁花怒放，本可以尽情赏玩，不曾想清明时节，绵绵春雨，使得落红满地，一片狼藉，这又是一层。下片写闺中人终日独对香烟一缕，寂寞冷清、百无聊赖可想而知。枯坐愁城，无法排遣，唯有借酒浇愁，恨深酒多，以致一时难醒。经过层层渲染，至结片处，方揭出万愁之源：本希望春燕能给她带来远人消息，结果却是"飞燕又将归信误"，只留下她空对屏风，怅望不已。

②不卷珠帘：王昌龄《西宫春怨》："西宫夜静百花香，

　　　欲卷珠帘春恨长。"

③人在深深处：语出欧阳修《蝶恋花》"庭院深深深几
　　许"句。

④红杏枝头花几许：化用宋祁《木兰花》"红杏枝头春
　　意闹"句。

⑤沉烟香：即点燃的沉香。

⑥宿酒：隔夜残存的酒，残醉。

⑦飞燕又将归信误：古有飞燕传书的故事。

蝶恋花①

卷絮风头寒欲尽。坠粉飘香②，日日红成阵③。
新酒又添残酒困。今春不减前春恨。

　　蝶去莺飞无处问。隔水高楼，望断双鱼信④。
恼乱横波秋一寸⑤。斜阳只与黄昏近。

【注释】

①蝶恋花：这是一首伤春怀人之作。词的上片以惜花
　　托出别恨，起首三句描绘春深花落景象。"新酒"两
　　句，转而直接抒情，情感的内涵由惜春转向怀人。
　　词的下片，因音讯断绝而更增暮愁。过片三句，极
　　写孤独之感，不唯无人可问，连蝴蝶儿、黄莺儿也
　　都飞往别处，只剩下自己独倚高楼，凝望碧水。结
　　末两句，抒写因怀人、伤春而生发的绵绵愁恨。

②坠粉飘香：指春残花落。

③红成阵：落花飘落成阵。形容多。秦观《水龙吟》：

"斜阳院落，红成阵，飞鸳鸯。"

④双鱼信：指书信，传说鱼能传书。

⑤横波：眼波。

清平乐①

春风依旧。着意隋堤柳②。搓得鹅儿黄欲就。天气清明时候。

去年紫陌青门。今宵雨魄云魂③。断送一生憔悴，只消几个黄昏。

【注释】

①清平乐：这是一首伤春怀人之作。上片写清明景物。春风如约而至，吹绿了杨柳，一个"搓"字，显出浓情蜜意、万般柔情。下片以去年的朋会之盛，反衬今宵之孤凄。人生之憔悴，还需几个这等黄昏。

②隋堤柳：隋炀帝开通惠渠，沿渠筑堤为御道，称隋堤，沿堤广植柳树，称隋堤柳。

③雨魄云魂：谓人去如雨收云散。

张　耒

张耒（1054—1114），字文潜，号柯山，楚州淮阴（今属江苏）人。熙宁六年（1073）举进士，官至起居舍人。曾出知颍、汝二州，贬黄州。他是"苏门四学士"之一，诗风平易淡然。词不多见，清新婉丽，与秦观相近。赵万里辑为《柯山诗余》一卷。

风流子①

木叶亭皋下，重阳近、又是捣衣秋。奈愁入庾肠②，老侵潘鬓③，谩簪黄菊，花也应羞④。楚天晚、白蘋烟尽处，红蓼水边头⑤。芳草有情，夕阳无语，雁横南浦，人倚西楼。

玉容知安否，香笺共锦字⑥，两处悠悠。空恨碧云离合，青鸟沉浮⑦。向风前懊恼，芳心一点，寸眉两叶，禁甚闲愁。情到不堪言处，分付东流。

【注释】

①风流子：原为唐教坊曲名。据《词苑丛谈》，调名出自《文选》。《文选》刘良注曰：风流，言其风美之声流于天下，子者，男子之通称也。《花间集》收孙光宪《风流子》三首，不过规制要小，至宋才演为慢词。这是一首羁旅怀人之作。上片落笔写景，首先点明季节，时近重阳，捣衣声声，催人乡思，愁绪萦绕心中，白发现于鬓角，遥望楚天日暮，白蘋尽头，红蓼深处，芳草有情，夕阳无语，雁阵横南浦而翱翔，远客倚西楼而怅惘。下片抒情，过片点明所思之人，揭示词旨所在。继而写游子对闺中人的怀想，并推己及人，设想闺中人怀念游子时的痛苦情状。结句：相思至极，欲说还休；反不如将此情付与东逝之水。

②庾肠：北周庾信初仕梁，后出使西魏，被留，羁旅北方，思念故乡，作《愁赋》。后以此典为思乡之

愁肠。明邢雉山《宴赏·燕山重九》套曲："只恐怕老侵潘鬓，愁入庾肠，枉自惭衰朽。"

③潘鬓：西晋潘岳说自己三十二岁就有白头发了。后以此典为中年鬓发初白的代词。

④谩簪黄菊，花也应羞：苏轼《吉祥寺赏牡丹》："人老簪花不自羞，花应羞上老人头。"黄庭坚《南乡子》："花向老人头上笑，羞羞。白发簪花不解愁。"

⑤红蓼（liǎo）：古称辛莱。能使人想起离家之苦。

⑥香笺：书信。锦字：即锦字书。

⑦青鸟：指信使。

晁补之

晁补之（1053—1110），字无咎，号归来子，济州巨野（今属山东）人。"苏门四学士"之一。元丰二年（1079）进士，累官至礼部郎中。早年受苏轼赞赏，故其词风亦接近东坡，每有健句豪语，气象雄俊，但不如东坡词之旷达。有词集六卷，名《晁氏琴趣外篇》。

水龙吟① 次韵林圣予惜春

问春何苦匆匆，带风伴雨如驰骤②。幽葩细萼③，小园低槛，壅培未就④。吹尽繁红，占春长久。不如垂柳。算春常不老，人愁春老，愁只是、人间有。

春恨十常八九⑤。忍轻孤、芳醪经口⑥。那知自是，桃花结子⑦，不因春瘦。世上功名，老来风味，春归时候。最多情犹有。尊前青眼，相逢依旧。

【注释】

①水龙吟：这首词抒写惜春的情怀。上片起首先表达一般惜春之意，春去匆匆，携风带雨，吹落香花嫩蕊、满枝繁红，委实可惜，却也有当初鹅黄嫩绿的垂柳，如今已长得密可藏鸦。四序代谢，春去复来，春常不老，所老者，只是愁春之人。下片写排解春愁的方法。春愁春恨不可免，不如借酒遣愁。排解春愁，还需从根本上下工夫，其实，春归原不必愁，春红谢了，是为了结实，人生一世，也是如此，由壮年进入暮年，自有老来风味，不变的只有：老友相逢，青眼依旧，举杯畅饮，莫负良辰。

②驰骤：疾速。

③葩（pā）：草木的花。

④壅（yōng）培：培土。

⑤春恨十常八九：辛弃疾《贺新郎》："肘后俄生柳，叹人生、不如意事，十常八九。""人生不如意事十常八九"盖为习语，宋时已然。

⑥芳醪（láo）：美酒。

⑦桃花结子：王建《宫词》："树头树底觅残红，一片西飞一片东。自是桃花贪结子，错教人恨五更风。"

盐角儿① 亳社观梅②

开时似雪③。谢时似雪④。花中奇绝。香非在蕊，香非在萼，骨中香彻⑤。

占溪风，留溪月。堪羞损、山桃如血⑥。直饶更、疏疏淡淡，终有一般情别。

⑥损：煞，很的意思。

忆少年^① 别历下

无穷官柳，无情画舸^②，无根行客。南山尚相送，只高城人隔。

罨画园林溪绀碧^③。算重来、尽成陈迹。刘郎鬓如此^④，况桃花颜色。

【注释】

①忆少年：《词谱》以晁补之这首词为正调。又名《十二时》《桃花曲》《陇首山》等。这是一首感叹宦海沉浮的词作。上片写送别的情景，首三句排句连蝉，气势非凡，极写词人漂泊无依之窘况。下片悬想他年重来历下，词人已尘满鬓霜，往时罨画园林也已成陈迹。这其中有对自己宦海波劫的怨愤之情。

②画舸（gě）：彩船。

③罨（yǎn）画：画家谓杂彩色的画为罨画。

④刘郎：刘禹锡诗有"玄都观里桃千树，尽是刘郎去后栽"。

洞仙歌^① 泗州中秋作

青烟幂处^②，碧海飞金镜^③。永夜闲阶卧桂影。露凉时，零乱多少寒螿^④。神京远，惟有蓝桥路近^⑤。

水晶帘不下^⑥，云母屏开，冷浸佳人淡脂粉。

待都将许多明，付与金尊，投晓共、流霞倾尽⑦。
更携取、胡床上南楼⑧，看玉作人间，素秋千顷。

【注释】

①洞仙歌：这是一首赏月词。上片写中秋夜景，下片转写室内宴饮赏月。全词从天上到人间，又从人间到天上，天上人间浑然一体，境界阔大，想象丰富，词气雄放，与东坡词颇有相似之处。黄氏《蓼园词评》："前阕从无月看到有月，次阕从有月看到月满人间，层次井井，而词致奇杰，各段俱有新警语，自觉冰魂玉魄，气象万千，兴乃不浅。"

②幂（mì）：遮掩，覆盖。

③碧海：指青天。金镜：指月亮。李贺《七夕》："天上分金镜，人间望玉钩。"

④寒螿（jiāng）：即寒蝉。

⑤蓝桥：桥名。传说其地有仙窟，即唐朝裴航遇仙女云英处。

⑥水晶帘不下：李白《玉阶怨》："却下水晶帘，玲珑望秋月。"

⑦流霞：仙酒名。

⑧胡床：一种可以折叠的坐具，也称交椅。

晁冲之

晁冲之（生卒年不详），字叔用，济州巨野（今属山东）人。尝从陈师道学诗，自称"九岁一门生"（《过陈无己墓》）；又尝与王直方、江端本唱和，与吕本中交善，"相与如兄弟"（吕本中《东莱吕紫微师友杂志》）。名列《江西诗社宗派图》。举进士不第，授承务郎。后遭废，居具茨山下，人称具茨先生。政和间，为大晟府丞。其词构思新奇。近人赵万里辑有《晁叔用词》一卷。

临江仙①

忆昔西池池上饮②，年年多少欢娱。别来不寄一行书③。寻常相见了，犹道不如初。

安稳锦衾今夜梦，月明好渡江湖。相思休问定何如。情知春去后，管得落花无。

【注释】

①临江仙：这是一首怀念汴京旧游的词作。上片首两句回忆往年的快意时光，以下三句埋怨旧游云散，不通音讯，并推测这些意气相投的朋友即便相见，也不可能像当初在西池那样纵情豪饮，开怀畅谈，无所顾忌了。下片别后的思念，既然无由得面，加之音信不通，不如趁今夜月明，梦魂飞渡，跨过江湖，飞越关山，与朋友相见。见面后，不要问以后会怎样，春天已经过去，落花命运如何，只能顺其自然了。

②西池：即金明池，在汴京西，为京师游观胜地。

③别来不寄一行书：语本杜甫《寄高三十五詹事适》诗"相看过半百，不寄一行书"。

舒亶

舒亶（1041—1103），字信道，号懒堂，明州慈溪（今属浙江）人。治平二年（1065）进士，累迁御史中丞，与李定同劾苏轼，酿成"乌台诗案"。升至龙图阁待制。工于小令，善写离情，词风近秦、黄，淡雅而不俗。近人辑有《舒学士词》一卷。

虞美人①

芙蓉落尽天涵水。日暮沧波起。背飞双燕贴云寒。独向小楼东畔倚阑看。

浮生只合尊前老②。雪满长安道。故人早晚上高台。赠我江南春色一枝梅③。

【注释】

①虞美人：此为寄赠友人之作。上片写词人傍晚于小楼上欣赏秋景。下片写冬日的长安，词人盼望老友送梅来到，传达出词人苦闷孤独又渴望得到友情慰藉的心情。

②合：应该。

③赠我江南春色一枝梅：据《荆州记》载，陆凯与范晔关系很好，陆凯从江南寄一枝梅花给长安的范晔，并赠诗一首。

朱服

朱服（1048—？），字行中，乌程（今浙江吴兴）人。

熙宁六年（1073）进士，累迁至礼部侍郎，后加集贤殿修撰。今存《渔家傲》词一首，颇寓凄怆遣谪之情。

渔家傲^①

小雨廉纤风细细^②。万家杨柳青烟里。恋树湿花飞不起。愁无际。和春付与东流水。

九十光阴能有几。金龟解尽留无计^③。寄语东阳沽酒市。拼一醉。而今乐事他年泪。

【注释】

①渔家傲：这首词写词人春日里的愁绪。上片写和风细雨中的暮春景象：满城杨柳，万家屋舍，细雨蒙蒙，青烟绿雾，一派暮春景色。春日将尽，落花有离树之愁，人亦有惜春之愁，愁心难解，词人遂将它连同春天一道付与东流之水。下片写人生短暂，寿不满百，即便像贺知章，有九十之寿，也会面对春尽之愁，不如东城沽酒，拼却一醉，不将遗憾留与冉冉暮年。

②廉纤：细微。形容小雨。

③金龟解尽：指解下佩饰换酒酣饮。李白《对酒忆贺监》诗序曰："太子宾客贺公，于长安紫极宫一见余，呼余为'谪仙人'，因解金龟，换酒为乐。"

毛 滂

毛滂（1064—？），字泽民，号东堂，衢州江山（今属浙江）人。元祐中，苏轼守杭，毛滂为法曹，颇受器重。诗词清疏空灵，抒情写景，饶有余韵。有《东堂词》。

惜分飞①　富阳僧舍代作别语

泪湿阑干花着露。愁到眉峰碧聚②。此恨平分取。更无言语。空相觑③。

断雨残云无意绪。寂寞朝朝暮暮。今夜山深处。断魂分付。潮回去。

【注释】

①惜分飞：唐苏颋《送吏部李侍郎东归》有"赏来荣扈从，别至惜分飞"句。此调最初见于毛滂《东堂词》。据《西湖游览志》载：元祐中，苏轼知守钱塘时，毛滂为法曹掾，与歌妓琼芳相爱。三年秩满辞官，于富阳途中僧舍作《惜分飞》词，赠琼芳。一日，苏轼于席间，听歌妓唱此词，大为赞赏，当得知乃幕僚毛滂所作时，即说："郡僚有词人不及知，某之罪也。"于是派人追回，与其留连数日。毛滂因此而得名。这是一首别情词。全词写与琼芳恨别的相思之情。上片追忆两人恨别之状，下片写别后的羁愁。整首词感情自然真切，音韵凄惋，达到了"语尽而意不尽，意尽而情不尽"（周辉《清波杂志》）的艺术效果。

②眉峰：眉毛。

③觑（qù）：偷视。

陈 克

　　陈克（1081—?），字子高，自号赤城居士，临海（今属浙江）人，侨居金陵（今江苏南京）。他亲历两宋之交的战乱，曾于绍兴七年（1137）任吕祉幕府参谋，随淮西军马抗金；又曾与吴若共著《东南防守便利》三卷。他有少数作品写身世之感，关注严酷现实；大多数词则婉雅闲丽，意境恬淡，有“花间派”遗风。陈振孙《直斋书录解题》卷二一称其“词格颇高，晏、周之流亚也”。赵万里辑其《赤城词》一卷。

菩萨蛮①

　　赤阑桥尽香街直。笼街细柳娇无力。金碧上青空②。花晴帘影红。

　　黄衫飞白马③。日日青楼下。醉眼不逢人。午香吹暗尘。

【注释】

①菩萨蛮：这首词着力表现了少年公子骄奢淫逸的冶游情态。上片词人通过对赤阑桥、香街、细柳、楼台和花草、晴空、帘影的巧妙安排，使这个艳而又冶的“狭斜之地”变得竟是如此富于魅力。下片刻画一个身披黄衫、骑着白马的少年公子形象。点睛之笔，全在“醉眼不逢人”五字，将这位气焰熏天的公子哥塑造得形神毕肖。

②金碧：传说中的神名。

③黄衫：隋唐时少年所穿的黄色华贵服装。此代贵人。

菩萨蛮①

绿芜墙绕青苔院。中庭日淡芭蕉卷。蝴蝶上阶飞。烘帘自在垂。

玉钩双语燕。宝甃杨花转②。几处簸钱声③。绿窗春睡轻。

【注释】

①菩萨蛮：这是一首表现初夏闲适情怀的词作。这首词通篇写景，而将人物的内心活动妙合于景物描绘之中，上片摹画帘内之人眼中的庭院景象：绿芜墙，青苔院，芭蕉卷，蝴蝶飞，景物由远而近，由静到动。下片写燕子梁间作巢，出入房栊，珠帘不卷，玉钩空悬，双双燕子，呢喃其上，井垣四周，杨花飘扬，上下翻飞，优游自如，远处依稀传来簸钱之声。珠帘之内，有人于绿窗之下，午梦悠悠。

②宝甃（zhòu）：精美的井壁。

③簸（bǒ）钱：掷钱为赌戏。

李元膺

李元膺（生卒年不详），东平（今属山东）人，南京（今河南商丘）教官。绍圣间曾为李孝美《墨谱法式》写序。蔡京翰苑，因赐宴西池，失足落水，几至沉溺，元膺闻之笑曰："蔡元长都湿了肚里文章。"京闻之怒，卒不得召用。

据此，元膺当为哲宗、徽宗时人。近人赵万里辑有《李元膺词》一卷，凡九首。其词思致妍密，清丽警入。

洞仙歌①

一年春物，惟梅柳间意味最深。至莺花烂漫时，则春已衰迟，使人无复新意。余作《洞仙歌》，使探春者歌之，无后时之悔。

雪云散尽，放晓晴池院。杨柳于人偃青眼。更风流多处，一点梅心相映远。约略颦轻笑浅②。

一年春好处，不在浓芳，小艳疏香最娇软。到清明时候，百紫千红花正乱。已失春风一半。早占取韶光、共追游，但莫管春寒，醉红自暖③。

【注释】

①洞仙歌：据词的小序可知，这首词意在提醒人们及早探春，无遗后时之悔。上片分写梅与柳这两种典型的早春物候，状物写情，活用拟人手法，意趣无穷。下片说明探春须早的原因。春之佳处，当在梅香柳疏之时。世人明晓此理者不多，清明时候，繁花似锦，百紫千红，游众如云。当此之时，春色盛极而衰，故曰"已失春风一半"。

②颦（pín）轻笑浅：即轻颦浅笑。颦，皱眉。此用美人神貌喻梅花。

③醉红：酒醉颜红。

时 彦

时彦（?—1107），字邦彦，开封（今属河南）人。元丰二年（1079）进士，进士第一，历任颍昌判官、秘书省正字，累除集贤校理。绍圣中，迁右司员外郎，提点河东刑狱。徽宗立，拜吏部侍郎、开封尹，官至吏部尚书。大观元年卒。

青门引①

胡马嘶风，汉旗翻雪②，彤云又吐③，一竿残照。古木连空，乱山无数，行尽暮沙衰草。星斗横幽馆④，夜无眠、灯花空老。雾浓香鸭⑤，冰凝泪烛，霜天难晓。

长记小妆才了。一杯未尽，离怀多少。醉里秋波，梦中朝雨，都是醒时烦恼。料有牵情处，忍思量、耳边曾道。甚时跃马归来，认得迎门轻笑。

【注释】

①青门引：此调与《青门引》令词不同，《词谱》以秦观词为正调。这首词为羁役怀人之作。上片写景，描绘作者旅途所见北国风光，风雪交加，胡马长嘶，大旗翻舞，残照西沉，老树枯枝纵横，山峦错杂堆叠。词人夜间投宿，凝望室外星斗横斜，室内灯花不剪，烛泪凝结。下片展开回忆，突出离别一幕，着力刻绘伊人形象。别离前夕，伊人浅施粉黛，饯别宴上，稍饮即醉，醉后秋波频盼，酒醒平添烦恼。

最难忘，临别之际，深情耳语：何时跃马归来，一
睹故人笑靥。整首词细腻深婉，情思绵长。

②胡马、汉旗：喻指西北边疆。

③彤（tóng）云：雪前密布的浓云。

④幽馆：寂寞幽深的客舍。

⑤香鸭：鸭形的香炉。

李之仪

李之仪（?—1117），字端叔，自号姑溪老农，沧州无
棣（今属山东）人。元丰中登进士。元祐末从苏轼于定州
幕府，终官朝请大夫。他的词，长调近柳永，短调近秦观。
多次韵，小令长于淡语、景语、情语，学习民歌乐府，深
婉含蓄。词作有《姑溪词》，收入毛晋《宋六十名家词》。

谢池春①

残寒销尽，疏雨过、清明后。花径敛余红，风
沼萦新皱②。乳燕穿庭户，飞絮沾襟袖。正佳时，
仍晚昼。着人滋味③，真个浓如酒。

频移带眼④，空只恁、厌厌瘦⑤。不见又思量，
见了还依旧。为问频相见，何似长相守。天不老，
人未偶。且将此恨，分付庭前柳⑥。

【注释】

①谢池春：调名大约源于谢灵运《登池上楼》诗，其
中有"池塘生春草，园柳变鸣禽"诗句。宋杨亿

《次韵和盛博士雪霁之什》:"梁苑酒浓寒力减,谢池风细冻纹开。"明黄相《送兰泉叔还莆》:"谢池春在应飞梦,阮竹风高忆共谈。""谢池春"在古代诗文中,当是成语。这首词写离别相思之苦。上片写景:有声有色,有动有静,以酒喻春,有独到之妙,可谓色味俱佳。下片抒情:人渐消瘦,只为离愁,聚散无定,何如长相厮守。天不助我,孑然难偶,只有将相思别恨,交付庭前垂柳。

②风沼萦新皱:语本冯延巳《谒金门》词"风乍起,吹皱一池春水"。沼,池塘。

③着人:迷人。

④移带眼:《梁书·沈约传》说,老病,腰带经常移动眼孔。喻日渐消瘦。

⑤恁:如此。

⑥分付:托付。

卜算子①

我住长江头,君住长江尾。日日思君不见君,共饮长江水。

此水几时休,此恨何时已。只愿君心似我心,定不负相思意②。

【注释】

①卜算子:词以长江起兴。"我""君"对起,而一住江头,一住江尾,见双方空间距离之悬隔,也暗寓

相思之悠长。日日思君而不得见，却又共饮一江之水。深味之下，尽管思而不见，毕竟还能共饮长江之水。下片紧扣长江水，进一步抒写别恨。悠悠长江之水，不知何时才能休止，绵绵相思之恨，也不知何时才能停歇。结句词人翻出新意：阻隔纵然不能飞越，两相挚爱的心灵却可一脉遥通。

②"只愿"二句：语本顾夐《诉衷情》"换我心，为你心，始知相忆深"。

周邦彦

周邦彦（1056—1121），字美成，号清真居士，钱塘（今浙江杭州）人。元丰七年（1084）献《汴都赋》，擢为试太学正；元祐四年（1089）出为庐州（今安徽合肥）教授。绍圣四年（1097）还朝，任国子主簿。徽宗即位，改除校书郎，历考功员外郎，卫尉宗正少卿兼议礼局检讨。政和二年（1112），出知隆德府（今山西长治）。六年，自明州（今浙江宁波）任入秘书监，进徽猷阁待制，提举大晟府。宣和二年（1120）移知处州（今浙江丽水），值方腊起义，道梗不赴。未几罢官，提举南京鸿庆宫，辗转避居于钱塘、扬州、睦州（今浙江建德）。卒年六十六。写词严分平仄四声、五音六律、清浊轻重，故音律谐婉，堪称格律词派之开山。词中多拗句；又善于熔铸前人诗句；用典自如，又善铺叙。词风富艳而高雅，沉着而拗怒。有词集《清真集》，又名《片玉集》。

瑞龙吟①

章台路②。还见褪粉梅梢，试花桃树。愔愔坊陌人家③，定巢燕子，归来旧处。

黯凝伫。因念个人痴小④，乍窥门户。侵晨浅约宫黄⑤，障风映袖，盈盈笑语。

前度刘郎重到⑥，访邻寻里，同时歌舞。惟有旧家秋娘⑦，声价如故。吟笺赋笔，犹记燕台句⑧。知谁伴，名园露饮，东城闲步。事与孤鸿去。探春尽是，伤离意绪。官柳低金缕。归骑晚、纤纤池塘飞雨。断肠院落，一帘风絮。

【注释】

①瑞龙吟：周邦彦自度曲。《词谱》以周邦彦这首词为正调。词分三叠，首写旧地重游，所见所感：人如巢燕归来，寻常坊陌，宛如从前，梅花方才谢了，又见桃花着枝。次写当年旧人旧事：凝神伫立，仿佛看到伊人临风而立，听到伊人盈盈笑语。末写抚今追昔之情。前度刘郎，旧家秋娘，而今知与谁伴，往日欢娱，不知能否重续。到如今探春所获，尽是伤离意绪，归去吧！相伴只有，纤纤飞雨，一帘风絮。整首词婉转抑扬，含蓄蕴藉，令人揣摩把玩，读之不舍。

②章台：泛指妓院聚集之地。

③愔愔（yīn）：安静的样子。

④个人：伊人。

⑤浅约宫黄：淡着脂粉。

⑥前度刘郎重到：据《幽明录》载：东汉人刘晨、阮肇入天台山采药逢仙女，居留半年后归来，而尘世已历七代。后又重入天台山，仙女已杳不可寻。

⑦秋娘：唐金陵歌妓杜秋娘。此处代指歌妓。

⑧犹记燕台句：语本李商隐《梓州罢吟寄同舍》"长吟远下燕台去，惟有衣香染未销"。

风流子①

新绿小池塘。风帘动、碎影舞斜阳。羡金屋去来，旧时巢燕；土花缭绕②，前度莓墙。绣阁里、凤帏深几许，听得理丝簧。欲说又休，虑乖芳信③，未歌先噎，愁近清觞。

遥知新妆了，开朱户、应自待月西厢④。最苦梦魂，今宵不到伊行⑤。问甚时说与，佳音密耗⑥，寄将秦镜⑦，偷换韩香⑧。天便教人，霎时厮见何妨。

【注释】

①风流子：这是一首抒发相思之情的词作。上片写两情相隔，跨着池塘，隔着莓墙，罩着绣阁，绕着凤裳。词人不禁羡慕可以穿屋而飞的燕子，可以飞越这些阻隔，飞进金屋，一睹佳人芳容。如果音讯全无，也就作罢了，偏偏能听到佳人理丝簧，曲调幽怨，愁近清觞。下片悬想佳人新妆后，待月西厢下，可惜这一令人心动的场景只是假想，白日既不

能相会，那就到梦中去追寻吧。可是今晚竟然连梦魂都不能到她身边，有什么机缘能将定情的信物交付给她呢！上天啊！让我们短暂相会又有何妨！情急迁妄的情态，跃然纸上。沈谦《填词杂说》评后两句"卞急迁妄"，"美成真深于情者"。

②土花：苔藓。李贺《金铜仙人辞汉歌》："画栏桂树悬秋香，三十六宫土花碧。"

③乖：违，误。

④待月西厢：语本元稹《会真记》中诗："待月西厢下，迎风户半开。拂墙花影动，疑是玉人来。"

⑤伊行：她身边。

⑥耗：消息。

⑦秦镜：东汉人秦嘉赠予其妻徐淑的明镜。

⑧韩香：晋贾充女贾午暗恋韩寿，窃香赠之。

兰陵王①

柳阴直。烟里丝丝弄碧。隋堤上、曾见几番②，拂水飘绵送行色。登临望故国。谁识。京华倦客。长亭路，年去岁来，应折柔条过千尺③。

闲寻旧踪迹。又酒趁哀弦，灯照离席。梨花榆火催寒食④。愁一箭风快，半篙波暖，回头迢递便数驿。望人在天北。

凄恻。恨堆积。渐别浦萦回，津堠岑寂⑤。斜阳冉冉春无极。念月榭携手，露桥闻笛。沉思前事，似梦里，泪暗滴。

【注释】

①兰陵王：原唐教坊曲名，《碧鸡漫志》引《北齐史》
　　及《隋唐嘉话》称：齐文襄之长子长恭，封兰陵王。
　　与周师战，尝着假面对敌，击周师金墉城下，勇冠
　　三军。武士共歌谣之，曰《兰陵王入阵曲》。后用
　　为词调。这是一首咏物词，借咏柳以抒伤别之情。
　　起片写景，由堤上柳色铺写离情别绪，引出客居他
　　乡的漂泊之感，又折回到目前的离席；由离席再生
　　发开去，设想远行者别后的愁思，继而回到现实中
　　自己的别后之思；最后，又由现实引发出对昔日相
　　聚时的回忆。全词由实入虚，实虚不断转换。未别
　　之时，回忆离别之苦；已别之后，则又回忆相聚时
　　的欢乐，词人久客淹留之感、伤离恨别之情，在回
　　旋往复的描叙中展示出来。

②隋堤：隋炀帝时开凿通济渠、邗沟，沿岸修堤植柳，
　　称为隋堤。

③应折柔条过千尺：古人习俗，折柳送别。

④榆火：旧俗清明取榆柳之火赐百官，以顺阳气。

⑤津堠（hòu）：渡口上供瞭望的土堡。

琐窗寒①

暗柳啼鸦，单衣伫立，小帘朱户。桐花半亩。
静锁一庭愁雨。洒空阶、夜阑未休，故人剪烛西窗
语②。似楚江暝宿③，风灯零乱，少年羁旅。

　　迟暮。嬉游处。正店舍无烟④，禁城百五⑤。旗

亭唤酒⑥，付与高阳俦侣⑦。想东园、桃李自春，小唇秀靥今在否⑧。到归时、定有残英，待客携尊俎⑨。

【注释】

①琐窗寒：《词谱》："一名《琐寒窗》，调见《片玉集》，盖寒食词也。因词有'静琐一庭愁雨'及'故人剪烛西窗语'句，取以为名。"这是一首表现羁旅行役，游子思归的词作。上片情景两融：庭院小帘朱户，柳暗桐阴鸦啼，词人单衣伫立，独对春雨，潇潇暮雨，客馆孤灯，更添愁思。思夜雨空阶，故人西窗，剪烛夜语。歇拍三句，从当前客窗孤独，想到年少时期楚江羁旅。过片六句，转写当前：而今已届暮年，犹作客京华，孤馆春寒，偏逢寒食，唤取高阳俦侣，饮酒遣愁。久客恋乡，暮年感旧：故乡东园之地，桃李之花开否？小唇秀靥在否？人已迟暮，春已阑珊，纵然回到故里，情怀仍似客中，还似这般花下酩酊，聊以解忧。

②剪烛西窗：语本李商隐《夜雨寄北》诗"何当共剪西窗烛，却话巴山夜雨时"。

③暝（míng）宿：夜宿。

④正店舍无烟：元稹《连昌宫词》："初过寒食一百六，店舍无烟宫树绿。"

⑤百五：冬至后一百零五日为寒食节，禁火吃冷食。

⑥旗亭唤酒：旗亭，酒楼。悬旗为酒招，故称。刘禹

锡《武陵观火》诗:"花县与琴焦,旗亭无酒濡。"

⑦高阳俦(chóu)侣:指酒友。汉郦食其自称高阳酒徒,以谒刘邦,事见《史记》。

⑧靥(yè):酒窝。

⑨尊俎(zǔ):指宴席。

六 丑① 蔷薇谢后作

正单衣试酒,怅客里、光阴虚掷。愿春暂留,春归如过翼②。一去无迹。为问家何在,夜来风雨,葬楚宫倾国③。钗钿坠处遗香泽④。乱点桃蹊,轻翻柳陌。多情为谁追惜。但蜂媒蝶使,时叩窗槅。

东园岑寂,渐蒙笼暗碧。静绕珍丛底,成叹息。长条故惹行客。似牵衣待话,别情无极。残英小、强簪巾帻⑤。终不似、一朵钗头颤袅,向人敧侧⑥。漂流处、莫趁潮汐。恐断红、尚有相思字⑦,何由见得。

【注释】

①六丑:周邦彦自创此调。调见《片玉词》。周密《浩然斋雅谈》卷下:"既而朝廷赐酺,师师又歌《大酺》《六丑》二解,上顾教坊使袁綯,问綯,曰:'此起居舍人新知潞州周邦彦作也。'问'六丑'之义,莫能对。急召邦彦问之,对曰:'此犯六调,皆声之美者,然绝难歌,昔高阳氏有子六人,才而丑,故以比之。'上喜。"这首词借咏凋谢的蔷

薇，表现词人自己的身世飘零之感。上片抒写春归
花谢之景象。下片着意刻画人惜花、花恋人的生动
情景。全词构思别致，充分利用慢词铺叙展衍的特
点，时而写花，时而写人，时而花、人合写，回环
曲折、反复腾挪，写得缠绵深婉、耐人寻绎。

②过翼：飞鸟。

③倾国：以美人喻落花。语本汉李延年歌"北方有佳
人，绝世而独立。一顾倾人城，再顾倾人国"。

④钿钿（diàn）：女子所戴的首饰。此喻落花。

⑤巾帻（zé）：布头巾。

⑥攲（qī）侧：倚靠。

⑦恐断红、尚有相思字：据《云溪友议》载，唐朝卢
渥进京应举，偶至御沟，见红叶上有题诗"流水何
太急，深宫竟日闲。殷勤谢红叶，好去到人间"。

夜飞鹊①

河桥送人处，凉夜何其。斜月远、坠余辉。铜
盘烛泪已流尽，霏霏凉露沾衣。相将散离会，探风
前津鼓②，树杪参旗③。花骢会意④，纵扬鞭、亦自
行迟。

迢递路回清野，人语渐无闻，空带愁归。何意
重经前地，遗钿不见⑤，斜径都迷。兔葵燕麦⑥，向
斜阳、欲与人齐。但徘徊班草⑦，欷歔酹酒⑧，极望
天西。

【注释】

①夜飞鹊：调名取自曹操《短歌行》"月明星稀，乌鹊南飞"诗句。唐蒋冽有《夜飞鹊》诗："北林夜方久，南月影频移。何奋飞三匝，犹言未得枝。"一名《夜飞鹊慢》。为周邦彦创调，调见《片玉词》。这是一首送别词。上片写送别的情景，下片写别后归来的相思。"自将行至远送，又自去后写怀望之情，层次井井而意致绵密，词采秾深，时出雄厚之句，耐人咀嚼。"（黄蓼园《蓼园词选》）

②津鼓：古时在渡口处设置的信号鼓。

③树杪（miǎo）：树梢。参（shēn）旗：星宿名。

④花骢（cōng）：五花马。

⑤遗钿：本指杨贵妃花钿委地，此处指落花。

⑥兔葵：植物名。

⑦班草：布草而坐。

⑧欷歔（xīxū）：叹息声。酹（lèi）：以酒浇地以示祭奠。

满庭芳① 夏日溧水无想山作②

风老莺雏，雨肥梅子，午阴嘉树清圆。地卑山近，衣润费炉烟。人静乌鸢自乐③，小桥外、新绿溅溅④。凭阑久，黄芦苦竹⑤，疑泛九江船。

年年。如社燕⑥，飘流瀚海，来寄修椽⑦。且莫思身外，长近尊前。憔悴江南倦客，不堪听、急管繁弦。歌筵畔，先安簟枕⑧，容我醉时眠。

【注释】

①满庭芳：这首词表现了词人的宦情羁思和身世之感。上片写景，极其细密：江南初夏，和风细雨，老了雏莺，肥了梅子，午阴嘉树，亭亭如盖。居此地也，地低湿而久雨，衣常润而难干，人静而乌鸢自乐，溪涨而新绿溅溅，此地之节候也，大类乐天之在浔阳。下片即景抒情，曲折回环：叹此身常如社燕，春社时来，秋社即去，漂泊于瀚海之间，暂栖于屋椽之下。莫思身外之事，且尽眼前之杯，江南倦客，已听不惯丝竹纷陈，不如安排簟枕，容我醉眠。

②溧（lì）水：在今江苏溧阳。

③乌鸢（yuān）：乌鸦和鹰。

④溅溅（jiān）：流水声。

⑤黄芦苦竹：语本白居易《琵琶行》："住近湓江地低湿，黄芦苦竹绕宅生。"

⑥社燕：古时以立春后第五个戊日为春社，立秋后第五个戊日为秋社，祭祀土神。燕子春社时来，秋社时去，故称社燕。

⑦修椽（chuán）：长椽子，形容屋檐高大修长。

⑧簟（diàn）：竹席。

过秦楼①

水浴清蟾②，叶喧凉吹，巷陌马声初断。闲依露井，笑扑流萤，惹破画罗轻扇③。人静夜久凭阑。

愁不归眠，立残更箭④。叹年华一瞬，人今千里，梦沉书远。

空见说、鬓怯琼梳，容消金镜，渐懒趁时匀染。梅风地溽⑤，虹雨苔滋，一架舞红都变。谁信无聊，为伊才减江淹⑥，情伤荀倩⑦。但明河影下，还看稀星数点。

【注释】

①过秦楼：《词谱》："调见《乐府雅词》，李甲作，因词有'曾过秦楼'句，取以为名。"这首词上片由秋夜景物，人的外部行为而及内部感情的郁结，点出"年华一瞬"的深沉意绪，下片承此意绪加以铺陈。全词虚实相生，今昔相送，时空、意象交错组接，跌宕多姿，空灵飞动，具有极强的艺术震撼力。

②清蟾（chán）：明月。

③画罗轻扇：杜牧《秋夕》："银烛秋光冷画屏，轻罗小扇扑流萤。"

④更箭：古代计时器。以铜壶盛水，壶中立箭以计时。

⑤溽（rù）：潮湿。

⑥才减江淹：传说江淹年少时，梦中人授五色笔，因而文采非凡，后梦郭璞将其索回，自此诗无美句，人称"江郎才尽"。

⑦情伤荀倩：三国时魏人荀奉倩，名荀粲，与其妻感情甚笃，妻亡，伤心过度，不久亦卒。

花犯①

粉墙低，梅花照眼，依然旧风味。露痕轻缀，疑净洗铅华，无限佳丽。去年胜赏曾孤倚。冰盘同燕喜。更可惜、雪中高树②，香篝熏素被③。

今年对花最匆匆，相逢似有恨，依依愁悴。吟望久，青苔上、旋看飞坠。相将见、翠丸荐酒④，人正在、空江烟浪里。但梦想、一枝潇洒，黄昏斜照水⑤。

【注释】

①花犯：梁元帝《关山月》有"寒沙逐风起，春花犯雪开"句。另据《武林旧事》，《南渡典仪》第八盏有"笛起花犯"。周邦彦据以创为此调。宋张端义《贵耳集》卷上："《舜典》曰：'八音克谐，无相夺伦，神人以和。'自宣政间，周美成、柳耆卿辈出，自制乐章，有曰《侧犯》《尾犯》《花犯》《玲珑》四犯，八音杂律，宫吕夺伦，是不克谐矣。天宝后，曲遍繁声，皆曰入破，破者，破碎之义，明皇幸蜀。宣和之曲，皆曰犯，犯者，侵犯之义，二帝北狩。曲中之谶，深可畏哉！"这是一首咏梅词。词作的上片先从眼前梅花写起，叙写其风神，再回想去年观赏梅花之情形，展示其风姿依旧。下片词人的思绪又回到眼前梅花，并想象当青梅可佐酒时，自己又将漂泊于江湖之上，那时只能梦想梅花之倩影了。通篇写得纡徐反复，委婉曲折，耐人寻味。

②可惜：可爱。

③香篝熏素被：谓白雪覆盖着梅树，犹如香篝（熏笼）上熏着素被。

④相将：将要。翠丸：梅子。荐酒：佐酒。

⑤"一枝"二句：用林逋《山园小梅》诗意："疏影横斜水清浅，暗香浮动月黄昏。"

大 酺①

对宿烟收，春禽静，飞雨时鸣高屋。墙头青玉旆②，洗铅霜都尽，嫩梢相触。润逼琴丝，寒侵枕障，虫网吹粘帘竹。邮亭无人处，听檐声不断，困眠初熟。奈愁极频惊，梦轻难记，自怜幽独③。

行人归意速。最先念、流潦妨车毂④。怎奈向、兰成憔悴⑤，卫玠清羸⑥，等闲时、易伤心目。未怪平阳客⑦，双泪落、笛中哀曲。况萧索、青芜国⑧。红糁铺地⑨，门外荆桃如菽。夜游共谁秉烛⑩。

【注释】

①大酺（pú）：为官方特许的大聚饮。唐教坊曲有《大酺乐》，《羯鼓录》亦有《太簇商大酺乐》。宋人借旧名自制词调，《词谱》以周邦彦词为正调。这首词写春雨中的行旅之愁。上片写春雨中的闺愁。下片写春雨中的羁愁。这首词感物应心，因景抒情，写景鲜明生动，写情委曲尽致，环境气氛的渲染与心理活动的展开相互依托，造成了低回抑郁、曲折

流动的意境。

②旆（pèi）：泛指旌旗。

③幽独：寂寞孤独的人。《楚辞·九章·涉江》："哀吾生之无乐兮，幽独处乎山中。"

④流潦（lǎo）：道路积水。毂（gǔ）：车轮中心的圆木。代指车轮。

⑤向：语助词。兰成：文学家庾信，小字兰成。

⑥卫玠：晋人，字叔宝，美仪容，有羸疾，每乘车入市，观者如堵，玠体力不堪，成病而死。

⑦平阳客：东汉马融，为督邮，独卧平阳坞中，闻洛阳客吹笛，因念离京师多年，悲从中来，遂作《长笛赋》。

⑧青芜（wú）国：杂草丛生的地方。温庭筠《春江花月夜》："花庭忽作青芜国。"

⑨红糁（sǎn）：指落花满地。

⑩夜游共谁秉烛：李白《春夜宴桃李园序》："古人秉烛夜游，良有以也。"

解语花① 上元

风销焰蜡，露浥红莲②，花市光相射。桂华流瓦。纤云散，耿耿素娥欲下③。衣裳淡雅，看楚女、纤腰一把④。箫鼓喧，人影参差，满路飘香麝。

因念都城放夜⑤。望千门如昼，嬉笑游冶。钿车罗帕。相逢处，自有暗尘随马。年光是也。惟只见、旧情衰谢。清漏移，飞盖归来⑥，从舞休歌罢。

【注释】

①解语花：蜀王仁裕《开元天宝遗事》卷三"解语花"："明皇秋八月，太液池有千叶白莲，数枝盛开，帝与贵戚宴赏焉，左右皆叹羡久之，帝指贵妃示于左右曰：'争如我解语花。'"后人遂以为调名。这首词先写地方上过元宵节的情景，又回顾了汴京上元节的盛况，继而抒发个人的身世之感。张炎《词源》卷下云："美成《解语花》赋元夕"，"不独措辞精粹，又且见时序风物之盛，人家宴（宴）乐之同。"

②浥（yì）：沾湿。红莲：指莲花形的灯。

③素娥：嫦娥。

④楚女、纤腰：《韩非子·二柄》："楚灵王好细腰，而国中多饿人。"杜牧《遣怀》："楚腰纤细掌中轻。"

⑤放夜：旧时都城有夜禁，街道断绝通行。唐代起正月十五夜前后各一日暂时弛禁，准许百姓夜行，称为"放夜"。宋沿唐制。

⑥飞盖：疾驰的车辆。盖，车篷，此代车。

定风波①

莫倚能歌敛黛眉②。此歌能有几人知。他日相逢花月底。重理。好声须记得来时。

苦恨城头传漏水③。催起。无情岂解《惜分飞》④。休诉金尊推玉臂。从醉。明朝有酒倩谁持⑤。

【注释】

①定风波：这是一首写给歌姬的作品。上片夸赞歌女
　歌唱技艺高妙，罕有人比，词人以调侃的语气发
　问：以后相逢还能听到这么美妙的歌声吗？语虽轻
　松，但还能让人感觉到惜别的意味。下片语气一
　转，惜别之情一泄而出，世事沧桑变幻，明天还能
　听到美妙的歌声，还能有美人伴酒吗？不如今天拼
　却一醉，以慰愁怀。

②倚：凭借。

③漏水：漏壶滴水。指报更。毛刻《片玉词》本中
　"水"原作"永"，不叶，据郑文焯本校改。

④《惜分飞》：词牌名。

⑤倩（qìng）：请，恳求。

蝶恋花①

月皎惊乌栖不定②。更漏将残，辘轳牵金井③。
唤起两眸清炯炯④。泪花落枕红绵冷。

　执手霜风吹鬓影⑤。去意徊徨⑥，别语愁难听⑦。
楼上阑干横斗柄。露寒人远鸡相应。

【注释】

①蝶恋花：这是一首别情词。上片写离别前之情景：
　月光皎洁，惊起乌鹊。更残漏尽，天色将明。辘轳
　声响，已有早行之人。将别之人，一夜未眠，泪水
　已将枕芯湿透。下片写别时及别后之情景：执手惜

别，风吹鬓影，更觉暗淡凄凉，将行之人，几度要走，几度却又转回，离别话语，纵有千言万语，也难听进。人已走远，唯鸡声相闻。

②月皎惊乌栖不定：辛弃疾《西江月》"明月别枝惊鹊"本此。

③辚辘（lìlù）：象声词。指辘轳（lú）车所发出的声音。

④炯炯（jiǒng）：光亮的样子。

⑤霜风吹鬓影：李贺《咏怀二首》（其一）："弹琴看文君，春风吹鬓影。"有夫妻相怜之意。

⑥徊徨（huáihuáng）：徘徊，彷徨。

⑦难听：不忍听。

解连环①

怨怀无托。嗟情人断绝，信音辽邈。纵妙手、能解连环，似风散雨收，雾轻云薄。燕子楼空②，暗尘锁、一床弦索③。想移根换叶，尽是旧时，手种红药④。

汀洲渐生杜若⑤。料舟依岸曲，人在天角。谩记得、当日音书，把闲语闲言，待总烧却。水驿春回，望寄我、江南梅萼⑥。拼今生、对花对酒，为伊泪落。

【注释】

①解连环：《战国策·齐策》："秦始皇（鲍彪注本作秦

昭王）尝使使者遗君王后玉连环，曰：'齐多知，而解此环不？'君王后以示群臣，群臣不知解。君王后引椎椎破之，谢秦使曰：'谨以解矣。'"周邦彦词有"纵妙手、能解连环"句，即用此典，因取为调名。又名《望梅》《杏梁燕》。这首词抒发了一种"怨怀无托"的复杂相思情感。上片写情人远去，音讯全无，虽然心生怨情，因不知远人心事，至于怨情无托，此正是可悲之处。环顾四周，陈迹宛然，睹物思人，远人如在面前。下片写春天来临，杜若渐萌，远人别去经年，行舟随水远去，料想已在天涯。忆当初，红笺密字，音书不断，而今读来，只是闲言淡语，真想付之一炬，以舒愤恨。现已春暖冰消，水驿通航，怎不能，把江南春梅，寄我一枝，聊解苦忆呢？无人陪伴，花下独斟，凄清已极，犹有不辞，拼却今生，为伊泪落。

②燕子楼：在今江苏徐州。相传为唐贞元年间尚书张建封之爱妾关盼盼居所。张死后，盼盼念旧情不嫁，独居此楼十余年。白居易曾写《〈燕子楼〉诗序》。后以"燕子楼"泛指女子居所。

③弦索：指乐器。

④红药：红芍药。

⑤杜若：香草名。《楚辞·九歌·湘君》："采芳洲兮杜若，将以遗兮下女。"

⑥望寄我、江南梅萼：用南朝陆凯寄梅事。

拜星月慢^①

夜色催更，清尘收露，小曲幽坊月暗^②。竹槛灯窗，识秋娘庭院^③。笑相遇，似觉琼枝玉树，暖日明霞光烂。水眄兰情^④，总平生稀见。

画图中、旧识春风面^⑤。谁知道、自到瑶台畔。眷恋雨润云温，苦惊风吹散。念荒寒、寄宿无人馆。重门闭、败壁秋虫叹。怎奈向、一缕相思，隔溪山不断。

【注释】

①拜星月慢：据《词谱》：一作《拜新月》，唐教坊曲名。此调始自此词，应以此词为正体。上片写与秋娘初次相见的情景。下片写与秋娘分别后独自一人寂寞凄清的情景。周济《宋四家词选》评云："全是追思，却纯用实写。但读前阕，几疑是赋也。换头再为加倍跌宕之。他人万万无此力量。"

②小曲幽坊：唐制，妓女所居曰"坊曲"。

③秋娘：唐代妓女的通称。白居易《琵琶行》："曲罢曾教善才伏，妆成每被秋娘妒。"

④水眄（miǎn）兰情：唐韩琮《春愁》诗"吴鱼岭雁无消息，水眄兰情别来久"。此化用其诗意，用以形容作者思念的女子明亮的眼睛和温馨的情感。

⑤画图中、旧识春风面：语本杜甫《咏怀古迹五首》诗"画图省识春风面"。

关河令^①

秋阴时晴渐向暝^②。变一庭凄冷。伫听寒声，云深无雁影。

更深人去寂静。但照壁、孤灯相映。酒已都醒，如何消夜永^③。

【注释】

①关河令：原名《清商怨》，古乐府有《清商曲辞》，因曲调多哀怨之音，故名《清商怨》。晏殊《清商怨》词首句为"关河愁思望处满"，周邦彦爱将此调改名为《关河令》。这首词以时光的转换为线索，表现了萧瑟深秋中作者因人去楼空而生的凄切孤独感。上片写黄昏时的羁愁。下片写夜深不寐的凄苦。本想以酒消愁，然而酒已醒而愁未消，又如何消磨这漫漫长夜呢？陈廷焯《云韶集》评末句："笔力劲直，情味愈见。"可谓的评。

②暝（míng）：日暮，天黑。

③夜永：长夜。

绮寮怨^①

上马人扶残醉，晓风吹未醒。映水曲、翠瓦朱檐，垂杨里、乍见津亭。当时曾题败壁，蛛丝罩，淡墨苔晕青。念去来、岁月如流，徘徊久、叹息愁思盈。

去去倦寻路程。江陵旧事^②，何曾再问杨琼^③。

旧曲凄清。敛愁黛、与谁听。尊前故人如在，想念我、最关情。何须《渭城》④。歌声未尽处，先泪零。

【注释】

①绮寮怨：为周邦彦自度曲，宋词中仅此一首。上片写津亭送别。败壁偶见旧题，蛛丝牵网，苍苔遮蔽，足以启人沧桑之感。下片写别后难逢，知音难觅，相思情长。

②江陵旧事：指作者居住在荆州的生活。江陵，今属湖北。

③杨琼：本名播，少为江陵歌妓。白居易《寄李苏州兼示杨琼》："真娘墓头春草碧，心奴鬓上秋霜白。为问苏台酒席中，使君歌笑与谁同？就中犹有杨琼在，堪上东山伴谢公。"

④《渭城》：指送行的离歌。唐王维《送元二使安西》诗有"渭城朝雨浥轻尘"、"西出阳关无故人"句，后人谓之《渭城曲》或《阳关曲》。

尉迟杯①

隋堤路。渐日晚、密霭生深树②。阴阴淡月笼沙，还宿河桥深处。无情画舸③，都不管、烟波隔南浦④。等行人、醉拥重衾，载将离恨归去。

因思旧客京华⑤，长偎傍疏林，小槛欢聚。冶叶倡条俱相识⑥，仍惯见、珠歌翠舞。如今向、渔村水驿，夜如岁、焚香独自语。有何人、念我无聊，梦魂凝想鸳侣⑦。

【注释】

①尉迟杯：《词苑丛谈》："《尉迟杯》，尉迟敬德饮酒
必用大杯也。"聊备一说。又名《东吴乐》《尉迟杯
慢》。此词乃作者宦旅途中所作，抒写词人隋堤之
畔，客居之中的一段离情别恨。词之上片写离开汴
京时的情景，下片追忆京华岁月。

②密霭（ǎi）：浓重的暮霭。

③"无情画舸（gě）"以下数句：画舸，船之美称。宋
郑文宝《柳枝词》："亭亭画舸系春潭，直待行人酒
半酣。不管烟波与风雨，载将离恨过江南。"苏轼
《虞美人》："无情汴水自东流，只载一船离恨向西
州。"

④南浦：指送别的地方。

⑤京华：指北宋都城汴京。

⑥冶叶倡条：代指歌妓。李商隐《燕台四首》之
《春》："蜜房羽客类芳心，冶叶倡条遍相识。"

⑦鸳侣：指情侣。

西河① 金陵怀古

佳丽地②。南朝盛事谁记。山围故国绕清江③，
髻鬟对起④。怒涛寂寞打孤城，风樯遥度天际⑤。

断崖树，犹倒倚。莫愁艇子曾系⑥。空余旧迹
郁苍苍，雾沉半垒。夜深月过女墙来⑦，伤心东望
淮水⑧。

酒旗戏鼓甚处市。想依稀、王谢邻里⑨。燕子

不知何世。向寻常、巷陌人家，相对如说兴亡，斜阳里⑩。

【注释】

①西河：王灼《碧鸡漫志》："《脞说》：大历初，有乐工取古《西河长命女》加减节奏，颇有新声。"调见周邦彦《清真集》。又名《西河慢》《西湖》。这是一首怀古词。上片写金陵的地理形势。中片写金陵的古迹。下片写眼前景物。上片写远景，以疏为主；中片写近景和远景，以密为主；下片为特写镜头，密而又密。此外，本词句法参差不齐，音调抑扬顿挫，词句典丽，境界清旷，风格沉郁悲壮，使壮美与优美融为一体。

②佳丽地：谢朓《入朝曲》："江南佳丽地，金陵帝王州。"

③山围故国绕清江：刘禹锡《石头城》："山围故国周遭在，潮打空城寂寞回。淮水东边旧时月，夜深还过女墙来。"

④髻鬟（jìhuán）：形容山的样子。

⑤风樯（qiáng）：张着帆的船。

⑥莫愁：湖名。

⑦女墙：城上的小墙。

⑧淮水：即秦淮河。

⑨王谢：王、谢两姓为东晋时大族，其府第均在乌衣巷。

⑩"燕子"四句：语本刘禹锡《乌衣巷》诗"朱雀桥
边野草花，乌衣巷口夕阳斜。旧时王谢堂前燕，飞
入寻常百姓家"。

瑞鹤仙①

悄郊原带郭。行路永、客去车尘漠漠。斜阳映山
落。敛余红犹恋，孤城栏角。凌波步弱②。过短亭、
何用素约③。有流莺劝我④，重解绣鞍，缓引春酌。

不记归时早暮，上马谁扶⑤，醒眠朱阁。惊飙
动幕⑥。扶残醉，绕红药⑦。叹西园已是，花深无
地，东风何事又恶。任流光过却。犹喜洞天自乐⑧。

【注释】

①瑞鹤仙：宋王明清《玉照新志》云：周邦彦"梦中
作《瑞鹤仙》一阕。既觉，犹能全记，了不详其所
谓也"。又名《一捻红》。调见周邦彦《片玉集》卷
二。这首词抒发了词人晚年深沉的忧患之感。词中
先写酒醒后的追叙，然后写作者扶残醉以赏花，最
后以东风无情，引出流光易逝之慨叹。

②凌波步弱：比喻女子步履轻盈，如乘碧波而行。曹
植《洛神赋》："凌波微步，罗袜生尘。"吕向注：
"步于水波之上，如尘生也。"

③素约：旧约。

④流莺：即莺。流，形容其声音婉转。此处比喻女子
声音柔软。

⑤上马谁扶：李白《鲁中都东楼醉起作》："昨日东楼
　　醉，还应倒接䍦。阿谁扶上马，不省下楼时。"

⑥惊飙（biāo）：狂风。

⑦红药：红芍药。

⑧洞天：道家称神仙所居之地。

浪淘沙慢①

昼阴重，霜凋岸草，雾隐城堞②。南陌脂车待
发。东门帐饮乍阕③。正拂面、垂杨堪揽结。掩红
泪、玉手亲折④。念汉浦离鸿去何许，经时信音绝。

情切。望中地远天阔。向露冷风清无人处，耿
耿寒漏咽⑤。嗟万事难忘，惟是轻别。翠尊未竭。
凭断云、留取西楼残月。

罗带光消纹衾叠。连环解、旧香顿歇⑥。怨歌
永、琼壶敲尽缺⑦。恨春去、不与人期，弄夜色，
空余满地梨花雪。

【注释】

①浪淘沙慢：这是一首抒写离别相思之情的词。全词
　　共分三片，上片交待分别的时间和地点，中片写两
　　人依依不舍的伤别情怀，下片写离别以后的相思与
　　牵念。整首词曲折回环，铺叙委婉，转换变化，顿
　　挫有致。

②堞（dié）：城上矮墙。

③阕：终了。

④红泪：指女子眼泪。据王嘉《拾遗记》载，常山女
　子薛灵芸被选入宫，悲泣累日，泪红如血。

⑤耿耿：心中不安的样子。

⑥连环解：喻两情分拆。

⑦琼壶敲尽缺：据《晋书》载，王敦酒后辄咏曹操
　《龟虽寿》诗："老骥伏枥，志在千里。烈士暮年，
　壮心不已。"并以如意敲击唾壶为节，壶口尽缺。

应天长①

条风布暖②，霏雾弄晴，池台遍满春色。正是
夜堂无月，沉沉暗寒食。梁间燕，前社客。似笑
我、闭门愁寂。乱花过、隔院芸香，满地狼藉。

长记那回时，邂逅相逢，郊外驻油壁。又见汉
宫传烛，飞烟五侯宅③。青青草，迷路陌。强载酒、
细寻前迹。市桥远，柳下人家，犹自相识。

【注释】

①应天长：宋陈旸《乐书》卷一百五十九："凡遇四序，
　称贺作乐，击大鼓，吹长笛，批管，簟杖鼓，其乐
　曲有《贺圣朝》《天下乐》《应天长》。"《东京梦华
　录》卷九"宰执亲王宗室百官入内上寿"中第五盏
　御酒所用乐有《应天长》。词调《应天长》分小令、
　长调两体，小令始于韦庄，长调始于柳永。又名
　《秋夜别思》《驻马听》等。这是一首怀人词作。词
　作以回环起伏、跌宕有致的方式抒发了词人沉郁惆

怅和空虚凄凉的心境。词作寓情于景，营造出一种空灵深远的境界。

②条风：东风。《史记·律书》："条风居东北，主出万物。条之言条治万物而出之，故曰条风。"

③"又见"二句：旧俗寒食禁火，至清明日暮，禁中取榆柳之火赏赐近臣。语本韩翃《寒食》诗："春城无处不飞花，寒食东风御柳斜。日暮汉宫传蜡烛，轻烟散入五侯家。"五侯，据《汉书》载，西汉成帝同日封王谭、王商、王立、王根、王逢时诸舅为侯，世称五侯。后泛指权贵。

夜游宫①

叶下斜阳照水。卷轻浪、沉沉千里。桥上酸风射眸子②。立多时，看黄昏，灯火市③。

古屋寒窗底。听几片、井桐飞坠。不恋单衾再三起。有谁知，为萧娘④，书一纸。

【注释】

①夜游宫：又名《念彩云》《新念别》《蕊珠宫》。调见毛滂《东堂词》。这是一首伤离怀旧的词作。词之上下两片描写由斜阳照水到万家灯火，由桥上酸风到古屋寒窗的情景，时空推移，景物变换，一路写来，层层深入，环环相扣，跌宕起伏，引人入胜。最后点出"为萧娘，书一纸"，至此戛然而止，余韵悠然，不绝如缕。

②桥上酸风射眸子：语本李贺《金铜仙人辞汉歌》诗"魏官牵车指千里，东关酸风射眸子"。酸风，刺眼的冷风。
③灯火市：犹言万家灯火。
④萧娘：为女子的泛称。唐杨巨源《崔娘诗》："风流才子多春思，肠断萧娘一纸书。"

贺 铸

贺铸（1052—1125），字方回，自号庆湖遗老，卫州（今河南汲县）人。重和元年（1118）以太祖贺皇后族孙恩，迁朝奉郎，赐五品服。他终生不得美官，仕途失意。家藏书万卷，亲自校雠。其词刚柔兼济，或盛丽妖冶，或幽洁悲壮，既有语精意新的婉约佳篇，又有直抒胸臆的慷慨悲歌。他善于化用中晚唐诗句，题材意境均有所开拓，风格多样。曾自编词集为《东山乐府》，未言卷数，今存者名《东山词》，收入《彊村丛书》。

更漏子①

上东门②，门外柳。赠别每烦纤手。一叶落，几番秋③。江南独倚楼。

曲阑干，凝伫久。薄暮更堪搔首④。无际恨，见闲愁。侵寻天尽头⑤。

【注释】

①更漏子：古代用滴漏计时，夜间凭漏刻传更，故名更漏。唐温庭筠用此调多咏更漏，故而得名。又名

《无漏子》《独倚楼》《付金钗》《翻翠袖》等。这是
一首别情词。上片写离别场景，东门作别，折柳相
赠，此处一别，漂泊江南，独倚危楼。下片写别后
愁绪，分别后，常小楼伫立，终日凝望。每当暮色
渐浓，离恨别愁，弥漫天际。
②东门：指洛阳东门。
③一叶落，几番秋：《淮南子·说山》有"见一叶落而
知岁之将暮"。
④搔首：抓头。指有所思。
⑤侵寻：渐渐扩展到。

青玉案①

凌波不过横塘路②。但目送、芳尘去。锦瑟华
年谁与度③。月桥花院，琐窗朱户。只有春知处。

飞云冉冉蘅皋暮。彩笔新题断肠句④。试问闲
情都几许。一川烟草，满城风絮。梅子黄时雨⑤。

【注释】

①青玉案：这是一首表现相思之情的词作，写于作者
晚年退隐苏州期间。上片以偶遇美人而不得见发
端，下片则承上片词意，遥想美人独处幽闺的怅惘
情怀。结句连用三个比喻形容闲愁，最为后人称
道。愁之称"闲"，正是因为愁来之时，往往漫无
目的，漫无边际，飘飘渺渺，捉摸不定，却又无处
不在，无时不有。

②凌波：在水面上行走。汉严忌《哀时命》："势不能凌波以径度兮，又无羽翼而高翔。"横塘：在苏州盘门外，水上有桥。崔颢《长干曲》之一："君家住何处？妾住在横塘。"

③锦瑟华年：指青春时光。语本李商隐《锦瑟》诗："锦瑟无端五十弦，一弦一柱思华年。"

④彩笔：相传江淹年少时，梦中人授以五色笔，因而文采非凡。

⑤梅子黄时雨：语本唐人诗"楝花开后风光好，梅子黄时雨意浓"。

感皇恩①

兰芷满汀洲②，游丝横路③。罗袜尘生步。迎顾。整鬟颦黛，脉脉两情难语④。细风吹柳絮。人南渡。

回首旧游，山无重数。花底深朱户。何处。半黄梅子，向晚一帘疏雨。断魂分付与⑤。春将去。

【注释】

①感皇恩：原为唐教坊曲。陈旸《乐书》："祥符中，诸工请增龟兹部如教坊，其曲有双调《感皇恩》。"后用作词调。又名《叠萝花》。这首词写相思之情。上片写在游丝飘曳、香草满地的小洲上，抒情主人公在等待着他的意中人。意中人飘然而至，迎顾之间，整发颦眉，秋波送情，虽然两情相悦，心心相

印，但有诸多阻隔，使两人不得互表衷肠。默默无语中，有几多无奈与痛苦。在微风吹拂、满天飞絮之中，她又越水南渡，飘然而去了。下片抒情，以淡淡的语言抒写那种追觅无着的痛苦。

②兰芷（zhǐ）：指兰草与白芷。皆香草。《楚辞·离骚》："兰芷变而不芳兮，荃蕙化而为茅。"汀（tīng）洲：水中的小陆地。

③游丝横路：李白《惜余春赋》："见游丝之横路，网春晖以留人。"

④脉脉两情难语：《古诗十九首》："盈盈一水间，脉脉不得语。"

⑤断魂分付与：语本毛滂《惜分飞》"断魂分付，潮回去"。

薄　幸①

淡妆多态。更的的、频回眄睐②。便认得、琴心先许，与写宜男双带③。记画堂、斜月朦胧，轻颦微笑娇无奈。便翡翠屏开，芙蓉帐掩，与把香罗偷解。

自过了收灯后④，都不见、踏青挑菜⑤。几回凭双燕，丁宁深意，往来翻恨重帘碍。约何时再。正春浓酒暖，人闲昼永无聊赖。厌厌睡起⑥，犹有花梢日在。

【注释】

①薄幸：作为词调名，始于贺铸这首词。《词谱》即以

贺铸词为正调。上片写词人同一位女子相识、相爱和热恋的经过。下片写离别后男子的相思之苦。俞陛云《唐五代两宋词选释》："上阕追叙前欢，下阕言紫燕西来，已寄书多阻，姑借酒以消磨永昼。乃酒消睡醒，仍日未西沉，清昼悠悠，遣愁无计，极写其无聊之思。"

②的的：明亮。眄（miǎn）：顾盼。陈子昂《宿空舲峡青树村浦》诗："的的明月水，啾啾寒夜猿。"

③宜男：旧时祝妇人多子称宜男。此指婚配。此句一本作"欲绾合欢双带"。

④收灯：唐俗元宵节"烧灯"（点花灯）三日，而后"收灯"。

⑤踏青挑菜：古人以二月二日为挑菜节，妇女郊游，亦曰踏青。

⑥厌厌：同"恹恹"，精神不振的样子。

浣溪沙①

不信芳春厌老人。老人几度送余春。惜春行乐莫辞频②。

巧笑艳歌皆我意③，恼花颠酒拼君瞋④。物情惟有醉中真⑤。

【注释】

①浣溪沙：这是一首惜春行乐之词。上片写春不弃人，老人更应惜春。下片写词人惜春行乐之狂态。狂恣

之中有沉痛，放旷之中有真情。

②莫辞频：晏殊《浣溪沙》："等闲离别易销魂，酒筵歌席莫辞频。"

③巧笑：《诗经·硕人》："巧笑倩兮，美目盼兮。"

④颠酒：颠饮，即不拘礼节之狂饮。瞋（chēn）：怒目而视。此句化用杜甫《江畔独步寻花》诗"江上被花恼不彻，无处告诉只颠狂"句意。

⑤物情：世情。醉中真：苏轼《山光寺回次芝上人韵》："闹里清游借隙光，醉时真境发天藏。"

浣溪沙①

楼角初消一缕霞。淡黄杨柳暗栖鸦。玉人和月摘梅花。

笑捻粉香归洞户②，更垂帘幕护窗纱。东风寒似夜来些③。

【注释】

①浣溪沙：这首词描绘了一幅佳人月下折梅图。上片写佳人室外摘花。黄昏时分，众鸟归巢，月华初上，有美人乘月折梅。境界清幽淡雅、超尘绝俗。下片表现佳人室内的心理活动。佳人笑捻香花，返归绣房，放下帘幕，挡住纱窗，因为东风吹来，比入夜时又冷了一些。

②洞户：室与室之间相通的门户。

③些：语助词。无义。

石州慢^①

薄雨初寒，斜照弄晴，春意空阔。长亭柳色才黄，远客一枝先折。烟横水际，映带几点归鸦，东风消尽龙沙雪^②。还记出关来，恰而今时节。

将发。画楼芳酒，红泪清歌，顿成轻别。回首经年^③，杳杳音尘多绝^④。欲知方寸^⑤，共有几许清愁，芭蕉不展丁香结^⑥。枉望断天涯，两厌厌风月。

【注释】

①石州慢：据郭茂倩《乐府诗集》引《乐苑》，《石州》为舞曲，后用为词调名。清毛先舒《填词名解》："词以慢名者，慢曲也；拖音袅娜，不欲辄尽。""慢"一作"引"，又名《石州引》。因贺铸这首词有"长亭柳色才黄"，故又名《柳色黄》。这是一首抒写离别相思之情的词作。上片主要写景。小雨初晴，天气微寒，一抹斜阳映照大地，辽阔旷远的天宇之间已春意弥漫。长亭送别，不忍攀摘嫩黄新柳。春风吹拂，融尽塞外积雪，水天一色，点缀几只归鸿。上片结句点出离别时节，与眼前所见极为相似，引起下片。下片回首离别情景。画楼之上，美酒佳肴，两情相别，心上人垂泪清歌。离别已久，音信全无，这之中的愁苦到底有多少？结句一笔写出了两地的苦苦相思。

②龙沙：借指漠北。龙，指匈奴祭天之地龙城。

③经年：年复一年。

④音尘多绝：李白《忆秦娥》："乐游原上清秋节，咸
　阳古道音尘绝。"
⑤方寸：指心。
⑥芭蕉不展丁香结：化用李商隐《代赠》诗句。此以
　"芭蕉不展"喻愁结难解。

<h2 style="text-align:center">蝶恋花①</h2>

　　几许伤春春复暮。杨柳清阴，偏碍游丝度。天
际小山桃叶步②。白蘋花满湔裙处③。

　　竟日微吟长短句。帘影灯昏，心寄胡琴语。数
点雨声风约住。朦胧淡月云来去。

【注释】

①蝶恋花：这是一首伤春怀人之作。上片写暮春之
　景。伤春偏逢春暮，浓密的柳荫，已阻碍了游丝的
　飞度，游丝这里喻指相思心绪。桃花渡口、开满白
　蘋花的水边，那正是两人分手的地方。下片抒写相
　思之情。终日枯坐，难觅佳句，缭乱胡琴，夹杂风
　雨，长夜不成眠，唯有淡月相伴。北宋李冠《蝶恋
　花》："遥夜亭皋闲信步。乍过清明，蚤觉伤春暮。
　数点雨声风约住，朦胧淡月云来去。桃杏依依风暗
　度。谁在秋千、影里低低语。一片芳心千万绪。人
　间没个安排处。"比较两首词，语意相似。
②桃叶步：即桃叶渡。在今南京。
③湔（jiān）裙：古时风俗，每年旧历正月初一至月

末，在水边洗涤衣裙以驱除不祥。

天门谣①

牛渚天门险②。限南北、七雄豪占③。清雾敛。与闲人登览。

待月上潮平波滟滟④。塞管轻吹新阿滥⑤。风满槛。历历数、西州更点⑥。

【注释】

①天门谣：据《词谱》，调名取自贺铸这首词，因其中有"牛渚天门险"句，故名。这是一首登临怀古词。上片首先点出采石地理形势的险要和历史作用的巨大。于今，雾气消散，似乎有意让人们登矶游览。下片不落窠臼，江声山色，无一语道及，偏说要等到月上潮平、笛吹风起之时，细数古都金陵传来的报时钟鼓。昔日"七雄豪占"的军事重地，今却成为"闲人登览"的旅游胜地，其中的寓意，词人不需明言，读者自可领会。

②牛渚（zhǔ）天门：今安徽当涂境内牛渚矶之西南方向有二山夹江耸立，相对如门，称天门。

③七雄：六朝及南唐。

④待月上潮平波滟滟（yàn）：张若虚《春江花月夜》："春江潮水连海平，海上明月共潮生。滟滟随波千万里，何处春江无月明。"

⑤阿滥：笛曲名。

⑥西州：指金陵。

天香①

烟络横林，山沉远照，逦迤黄昏钟鼓②。烛映帘栊，蛩催机杼③。共苦清秋风露。不眠思妇。齐应和、几声砧杵。惊动天涯倦宦，骎骎岁华行暮④。

当年酒狂自负。谓东君、以春相付⑤。流浪征骖北道，客樯南浦，幽恨无人晤语⑥。赖明月、曾知旧游处。好伴云来，还将梦去。

【注释】

①天香：《词谱》："《法苑珠林》云：'玉童子天香甚香。'调名本此。"又名《天香慢》《伴云来》《楼下柳》。这首词抒写了词人对世事沧桑的感慨。上片起三句写旅途中黄昏时目之所接、耳之所闻。接下来三句仍叙眼前景、耳边声，不过已由旷野之外进入客舍之内，时间也已是夜静更深。上片结末五句，写烛影曳，蛩声颤抖，砧声阵阵，惊动天涯倦客。下片转入抒情。词人追悔早年放荡生活，品味今日浪迹海陆的漂泊之苦。结缩处，由情入景，在词人最孤寂的时候，幸好有明月相伴：月来入梦，月落梦回。

②逦迤（lǐyǐ）：曲折绵延。

③蛩（qióng）：蟋蟀。又名促织，言其促人机织。

④骎骎（qīn）：疾速的样子。

⑤东君：春神。

⑥晤语：见面交谈。《诗经·东门之池》："彼美淑姬，可与晤语。"

望湘人①

厌莺声到枕，花气动帘，醉魂愁梦相半。被惜余熏，带惊剩眼②。几许伤春春晚。泪竹痕鲜③，佩兰香老，湘天浓暖。记小江、风月佳时，屡约非烟游伴④。

须信鸾弦易断⑤。奈云和再鼓⑥，曲中人远。认罗袜无踪⑦，旧处弄波清浅。青翰棹舣⑧，白蘋洲畔。尽目临皋飞观。不解寄、一字相思，幸有归来双燕。

【注释】

①望湘人：贺铸自度曲。这是一首伤离怀人之作。上片由景生情，首三句写室外盎然春意，而冠一"厌"字，化欢乐之景而为悲哀之情，变柔媚之辞而为沉痛之语。哀愁无端，一字传神，为全词定调。以下写词人睹物思人、物是人非；朝思暮愁、形销骨立。楚地暮春天气，湘妃斑竹，旧痕犹鲜，屈子佩兰，其香已老。末三句，引出佳人。过片抒情，前两句承上启下，直抒胸臆。鸾弦易断，好事难终；云和再鼓，曲终人远。遍寻旧日曾到，不见佳人芳踪。佳人一去，相见无期，使人愁肠百结，肝

胆俱裂。幸有归来双燕，以慰相思，强颜自慰，愈
见辛酸。

②眼：指腰带上的孔眼。

③泪竹：尧有二女，为舜妃，舜死，二女洒泪沾竹上，
皆成斑点，是为斑竹，又名湘妃竹。

④非烟：唐武公业之爱妾步非烟。此指词人情侣。

⑤鸾弦：以鸾胶续弦。后谓男子再娶为续弦。

⑥云和：山名。以产琴瑟著称。唐钱起《省试湘灵鼓
瑟》："善鼓云和瑟，常闻帝子灵。"

⑦罗袜：代指情侣。

⑧青翰：船名。舣（yǐ）：船靠岸。

绿头鸭①

玉人家，画楼珠箔临津。托微风、彩箫流怨，
断肠马上曾闻。宴堂开、艳妆丛里，调琴思、认歌
颦。麝蜡烟浓，玉莲漏短②，更衣不待酒初醺③。绣
屏掩，枕鸳相就，香气渐暾暾④。回廊影、疏钟淡
月，几许消魂。

翠钗分。银笺封泪，舞鞋从此生尘。住兰舟、
载将离恨，转南浦、背西曛⑤。记取明年，蔷薇谢
后，佳期应未误行云⑥。凤城远、楚梅香嫩，先寄
一枝春⑦。青门外，只凭芳草，寻访郎君。

【注释】

①绿头鸭：此为春日怀人之作。上片写相识、相爱。

下片写别后相思。周济《宋四家词选目录序论》："耆卿熔情入景，故淡远；方回熔景入情，故秾丽。"

②玉莲漏：用玉制成的莲花形漏刻，古代计时器。"漏短"喻夜深。

③更衣不待酒初醺：据《汉书》载，孝武卫皇后字子夫，本为平阳主之歌女。武帝过平阳主，宴会之间独悦子夫。帝起更衣，子夫侍奉于尚衣轩中，遂得幸宠。

④暾暾（tūn）：和暖的样子。

⑤"住兰舟"二句：语从郑文宝《柳枝词》"不管烟波与风雨，载将离恨过江南"化出。

⑥"蔷薇谢后"二句：杜牧《留赠》："舞靴应任闲人看，笑脸还须待我开。不用镜前空有泪，蔷薇花谢即归来。"

⑦先寄一枝春：用陆凯寄梅事。

张元幹

张元幹（1091—1160?），字仲宗，自号真隐山人，又号芦川居士、芦川老隐等，永福（今福建永泰）人。早有诗名。靖康元年（1126）应召为李纲行营属官，后"罪放"离京。绍兴间，不屑与奸佞秦桧同朝为官而辞归；又为上疏乞斩秦桧的胡铨赋《贺新郎》词送别，因而备遭投降派迫害。有《芦川词》二卷。周必大《跋张仲宗送胡邦衡词》："长乐张元幹，字仲宗，在政和、宣和间，已有能乐府声。

今传于世，号《芦川集》，凡百六十篇，而以《贺新郎》二篇为首。"其词慷慨悲凉，壮志激昂，洋溢着爱国主义豪情，融入了时代与社会重大事件，对南宋爱国词人有重要影响。也有伤漂泊、叹人生，啸傲山林、抒情写景的词篇，清丽而明畅。

石州慢①

寒水依痕②，春意渐回，沙际烟阔。溪梅晴照生香，冷蕊数枝争发③。天涯旧恨，试看几许消魂，长亭门外山重叠。不尽眼中青，是愁来时节。

情切。画楼深闭。想见东风，暗消肌雪④。孤负枕前云雨，尊前花月⑤。心期切处，更有多少凄凉，殷勤留与归时说。到得再相逢，恰经年离别。

【注释】

①石州慢：《宋史·乐志》收入越调。贺铸词有"长亭柳色才黄"句，又名《柳色黄》，谢懋词名《石州引》。这是一首羁宦思归之作。上片写春意萌发，临溪寒梅，晴照生香，冷蕊争发。末五句，点出正是"愁来时节"，逗出下片抒情。下片由景物描写转而回忆夫妻恩爱之情，词人推己及人，揣想闺中人经年离别后的绵绵情思、无限凄凉。

②寒水依痕：语本杜甫《冬深》诗"寒水各依痕"。

③冷蕊数枝争发：杜甫《舍弟观赴蓝田取妻子到江陵喜寄三首》（其二）："巡檐索共梅花笑，冷蕊疏枝半

不禁。"

④肌雪：肌肤白皙似雪。《庄子·逍遥游》："藐姑射之
　山有神人居焉，肌肤若冰雪，绰约若处子。"

⑤"孤负"二句：写恩爱缠绵。

兰陵王①

卷珠箔。朝雨轻阴乍阁②。阑干外、烟柳弄晴，
芳草侵阶映红药。东风妒花恶。吹落。梢头嫩萼。
屏山掩、沉水倦熏③，中酒心情怕杯勺④。

寻思旧京洛⑤。正年少疏狂，歌笑迷着。障泥
油壁催梳掠。曾驰道同载，上林携手，灯夜初过早
共约⑥。又争信飘泊？

寂寞。念行乐。甚粉淡衣襟，音断丝索。琼枝
璧月春如昨⑦。怅别后华表，那回双鹤⑧。相思除
是，向醉里，暂忘却。

【注释】

①兰陵王：这首词题为"春恨"，实际是借春恨来抒
　发自己的故国之思。词分三片，上片写春景：朝雨
　初歇，烟柳弄碧，绿草侵阶，红药相映，好一幅清
　新、艳丽的春景图。词人运笔至此，奋力宕开，笔
　下顿起波澜：东风妒花，吹落嫩萼，使人凄然神
　伤，掩屏风，闭香炉，弃酒杯，心中愁绪，何以排
　解。中片转入忆旧，京洛旧游，年少轻狂，多少情
　事，如在目前，末句陡然收煞，回到目前。下片从

回忆转写别后思念，怀念旧人，亦是怀念故都，结句"向醉里，暂忘却"，联系上片的"怕杯勺"，可谓痛彻心扉。

②乍阁：初停。

③沉水：沉香。

④中酒：醉酒。

⑤京洛：洛阳。此指皇都汴京。

⑥灯夜：元宵夜。

⑦琼枝璧月：《陈书·张贵妃传》："璧月夜夜满，琼树朝朝新。"

⑧"怅别后"二句：用丁令威学道事。

叶梦得

叶梦得（1077—1148），字少蕴，号石林学士，吴县（今江苏苏州）人。绍圣四年（1097）进士，累官翰林学士，南渡后任江东安抚大使，兼知建康府，抗金有功。卒赠检校少保。早期词风婉丽，后学苏轼之清旷，能于简淡中时出雄杰，不作柔语人。有《石林词》一卷。

贺新郎①

睡起啼莺语。掩苍苔、房栊向晚，乱红无数。吹尽残花无人见，惟有垂杨自舞。渐暖霭、初回轻暑。宝扇重寻明月影②，暗尘侵、尚有乘鸾女③。惊旧恨，遽如许。

江南梦断横江渚。浪粘天、葡萄涨绿。半空烟雨。无限楼前沧波意，谁采蘋花寄取。但怅望、兰舟容与④。万里云帆何时到，送孤鸿、目断千山阻。谁为我，唱金缕⑤。

【注释】

①贺新郎：这是一首伤春怀旧的词作。上片写词人春睡乍醒，见暮春景色，心生感伤，睹明月团扇，心念旧人。下片写词人临江眺望，寄情绵渺，迂徐委婉，笔意空灵。

②宝扇重寻明月影：语本班婕妤《怨歌行》诗"裁为合欢扇，团团似明月"。

③乘鸾女：传说秦穆公女弄玉乘鸾飞天而去，故名。

④容与：徘徊不前的样子。

⑤金缕：即《金缕曲》。

虞美人①

雨后同干誉、才卿置酒来禽花下作。

落花已作风前舞。又送黄昏雨。晓来庭院半残红。惟有游丝千丈罥晴空。

殷勤花下同携手。更尽杯中酒。美人不用敛蛾眉②。我亦多情无奈酒阑时③。

【注释】

①虞美人：这是一首伤春词。上片写景，景中寓情：

昨天黄昏时分，一场风雨，吹打得落红无数。晓来天气放晴，庭院中半是残花。写景至此，读者不觉心生怅惘。上片结句，以"游丝千丈袅晴空"振起全篇，给人以高骞明朗之感。下片抒情，情真意切。本想饮酒遣愁，美人蹙眉，愈发为我添愁。明人毛晋称叶梦得词"不作柔语殢人，真词家逸品"（《石林词跋》），可谓得其肯綮。

②敛蛾眉：皱眉。

③酒阑：酒尽席散之时。

汪 藻

汪藻（1079—1154），字彦章，德兴（今属江西）人。崇宁二年（1103）进士，官至显谟阁学士、左大中大夫。博览群书，工诗文。其词写离情别思，亦美瞻。有《浮溪词》，收入《彊村丛书》及《四部丛刊》中。

点绛唇①

新月娟娟②，夜寒江静山衔斗。起来搔首。梅影横窗瘦。

好个霜天，闲却传杯手。君知否。乱鸦啼后。归兴浓于酒。

【注释】

①点绛唇：调名取自江淹《咏美人春游》中的诗句"白雪凝琼貌，明珠点绛唇"，《词谱》以冯延巳词为正

体。又名《南浦月》《点樱桃》《沙头雨》《十八香》《寻瑶草》等。这首词上片写景，画面冷洁清疏，下片自问自答，言上片未尽之情思，幽默而冷峻。整首词构思别致，情景相生，结构缜密，浑化无迹。

②娟娟：明媚的样子。

刘一止

刘一止（1078—1160），字行简，号苕溪，湖州归安（今浙江吴兴）人。宣和三年（1121）进士，以秘阁修撰致仕。为文宏博严谨，为诗情深简易，受当世推重。词亦工致雅俊。《彊村丛书》收《苕溪词》一卷。

喜迁莺① 晓行

晓光催角。听宿鸟未惊，邻鸡先觉。迤逦烟村②，马嘶人起③，残月尚穿林薄。泪痕带霜微凝，酒力冲寒犹弱。叹倦客，悄不禁重染④，风尘京洛。

追念人别后，心事万重，难觅孤鸿托。翠幌娇深，曲屏香暖，争念岁寒飘泊⑤。怨月恨花烦恼，不是不曾经着。这情味，望一成消减⑥，新来还恶。

【注释】

①喜迁莺：宋黄朝英《缃素杂记》引《刘梦得嘉话》云："今谓进士登第为'迁莺者'久矣，盖自毛诗《伐木篇》云：'伐木丁丁，鸟鸣嘤嘤。出自幽谷，迁于乔木。'又曰：'嘤其鸣矣，求其友声。'并无

莺字。顷岁省试《早莺求友》诗，又《莺出谷》诗，别书固无证据，斯大误也。"黄氏按语云："余谓今人吟咏，多用迁莺出谷之事，又曲名《喜迁莺》者，皆循袭唐人之误也。"实际这一错误早在唐人之前就已出现了。宋叶大庆《考古质疑》卷四："《诗》嘤嘤虽非指莺，然汉张衡《归田赋》：'王雎鼓翼，仓庚哀鸣。交颈颉颃，关关嘤嘤。'又《东都赋》：'雎鸠鹂黄，关关嘤嘤。'盖仓庚、鹂黄，即所谓莺也。张衡皆以嘤嘤言之，则唐人以嘤嘤为莺，又未必不本于此。"这一错误相沿成习，人们已觉察不出来了，以致黄庭坚等博学硕儒，皆沿用不疑。《喜迁莺》这一曲调也是沿袭这一错误而来的。这是一首羁旅怀人之作。上片写晓行景色，下片写怀人情思。整首词写景生动，意境幽深，心理描写细致入微，层次分明，感情真挚，堪称情景俱佳的好词。

②迤逦（yǐlǐ）：曲折连绵的样子。

③马嘶人起：秦观《如梦令》："无寐，无寐，门外马嘶人起。"

④悄：浑，直。

⑤争：怎。

⑥一成：逐渐。

韩　疁

韩疁（liú，生卒年不详），字子耕，号萧闲。南宋词人。其词语浅而情深。《直斋书录解题》著录其《萧闲词》

一卷，不传。赵万里《校辑宋金元人词》有辑本。

高阳台^① 除夜

频听银签^②，重燃绛蜡，年华衮衮惊心^③。饯旧迎新。能消几刻光阴。老来可惯通宵饮，待不眠、还怕寒侵。掩青尊、多谢梅花，伴我微吟。

邻娃已试春妆了，更蜂腰簇翠，燕股横金^④。句引东风^⑤，也知芳思难禁。朱颜那有年年好，逞艳游、赢取如今。恣登临、残雪楼台，迟日园林。

【注释】

①高阳台：调见蒋捷《竹山词》。王沂孙词名《庆春宫》。又名《庆春泽》《庆春泽慢》等。这首词表现词人在除夕之夜的复杂情感。上片词人于年光暗换之际，感叹韶华易逝，朱颜不再。下片笔势一宕，写邻家少女，当此良宵，彻夜不眠，竞试新装，准备明日春游。词人在邻娃的感召之下，也准备"赢取如今"，尽情游赏春光。

②银签：古代计时报更所用的竹签。此处代指更漏。

③衮衮（gǔn）：匆匆流逝不绝。

④燕股横金：金钗。

⑤句（gōu）引：引诱。

李 邴

李邴（1085—1146），字汉老，济州任城（今山东济宁）人。崇宁五年（1106）进士，官至参知政事。邴与汪藻、楼钥齐名，号称"南渡三词人"，其词雅洁而清疏。

汉宫春①

潇洒江梅。向竹梢疏处，横两三枝。东君也不爱惜②，雪压霜欺。无情燕子，怕春寒、轻失花期。却是有、年年塞雁，归来曾见开时。

清浅小溪如练，问玉堂何似③，茅舍疏篱。伤心故人去后，冷落新诗。微云淡月，对江天、分付他谁。空自忆、清香未减，风流不在人知。

【注释】

①汉宫春：《高丽史·乐志》有《汉宫春慢》，调名本此。又名《庆千秋》。此为咏梅怀人之作。上片写梅，下片写具有寒梅品格的人。整首词选择一系列色淡神寒的字词，勾勒出梅花孤高的精神品格，给人以清高超俗之感。全词风格疏淡隽永，语句舒缓纡徐。

②东君：东方司春之神。

③玉堂：唐宋时翰林院被美称为玉堂。此指富丽的豪宅。

陈与义

陈与义（1090—1138），字去非，号简斋，洛阳（今属河南）人。政和三年（1113）登太学上舍甲科，绍兴七年（1137）拜参知政事。后人称他为"江西诗派三宗"之一。诗重意境，擅白描，学杜甫。词则吐言天拔，语意超绝，清婉奇丽。有《无住词》，又名《简斋词》，收入《四库全书》及《彊村丛书》。

临江仙①

高咏《楚词》酬午日②，天涯节序匆匆。榴花不似舞裙红。无人知此意，歌罢满帘风。

万事一身伤老矣，戎葵凝笑墙东③。酒杯深浅去年同。试浇桥下水，今夕到湘中④。

【注释】

①临江仙：词人在端午节凭吊屈原，感时伤怀，借此来抒发自己的爱国情怀。上片写端午时节，词人高声吟诵楚辞，深感流落天涯之苦，节序匆匆，报国无门。而今满眼桃花的颜色已不是歌舞升平时舞女舞裙的颜色。有谁能会此意，只见得，吟罢楚辞，满帘生风。下片写虽然经历沧桑变幻，人亦垂垂老矣，但英爽豪气，依然故我，酹酒江水，引屈子为同调。整首词吐言天拔，豪情壮志，意在言外。

②午日：即端午节。

③戎葵：植物名。

④湘中：指湖南。

临江仙① 夜登小阁忆洛中旧游

忆昔午桥桥上饮②，坐中多是豪英。长沟流月去无声。杏花疏影里，吹笛到天明。

二十余年如一梦，此身虽在堪惊。闲登小阁看新晴。古今多少事，渔唱起三更。

【注释】

①临江仙：这是一首抚今追昔、感时伤世之作。上片追忆"洛中旧游"，长沟明月，杏花疏影，一夜笛声，疏淡的记忆里包含着对往日的留恋。下片抒怀，二十年间国破家亡，颠沛流离，九死一生，身虽在，足堪惊。末三句，淡语写哀：古今多少兴亡事，都如过眼云烟，转瞬成空。

②午桥：在今河南洛阳。唐代宰相裴度曾建别墅于此。

蔡　伸

蔡伸（1088—1156），字伸道，号友古居士，莆田（今属福建）人，蔡襄孙。政和五年（1115）进士，官至左大中大夫。伸少有文名，擅书法，得祖襄笔意。工词，与向子谨同官彭城漕属，屡有酬赠。有《友古居士词》一卷。好融化前人诗句入词，凄婉感伤。

苏武慢①

雁落平沙，烟笼寒水，古垒鸣笳声断。青山隐隐，败叶萧萧，天际暝鸦零乱。楼上黄昏，片帆千里归程，年华将晚。望碧云空暮，佳人何处②，梦魂俱远。

忆旧游、邃馆朱扉，小园香径，尚想桃花人面③。

书盈锦轴④，恨满金徽⑤，难写寸心幽怨。两地离愁，一尊芳酒凄凉，危阑倚遍。尽迟留，凭仗西风，吹干泪眼。

【注释】

①苏武慢：苏武，汉武帝时人，尝出使匈奴，羁留十九年而不变节，为后世所重。调名本此。《词谱》以周邦彦词为正体。这是一首秋日登高怀人之作。上片写登高远眺。落雁、烟水、古垒、青山、落叶、归帆是所见；鸣笳、暝鸦是所闻。见日暮而思佳人。下片承上回忆，香径朱扉，宛如从前，桃花人面，今却不见，唯有寄情于书，诉怨于琴，遣愁于酒，遍倚危阑，任西风吹干泪眼。

②"望碧"二句：语本江淹《休上人怨别》诗"日暮碧云合，佳人殊未来"。

③桃花人面：用唐人崔护事。

④书盈锦轴：晋苏蕙思念远方的丈夫窦滔，织锦写回文诗以赠。

⑤金徽：代指琴。

柳梢青①

数声鹈鴂②。可怜又是，春归时节。满院东风，海棠铺绣，梨花飘雪。

丁香露泣残枝，算未比、愁肠寸结。自是休文③，多情多感，不干风月④。

【注释】

①柳梢青：又名《云淡秋空》《雨洗元宵》《玉水明沙》《早春怨》《陇头月》等。这是一首惜春词。上片写杜鹃啼鸣，花落春归。下片写花泣人愁，入愁堪比花愁。

②鹈鴂（tíjué）：即杜鹃。

③休文：南朝齐、梁间诗人沈约，字休文。

④不干风月：语本欧阳修《玉楼春》："人生自是有情痴，此恨不关风与月。"

周紫芝

周紫芝（1082—1155），字少隐，号竹坡居士，宣城（今属安徽）人。家贫而苦学，绍兴中始登进士第，官至枢密院编修。其词清丽婉曲，造语自然，兼采晏几道、李之仪等数家之长，刊除秾丽，自成一格。有《竹坡词》三卷。

鹧鸪天①

一点残釭欲尽时②。乍凉秋气满屏帏。梧桐叶上三更雨，叶叶声声是别离。

调宝瑟，拨金猊③。那时同唱《鹧鸪词》。如今风雨西楼夜，不听清歌也泪垂。

【注释】

①鹧鸪天：这是一首秋夜怀人之作。上片写景由室内写到室外：夜已深深，残釭欲尽，而人不成寐，惟觉秋凉逼人，弥漫屏帏，室外秋雨霏霏，雨打桐

叶，惹人愁思。下片首三句回忆往日欢娱，调瑟同唱《鹧鸪词》；末二句写目前凄凉，当此风雨之夜，独对西窗，不用听清词丽句，已暗自泪垂。

②釭（gāng）：灯盏。

③金猊（ní）：香炉。

踏莎行①

情似游丝，人如飞絮。泪珠阁定空相觑②。一溪烟柳万丝垂，无因系得兰舟住。

雁过斜阳，草迷烟渚③。如今已是愁无数。明朝且做莫思量，如何过得今宵去。

【注释】

①踏莎行：这是一首别情词。上片写离别场景：情如游丝，缠绕牵惹，人若飞絮，飘浮无根，临别之时，唯有泪眼相看，怨杨柳千条万丝，系不住待发兰舟。下片写别后相思：斜阳外鸿雁飞过，烟渚上芳草萋萋，对愁景又添愁绪，明朝且不去思量，这次第，今宵如何能过得去。整首词用语浅淡而情意深浓。

②阁：同"搁"，停住。

③烟渚（zhǔ）：烟雾缭绕的水中小洲。

李　甲

李甲（生卒年不详），字景元，华亭（今江苏松江）

人。善画翎毛，兼工写竹。其绘画曾受到米芾赏识、苏轼称赞。元符中任武康令。词学柳永。

帝台春①

芳草碧色。萋萋遍南陌。暖絮乱红，也知人、春愁无力。忆得盈盈拾翠侣②，共携赏、凤城寒食③。到今来，海角逢春，天涯为客。

愁旋释。还似织。泪暗拭④。又偷滴。谩伫立、倚遍危阑⑤，尽黄昏，也只是、暮云凝碧⑥。拼则而今已拼了⑦，忘则怎生便忘得。又还问鳞鸿⑧，试重寻消息。

【注释】

①帝台春：唐教坊曲名。据《词谱》：《宋史·乐志》琵琶曲有《帝台春》调。宋人罕有填此调者，现在看到的只有李甲这首词。这是一首伤春怀人之作。上片写暮春之景，引出春愁，再交待思念的双方，两人曾于寒食节一同赏春，而今，春色将尽，两人却天各一方。下片写愁绪难以释怀。过片四句，三字一句，句句用韵，如冰雹降地，淅沥有声，极写独自伤心、无人与诉的情景，愁不可解，悲不可遏。以下三句，倚阑远望，不见伊人，直至黄昏，暮云凝碧，佳人依旧未来，暗示与佳人情绝。理智的决定，似乎应该忘掉这段情缘，但感情的因素，又一时很难割舍。不如再遣鱼雁传书，寻觅佳人的

消息。

②拾翠侣：指游伴。拾翠即拾取翠鸟羽毛作为首饰。后多指妇女游春。语出曹植《洛神赋》："或采明珠，或拾翠羽。"

③凤城：京城的美称。

④泪暗拭：周邦彦《兰陵王·柳》："沉思前事，似梦里，泪暗滴。"

⑤谩（màn）：徒然。

⑥暮云凝碧：江淹《休上人怨别》："日暮碧云合，佳人殊未来。"

⑦拼：舍弃，放开。

⑧鳞鸿：鱼雁。古人认为鱼雁可以传递书信。

李重元

李重元（生卒年不详），约为北宋末至南宋初的词人。他写过四首《忆王孙》，分咏春、夏、秋、冬四季，春词最佳。

忆王孙①

萋萋芳草忆王孙②。柳外楼高空断魂。杜宇声声不忍闻③。欲黄昏。雨打梨花深闭门④。

【注释】

①忆王孙：《全唐诗》有赵光远《题妓莱儿壁》诗："鱼钥兽环斜掩门，萋萋芳草忆王孙。"《忆王孙》词的首句全用此诗句。调名由此而来。关于这首词的作

者，一作秦观，一作李甲，词作字句全同，《唐宋诸贤绝妙词选》作李重元，因其为宋人选本，故《全宋词》将这首词归到李重元名下。整首词篇幅短小，写景层次分明，抒情深婉含蓄：萋萋芳草，楼外烟柳，杜宇声声，暮雨阵阵，雨打梨花，这些都是客观景物，词人用"忆""断""闻""闭"几个动词加以连缀，景语便化作情语了。

②萋萋芳草忆王孙：刘安《招隐士》有"王孙游兮不归，春草生兮萋萋"句。

③杜宇：即杜鹃。

④雨打梨花深闭门：无名氏《鹧鸪天》："甫能炙得灯儿了，雨打梨花深闭门。"

万俟咏

万俟咏（生卒年不详），复姓万俟（mòqí），字雅言，自号大梁词隐。游上庠不第，科举落榜。政和初召补大晟府制撰，创制词谱甚多；绍兴五年（1135）补下州文学。词多应制而作，小词平和雅丽，不事雕琢。

三 台① 清明应制

见梨花初带夜月，海棠半含朝雨。内苑春、不禁过青门，御沟涨、潜通南浦。东风静，细柳垂金缕。望凤阙、非烟非雾②。好时代、朝野多欢，遍九陌、太平箫鼓③。

乍莺儿百啭断续。燕子飞来飞去。近绿水、台榭映秋千，斗草聚、双双游女④。饧香更、酒冷踏青路⑤。会暗识、夭桃朱户。向晚骤、宝马雕鞍，醉襟惹、乱花飞絮。

正轻寒轻暖漏永，半阴半晴云暮。禁火天、已是试新妆⑥，岁华到、三分佳处。清明看、汉蜡传宫炬。散翠烟、飞入槐府⑦。敛兵卫、阊阖门开⑧，住传宣、又还休务。

④斗草：一种古代的游戏，采花草以比优劣。常行于
　端午。

⑤饧（táng）：即麦芽糖。

⑥禁火天：指寒食。清明前一二日。

⑦"清明"二句：语本韩翃《寒食》诗"日暮汉宫传
　蜡烛，轻烟散入五侯家"。

⑧阊阖（chānghé）：京都城门。

徐　伸

徐伸（生卒年不详），字干臣，三衢（今浙江宁波）
人。政和初，以知音律为太常典乐，出知常州。有词集
《青山乐府》已失传，仅存词一首，亦婉曲深致。

二郎神①

闷来弹鹊，又搅碎、一帘花影。谩试着春衫，
还思纤手，熏彻金猊烬冷②。动是愁端如何向，但
怪得、新来多病。嗟旧日沈腰③，如今潘鬓④，怎堪
临镜。

重省。别时泪滴，罗衣犹凝。料为我厌厌⑤，
日高慵起，长托春酲未醒⑥。雁足不来，马蹄难驻，
门掩一庭芳景。空伫立，尽日阑干倚遍，昼长人静。

【注释】

①二郎神：唐教坊曲名。宋吴曾《能改斋漫录》卷一
　"乐府名大郎神"："本朝乐府有《二郎神》，非也。

按唐《乐府杂录》曰:《离别难》。武后朝有一士人，陷冤狱，籍其家。妻配入掖庭，善吹觱篥，乃撰此曲，以寄情焉。初名《大郎神》，盖良人行第也，既畏人知，遂三易其名，曰《悲切子》，又曰《怨回鹘》，乃以大为二，传写之误。"这是一首怀人词，上片写词人怀远，因情绪绝望，所以连报喜的灵鹊也要弹驱；下片推己及人，悬想对方怀己：伊人空自伫立，倚遍阑干，不见人归。上片的绝望之情与下片的无限痴想，从不同侧面抒写了词人对伊人的一往情深。

②金猊(ní)：香炉。

③沈腰：沈约致徐勉信中有"百日数旬，革带常应移孔"句，后以沈腰代指瘦损。

④潘鬓：指中年鬓发初白。潘岳《秋兴赋》序："余春秋三十有二，始见二毛。"

⑤厌厌：同"恹恹"，精神萎靡不振的样子。

⑥酲(chéng)：醉酒。

田　为

田为（生卒年不详），字不伐。善琵琶，通音律。政和末，充大晟府典乐，宣和元年（1119）为大晟府乐令。慢词颇婉约含蓄。

江神子慢①

玉台挂秋月②。铅素浅③，梅花傅香雪④。冰姿洁。金莲衬、小小凌波罗袜⑤。雨初歇。楼外孤鸿声渐远，远山外、行人音信绝。此恨对语犹难，那堪更寄书说。

教人红销翠减⑥，觉衣宽金缕，都为轻别。太情切。销魂处、画角黄昏时节。声呜咽。落尽庭花春去也，银蟾迥、无情圆又缺⑦。恨伊不似余香，惹鸳鸯结。

【注释】

①江神子慢：即《江城子慢》。金蔡松年词名《江神子慢》，调见《中州乐府》。词人选取了秋与春两个最能让人伤情的季节来表现闺中思妇牵念远人的相思情怀。上片悲秋，下片惜春。上下两片互文足意，说明女子春去秋来，相思绵绵，无法释怀。

②玉台：传说中天神所居之地。

③铅素：指笔和纸。

④傅（fū）：抹。

⑤金莲：指女子的纤足。唐吴融《和韩致光侍郎无题》之二："玉箸和妆裛，金莲逐步新。"凌波罗袜：语本曹植《洛神赋》"凌波微步，罗袜生尘"。

⑥红销翠减：谓形容憔悴。

⑦银蟾（chán）：月亮。

曹　组

曹组（生卒年不详），字彦章，改字元宠，阳翟（今河南禹州）人。曹纬之弟。屡试不中，著《铁砚篇》自励（《松窗录》）。宣和三年（1121）赐同进士出身，官止阁门宣赞舍人、睿思殿应制。词极清幽婉丽，在北宋末盛传。近人赵万里辑有《箕颖词》一卷。

蓦山溪① 梅

洗妆真态，不假铅华御②。竹外一枝斜③，想佳人、天寒日暮。黄昏院落，无处着清香，风细细，雪垂垂，何况江头路。

月边疏影，梦到销魂处。结子欲黄时，又须作、廉纤细雨④。孤芳一世，供断有情愁，消瘦损，东阳也⑤，试问花知否。

【注释】

①蓦山溪：本义为跨越山间小溪。白居易《闲游即事》："蓦山寻泛涧，蹑水渡伊河。"宋孟元老《东京梦华录》卷七"驾登宝津楼诸军呈百戏"："驾登宝津楼，诸军百戏呈于楼下。先列鼓子十数辈，一人摇双鼓子，近前进致语，多唱青春三月蓦山溪也。"《蓦山溪》为宋人创制。又名《上阳春》《心月照云溪》《弄珠英》等。这是一首咏梅词，上片写梅花品格之高洁，下片写赏梅者情怀之抑郁。俞陛云《唐五代两宋词选释》："此调佳处，在不用伴色揣称及譬喻衬托，而纯在空处提笔描写。"

②不假铅华御：铅华，搽脸用的脂粉。唐玄宗《题梅

妃画真》：“忆昔娇妃在紫宸，铅华不御得天真。”

③竹外一枝斜：苏轼《和秦太虚梅花》：“江头千树春
欲暗，竹外一枝斜更好。”

④廉纤：纤细。

⑤东阳：梁代东阳守沈约消瘦。此处作者自况。

李 玉

李玉（生卒年不详），约生活在北宋末南宋初。词不多
见，然风流蕴藉。

贺新郎①

篆缕销金鼎②。醉沉沉、庭阴转午，画堂人静。
芳草王孙知何处③，惟有杨花糁径④。渐玉枕、腾
腾春醒。帘外残红春已透，镇无聊、殢酒厌厌病⑤。
云鬟乱，未忺整⑥。

江南旧事休重省。遍天涯、寻消问息，断鸿难
倩⑦。月满西楼凭阑久，依旧归期未定。又只恐、
瓶沉金井。嘶骑不来银烛暗，枉教人、立尽梧桐
影⑧。谁伴我，对鸾镜⑨。

【注释】

①贺新郎：这是一首闺情词。上片写春老花残，闺中
人独守春闺，终日无聊，不施粉黛，饮酒遣愁。下
片直接抒情。游子一去，杳无消息，常恐音讯永
隔，徒留下闺中人，形影相吊，寂寞空守。

②篆（zhuàn）缕：盘香的烟缕。李清照《满庭芳》："篆香烧尽，日影下帘钩。"

③王孙：草名。

④糁（sǎn）径：铺满小路。杜甫诗《漫兴》："糁径杨花铺白毡，点溪荷叶叠青钱。"

⑤镇：全。殢（tì）酒：被酒所困。厌厌：同"恹恹"，精神不振的样子。

⑥忺（xiān）：高兴。

⑦倩（qìng）：请，恳求。

⑧枉教人、立尽梧桐影：语本唐人《梧桐影》诗"今夜故人来不来，教人立尽梧桐影"。

⑨鸾（luán）镜：指镜子。

廖世美

廖世美（生卒年不详），约生活在北宋末南宋初。存词二首。

烛影摇红① 题安陆浮云楼

霭霭春空②，画楼森耸凌云渚。紫薇登览最关情③，绝妙夸能赋。惆怅相思迟暮，记当日、朱阑共语。塞鸿难问，岸柳何穷，别愁纷絮。

催促年光，旧来流水知何处。断肠何必更残阳，极目伤平楚。晚霁波声带雨④。悄无人、舟横野渡⑤。数峰江上，芳草天涯，参差烟树。

【注释】

①烛影摇红：宋吴曾《能改斋漫录》卷十七"烛影
摇红"："王都尉有忆故人词云：'烛影摇红，向夜
阑……'徽宗喜其词意，犹以不丰容宛转为恨，遂
令大晟府别撰腔。周美成增损其辞，而以首句为
名，谓之《烛影摇红》。"又名《忆故人》《归去曲》
《玉珥坠金环》《秋色横空》等。这是一首登楼赋景、
望远怀人之作。上片首四句写浮云楼壮观的景象，
以下六句，因时值日暮，词人由赏景变而为伤情，
引起相思。下片词人感叹岁月如流，年光易失，极
目远眺，徒增怅惘。这首词熔裁前人诗词，又自出
境界，有不尽之意，无雕琢之痕。

②霭霭（ǎi）：云彩密集的样子。晋陶潜《停云》诗：
"霭霭停云，蒙蒙时雨。"

③紫薇：紫薇郎。职官名。唐中书郎的别称。

④晚霁（jì）：晚晴。

⑤舟横野渡：韦应物《滁州西涧》："春潮带雨晚来急，
野渡无人舟自横。"

吕滨老

吕滨老（生卒年不详），一名渭老，字圣求，嘉兴（今
属浙江）人。宣和、靖康间朝士，有诗名。其词甚工。嘉定
五年（1212），赵师发序其词云："宣和末，有吕圣求者，以
诗名，讽咏中率寓爱君忧国意。""圣求居嘉兴，名滨老，
尝位周行，归老于家。"有《圣求词》一卷。集中词题干支

者，一为壬寅，当是宣和四年（1122）；一为甲子，当是绍兴十四年（1144）。

薄　幸①

青楼春晚②。昼寂寂、梳匀又懒。乍听得、鸦啼莺弄③，惹起新愁无限。记年时、偷掷春心，花间隔雾遥相见。便角枕题诗④，宝钗贳酒⑤，共醉青苔深院。

怎忘得、回廊下，携手处、花明月满。如今但暮雨，蜂愁蝶恨，小窗闲对芭蕉展。却谁拘管。尽无言、闲品秦筝，泪满参差雁⑥。腰肢渐小，心与杨花共远。

【注释】

①薄幸：这是一首恋情词。上片写深闺女子，暮春之夕，闻鸦啼莺弄，而心生暝愁，勾起相思情怀，继而回忆相恋过程。下片换头处承接上片，闺中人沉浸在甜蜜的回忆中，久久不忍释怀。第五句，笔锋一转，回到眼前，无边孤寂，满目凄清，无人倾诉，唯有抚秦筝，寄幽怀，身虽憔悴，而痴心犹牵念不已。

②青楼：此指华美的楼房。曹植《美女篇》："借问女何居，乃在城南端。青楼临大路，高门结重关。"

③弄：鸟鸣。

④角枕：用兽角装饰或制作的枕头。

中华经典藏书 · 宋词三百首

一九八

⑤贳（shì）：赊欠。

⑥雁：雁柱之简称。即筝柱。岑参《秦筝歌》有"汝不闻秦筝声最苦"、"闻之酒醒泪如雨"等句。说明秦筝乐音悲苦。筝十三弦，承弦的柱参差列阵如雁行，故刘禹锡称其"玫瑰宝柱秋雁行"（《伤秦姝行》）。

查荎

查荎（chí，生卒年不详），约北宋末至南宋初词人。

透碧霄①

舣兰舟②。十分端是载离愁③。练波送远④，屏山遮断，此去难留。相从争奈⑤，心期久要⑥，屡变霜秋。叹人生、杳似萍浮。又翻成轻别，都将深恨，付与东流。

想斜阳影里，寒烟明处，双桨去悠悠。爱渚梅、幽香动，须采掇，倩纤柔。艳歌粲发⑦，谁传余韵，来说仙游。念故人、留此遐洲⑧。但春风老后，秋月圆时，独倚江楼。

【注释】

①透碧霄：调见柳永《乐章集》卷下。这是一首念远伤别之词。上片写离别场景。下片词人想象别后的情景。

②舣（yǐ）兰舟：使兰舟靠岸。

③端是：真是。

④练波：白色的水波。

⑤争奈：怎奈。

⑥要（yāo）：相约。

⑦粲（càn）发：启齿歌唱。

⑧遐（xiá）洲：远洲。

鲁逸仲

鲁逸仲（生卒年不详），即孔夷，字方平，汝州龙兴（今河南宝丰）人。孔旼之子，元祐间隐士，与侄孔矩齐名，与李廌（苏门六君子之一）为诗酒侣。自号滍皋渔父，作词则托名鲁逸仲。存词三首，颇婉丽。

南浦① 旅怀

风悲画角，听单于、三弄落谯门②。投宿骎骎征骑③，飞雪满孤村。酒市渐阑灯火，正敲窗、乱叶舞纷纷。送数声惊雁④，乍离烟水，嘹唳度寒云⑤。

好在半胧溪月，到如今、无处不销魂。故国梅花归梦，愁损绿罗裙⑥。为问暗香闲艳⑦，也相思、万点付啼痕。算翠屏应是，两眉余恨倚黄昏。

【注释】

①南浦：调名出自《楚辞·九歌》"送美人兮南浦"。唐教坊曲有《南浦子》曲，宋人盖借此曲名，翻为新调。这首词写旅夜相思之情。上片写景，从视

觉、听觉两方面着手，视觉有飞雪孤村、冷落酒市；听觉有画角谯门、寒夜惊雁，如此一来，景象立刻生动起来。下片抒情，由雪夜闻雁转为淡月乡愁，委婉地铺写出相思情意。

②单（chán）于：唐大角曲名。弄：奏乐。

③骎骎（qīn）：马行快速的样子。

④送数声惊雁：《早雁》诗有云："金河秋半虏弦开，云外惊飞四散哀。"

⑤嘹唳（liáolì）：形容高空鸟鸣，声音响亮凄清。

⑥绿罗裙：裙名。此指穿裙之人。

⑦暗香：指梅。

岳 飞

岳飞（1103—1141），字鹏举，相州汤阴（今属河南）人。南宋抗金名将，受宗泽赏识，历任清远军节度使、开府仪同三司、少保、河南北诸路招讨使，进枢密副使。被奸臣秦桧以莫须有罪名杀害。追谥武穆，封鄂王，改谥忠武。有《岳忠武王文集》十卷，存词三首，充溢爱国豪情。

满江红①

怒发冲冠，凭阑处、潇潇雨歇。抬望眼、仰天长啸，壮怀激烈。三十功名尘与土，八千里路云和月。莫等闲、白了少年头，空悲切。

靖康耻②，犹未雪。臣子恨，何时灭。驾长车踏破、贺兰山缺③。壮志饥餐胡虏肉④，笑谈渴饮匈奴血⑤。待从头、收拾旧山河，朝天阙⑥。

【注释】

①满江红：《升庵词品》引唐人小说《冥音录》："曲名有《上江虹》即《满江红》。又名《念良游》《伤春曲》。"《词谱》以柳永"暮雨初秋"为正调。此调有仄韵、平韵两体，仄韵词宋人填者最多，声调激越，宜抒发壮烈情怀。姜夔始为平韵，而情调俱变。姜夔《满江红》序云："《满江红》旧调用仄韵，多不协律。如末句云'无心扑'三字，歌者将心字融入去声，方谐音律。予欲以平韵为之，久不能成。因泛巢湖，闻远岸箫鼓声，问之舟师，云：'居人为此湖神姥寿也。'予因祝曰：'得一席风，径至居巢，当以平韵《满江红》为迎送神曲。'言讫风与笔俱驶，顷刻而成。末句云：'闻佩环'，则协律矣。书以绿笺，沉于白浪，辛亥正月晦也。"这是一首壮怀激烈、传颂千古的爱国主义名篇。上片写词人渴望杀敌报国的情怀、抱负。下片写词人雪耻复仇、重整乾坤的豪情壮志。整首词写来悲壮激昂，气势磅礴；读来振聋发聩，催人奋进。

②靖康耻：指靖康二年（1127）金兵攻陷汴京，掳徽、钦二帝北去，北宋亡。

③贺兰山：在今宁夏境内。此借指敌占区。

④胡虏：对金兵的蔑称。

⑤匈奴：代指金国。

⑥朝天阙：朝见皇帝。

张抡

张抡（生卒年不详），字才甫，自号莲社居士，开封（今属河南）人。淳熙五年（1178）为宁武军节度使，历知门事，兼客省四方馆事。多写应制词，以华艳邀宠，亦有清秀之作。有《莲社词》，收入《彊村丛书》。

烛影摇红① 上元有怀

双阙中天②，凤楼十二春寒浅③。去年元夜奉宸游，曾侍瑶池宴。玉殿珠帘尽卷。拥群仙、蓬壶阆苑④。五云深处⑤，万烛光中，揭天丝管。

驰隙流年，恍如一瞬星霜换。今宵谁念泣孤臣，回首长安远。可是尘缘未断。谩惆怅、华胥梦短⑥。满怀幽恨，数点寒灯，几声归雁。

【注释】

①烛影摇红：这是一首上元感怀之作。上片写去年汴京上元节之盛况。下片写南渡后第一个上元节之冷落。一荣一枯，盛衰异象，使人读之不忍。

②双阙：皇宫前面两边高大的楼台。

③凤楼：指宫内楼阁。鲍照《代陈思王京洛篇》："凤楼十二重，四户八绮窗。"

④蓬壶：海上仙山名。阆（làng）苑：神仙居住地。

⑤五云：青白赤黑黄五种云色。代皇帝所在地。

⑥华胥：传说中的古国名。代指梦境。

程 垓

程垓（gāi，生卒年不详），字正伯，眉山（今属四川）人。苏轼中表程之才（字正辅）之孙。以诗词名乡里，为尚书尤袤所称道，绍熙五年（1194），王偁为其词集作序。冯煦《蒿庵论词》："程正伯凄婉绵丽，与草窗所录《绝妙好词》家法相近。"有《书舟词》，隽永洒脱。

水龙吟①

夜来风雨匆匆，故园定是花无几。愁多怨极，等闲孤负②，一年芳意。柳困桃慵③，杏青梅小，对人容易。算好春长在，好花长见，原只是、人憔悴。

回首池南旧事。恨星星、不堪重记。如今但有，看花老眼，伤时清泪。不怕逢花瘦，只愁怕、老来风味④。待繁红乱处，留云借月⑤，也须拼醉。

【注释】

①水龙吟：这是一首惜春叹老的词作。词人通过委婉哀怨的笔触，曲折尽致、反反复复地抒写了自己郁积重重的"嗟老"与"伤时"之情，读后确有"凄婉绵丽"（冯煦《宋六十一家词选例言》评语）之感。

②等闲：轻易地。

③慵（yōng）：懒。

④风味：生活。

⑤留云借月：强留云彩，借取月光。意谓努力珍惜
时光。

张孝祥

张孝祥（1132—1169），字安国，号于湖居士，历阳乌
江（今安徽和县）人。绍兴二十四年（1154）中进士第一，
为秦桧所忌。历任中书舍人、领建康留守，徙荆南湖北路
安抚使。其词反映社会现实，表现爱国思想，上承苏轼，
下启辛弃疾，是豪放词代表作家。词作淋漓酣畅，气势雄
健，声律宏迈，善于化用前人诗句而又流畅自然，意俊而
语峭。有《于湖居士长短句》五卷。

六州歌头① 桃花

长淮望断②，关塞莽然平。征尘暗，霜风劲，
悄边声。黯消凝。追想当年事③，殆天数，非人力，
洙泗上④，弦歌地，亦膻腥。隔水毡乡⑤，落日牛羊
下，区脱纵横⑥。看名王宵猎⑦，骑火一川明。笳鼓
悲鸣。遣人惊。

念腰间箭，匣中剑，空埃蠹，竟何成。时易
失，心徒壮，岁将零。渺神京。干羽方怀远，静烽
燧，且休兵。冠盖使⑧，纷驰骛⑨，若为情。闻道中
原遗老，常南望、翠葆霓旌⑩。使行人到此，忠愤
气填膺。有泪如倾。

【注释】

①六州歌头：程大昌《演繁露》卷十六"六州歌头"："六州歌头，本鼓吹曲也，近世好事者倚其声为吊古词，如'秦亡，草昧刘项起吞并'者是也，音调悲壮。又以古兴亡事实之，闻其歌使人怅慨。良不与艳辞同科，诚可喜也。"实际则并不尽然。据杨慎《词品》，六州指唐代西部的伊、凉、甘、石、渭、氐等六州，宋代举行大祀、大恤典礼皆用此调。这首词是词人在建康留守张浚宴客席上所赋，表现了强烈的爱国情怀。上片描写江淮区域宋金对峙的态势。下片抒写报国无门、壮志难酬的悲愤，讽刺朝廷当政者苟安于和议现状，深刻揭示了中原人民盼望光复的意愿。陈廷焯《白雨斋词话》卷六评此词："淋漓痛快，笔饱墨酣，读之令人鼓舞。"

②长淮：即淮河。

③当年事：指1127年金兵南侵，徽、钦二帝被掳北去之事。

④洙泗：二水名，流经孔子故乡曲阜。

⑤隔水毡乡：指淮河以北金人所占领的中原地区。

⑥区（ōu）脱：金兵的哨所。

⑦名王：指金兵将帅。

⑧冠盖使：指求和的使臣。

⑨驰骛（wù）：奔走。

⑩翠葆霓旌：指皇帝的车驾。

韩元吉

　　韩元吉（1118—1187），字无咎，号南涧翁，许昌（今属河南）人。隆兴中，官吏部尚书。淳熙初，出守婺州、建宁，后晋封颍川郡公。结交社会名流，多有诗词唱和。其词雄浑豪放，或寓故国之悲，或抒山林情趣，清幽感人。有《南涧诗余》，见《南涧甲乙稿》，收入《彊村丛书》。

六州歌头①桃花

　　东风着意，先上小桃枝。红粉腻。娇如醉。倚朱扉。记年时。隐映新妆面。临水岸。春将半。云日暖。斜桥转。夹城西。草软沙平，跋马垂杨渡，玉勒争嘶。认蛾眉凝笑，脸薄拂燕脂②。绣户曾窥。恨依依。

　　共携手处。香如雾。红随步。怨春迟。消瘦损。凭谁问。只花知。泪空垂。旧日堂前燕③，和烟雨，又双飞④。人自老。春长好。梦佳期。前度刘郎，几许风流地，花也应悲。但茫茫暮霭，目断武陵溪⑤。往事难追。

【注释】

①六州歌头：韩元吉这首词并不像前一首《六州歌头》注①中程大昌所说的那样，而是一首标准的艳词。词题是"桃花"，乍看是一首咏物词，实际内容却是借桃花诉说一段香艳而哀怨的爱情故事。上片先写两个有情人在桃花似锦的良辰相遇，下片写两人

在桃花陌上携手同游，再后来则旧地重来，只见桃
花飘零而不见如花人的踪影，于是只能踟蹰徘徊于
花径，唏嘘生悲。

②燕脂：同"胭脂"。

③旧日堂前燕：语本刘禹锡《乌衣巷》诗"旧时王谢
堂前燕"。

④和烟雨，又双飞：五代翁宏《春残》："落花人独立，
微雨燕双飞。"

⑤武陵溪：用陶渊明《桃花源记》典故，武陵渔人偶
入桃花源，后路径迷失，没有人再能找到。

好事近① 汴京赐宴闻教坊乐有感②

凝碧旧池头③，一听管弦凄切。多少梨园声
在④，总不堪华发。

杏花无处避春愁，也傍野烟发。惟有御沟声
断⑤，似知人呜咽。

【注释】

①好事近："近"指舞曲前奏，是大曲中某一遍曲调名
　称。王易《词曲史》："亦曰'近拍'，谓近于入破，
　收起拍也。故凡近词皆句短韵密而音长。"又名
　《钓船笛》《翠圆枝》。南渡后，韩元吉出使金国，
　得以重返故都，感触万端，而又此作。唐圭璋《唐
　宋词简释》："起言地，继言人；地是旧地，人是旧
　人，故一听管弦，即怀想当年，凄动于中。下片，

不言人之悲哀，但以杏花生愁，御沟呜咽，反衬人之悲哀。用笔空灵，意则沉痛。"

②教坊：掌管女乐的官署，始于唐代。

③凝碧：指凝碧池，在唐东都洛阳禁苑中。据《明皇杂录》记载，天宝末年，安禄山叛军攻陷东都洛阳，大会凝碧池，令梨园子弟演奏乐曲，乐工雷海青则掷乐器于地，西向大恸。诗人王维听到这一消息，暗地里写了一首诗："万户伤心生野烟，百官何日再朝天？秋槐花落深宫里，凝碧池头奏管弦。"

④梨园：唐明皇教授伶人的地方。

⑤御沟：流进宫中的河道。

袁去华

袁去华（生卒年不详），字宣卿，奉新（今属江西）人。绍兴十五年（1145）进士，曾任善化、石首知县。与张孝祥、杨万里游。其词豪爽幽畅，真切动人。有《袁宣卿词》，收入《四印斋所刻词》。

瑞鹤仙①

郊原初过雨。见败叶零乱，风定犹舞。斜阳挂深树。映浓愁浅黛，遥山眉妩②。来时旧路。尚岩花、娇黄半吐。到而今，惟有溪边流水，见人如故。

无语。邮亭深静，下马还寻，旧曾题处。无聊倦旅。伤离恨，最愁苦。纵收香藏镜③，他年重到，人面桃花在否④。念沉沉、小阁幽窗，有时梦去。

【注释】

①瑞鹤仙：这是一首伤别离词作。上片写郊原景象，风吹败叶，斜阳挂树，一片衰飒景象。由此可以窥见词人衰颓、凌乱的心绪。下片另换场景，由郊原转入邮亭，由写景转入抒情，这是一个词人曾经到过的地方，而今故地重游，景物依旧，而人面不见，徒增满怀愁绪。

②眉妩：眉样妩媚可爱。

③收香：晋代贾充之女贾午窃其父所藏奇香赠给韩寿，因而结成夫妇。见《晋书·贾充传》。藏镜：南朝陈亡后，驸马徐德言与妻子乐昌公主因各执半镜而得以重圆，见孟棨《本事诗·情感》。

④人面桃花在否：用唐人崔护事。

剑器近①

夜来雨。赖倩得、东风吹住。海棠正妖娆处。且留取。

悄庭户②。试细听、莺啼燕语③。分明共人愁绪。怕春去。

佳树。翠阴初转午。重帘未卷，乍睡起、寂寞看风絮。偷弹清泪寄烟波④，见江头故人，为言憔悴如许。彩笺无数。去却寒暄，到了浑无定据⑤。断肠落日千山暮。

【注释】

①剑器近:《剑器》，为唐舞曲，杜甫有《观公孙大娘舞剑器行》诗。另据《宋史·乐志》，宋教坊曲中有《剑器曲》，又有剑器舞队。此调当从《剑器曲》中演变而来。"近"为舞曲前奏，见《好事近》注释。又名《剑器近》。这是一首怀人之作。唐圭璋《唐宋词简释》:"此首一气舒卷，清丽凄婉。上中两片，字句声韵皆同，是亦双拽头也。上片写见，中片写闻:所见风雨以后，海棠正美。所闻莺啼燕语，似怕春去。下片，写翠阴转午之幽静，与人睡起之无绪。'偷弹'三句言思人憔悴，欲寄泪以自明。'彩笺'三句，盼人来无据。末一句，以景结，语气炼，振动全篇。"

②悄:寂静。

③莺啼燕语:语本皇甫冉《春思》:"莺啼燕语报新年，马邑龙堆路几千。"

④烟波:指茫茫江水。

⑤"彩笺"三句:意谓来信之多，不计其数，除了寒暄问候的话，看不出有其他含义。

安公子①

弱柳千丝缕。嫩黄匀遍鸦啼处②。寒入罗衣春尚浅，过一番风雨。问燕子来时，绿水桥边路。曾画楼、见个人人否③。料静掩云窗，尘满哀弦危柱④。

庾信愁如许⑤。为谁都着眉端聚。独立东风弹泪眼，寄烟波东去。念永昼春闲⑥，人倦如何度。闲傍枕，百啭黄鹂语。唤觉来厌厌⑦，残照依然花坞⑧。

【注释】

①安公子：唐教坊曲名，后用为词调。《隋书》卷七十八《万宝常》："时有乐人王令言，亦妙达音律。大业末，炀帝将幸江都，令言之子当从。于户外弹胡琵琶，作翻调《安公子》曲，令言时卧室中，闻之大惊，蹶然而起，曰：'变变。'急呼其子曰：'此曲兴自早晚？'其子对曰：'顷来有之。'令言遂欷歔流涕，谓其子曰：'汝慎无从行，帝必不反。'子问其故，令言曰：'此曲宫声往而不反，宫者，君也，吾所以知之。'帝竟被杀于江都。"《碧鸡漫志》："据《理道要诀》，唐时《安公子》在太簇角，今已不传。其见于世者，中吕调有近，般涉调有令，然尾声皆无所归宿，亦异矣。"调见柳永《乐章集》。这是一首怀人之作。上片词人见柳而思人，用问燕的形式，悬想爱人相思情态，造语新警。下片从自己方面叙说，叹闲愁万端，都化成泪滴，托烟波寄于春闺，念苦闷无聊，觉日长难度，又被黄鹂唤起，恹恹情思，斜阳里，花坞依然如故。

②嫩黄：柳芽。

③个人人：那个人儿。

④哀弦危柱：泛指乐器。苏轼《水龙吟》："危柱哀弦，艳歌余响，绕云萦水。"

⑤庾信：曾作《愁赋》。有"谁知一寸心，乃有万斛愁"之句。

⑥永昼：漫长的白天。

⑦厌厌：同"恹恹"，精神不振的样子。

⑧花坞（wù）：花木丛生的山坞。

陆 淞

陆淞（1109—1182），字子逸，号雪溪，山阴（今浙江绍兴）人。陆游长兄，以祖恩补通仕郎，官至左朝请大夫。存词二首，景中带情，有汉魏乐府之遗意。

瑞鹤仙①

脸霞红印枕。睡觉来、冠儿还是不整②。屏间麝煤冷③。但眉峰压翠，泪珠弹粉。堂深昼永。燕交飞、风帘露井。恨无人，与说相思，近日带围宽尽。

重省。残灯朱幌④，淡月纱窗，那时风景。阳台路迥⑤。云雨梦，便无准。待归来，先指花梢教看，却把心期细问。问因循、过了青春⑥，怎生意稳。

【注释】

①瑞鹤仙：这首词据说是陆淞为歌姬盼盼所写的。上片从人物形态与具体环境的描写中，表现少女的慵懒、凄冷、孤寂，勾画出了一个怀春的少女形象。下片对少女内心活动进行描写，逐层深入，描写她的回忆、悔恨、追求。

②觉（jué）来：醒来。

③麝煤：一种名贵香墨。

④幌（huǎng）：帘帷。

⑤迥（jiǒng）：遥远。

⑥因循：疏懒。

陆 游

　　陆游（1125—1210），字务观，号放翁，山阴（今浙江绍兴）人。绍兴二十三年（1153）省试第一，后被秦桧除名。孝宗继位，赐进士出身，曾任隆兴、夔州通判，成都府安抚司参议官，先后提举福建及江南西路常平茶盐公事；光宗立，任礼部郎中、实录院同修撰兼修国史，以宝谟阁待制致仕。一生仕途坎坷，却始终为恢复中原奔走呼号，爱国豪情至死不渝。陆游诗多姿多彩。词则婉约而雅洁，飘逸而超俗；亦有饱含报国热忱、荡漾爱国激情的词章。自编词集成，作《长短句序》云："予少时汩于世俗，颇有所为，晚而悔之。然渔歌菱唱，犹不能止。"此后未尝绝笔。刘克庄《后村诗话续编》云："放翁长短句……其激昂慷慨者，稼轩不能过；飘逸高妙者，与陈简斋、朱希真相颉颃；流丽绵密者，欲出晏叔原、贺方回之上。"有《放翁长短句》附《渭南文集》后，后有双照楼影宋刻本和毛晋《宋六十名家词》刊本。

卜算子① 咏梅

驿外断桥边，寂寞开无主。已是黄昏独自愁，更着风和雨。

无意苦争春②，一任群芳妒③。零落成泥碾作尘④，只有香如故。

【注释】

①卜算子：这是一首咏梅词。上片写梅花的艰难处境：驿外断桥，寂寞无主，黄昏更兼风雨，天不眷顾，一何至此。下片托梅寄志，以梅花自喻，表现自己身处逆境、坚贞自守的孤高品格。

②争春：唐戎昱《红槿花》："花是深红叶曲尘，不将桃李共争春。"

③群芳妒：《离骚》有"众女嫉余之娥眉兮，谣诼谓余以善淫"句。

④碾（niǎn）：滚压，碾碎。王安石《北陂杏花》："纵被春风吹作雪，绝胜南陌碾成尘。"

渔家傲① 寄仲高②

东望山阴何处是③。往来一万三千里。写得家书空满纸。流清泪。书回已是明年事。

寄语红桥桥下水④。扁舟何日寻兄弟。行遍天涯真老矣。愁无寐。鬓丝几缕茶烟里⑤。

【注释】

①渔家傲：这是陆游寄给堂兄陆仲高的词作。上片写蜀中与故乡山阴距离之远，家书难寄、归期难卜，

每一念及，徒流清泪。下片直接抒情，寄语家乡流
水，何时载我归舟，与家兄相聚，而今天涯行客，
忧思不寐，唯有于茶烟袅袅中，坐遣年华流逝。

②仲高：陆升之，字仲高。陆游堂兄。

③山阴：即今浙江绍兴。作者故里。

④红桥：桥名。

⑤鬓丝几缕茶烟里：杜牧《醉后题僧院二首》（之
二）："今日鬓丝禅榻畔，茶烟轻扬落花风。"

定风波① 进贤道上见梅赠王伯寿

敧帽垂鞭送客回。小桥流水一枝梅。衰病逢春
都不记。谁谓。幽香却解逐人来②。

安得身闲频置酒。携手。与君看到十分开。少
壮相从今雪鬓③。因甚。流年羁恨两相催④。

【注释】

①定风波：这是一首赠友之作。上片写送客归途，见
桥边寒梅，词人不禁感叹：常年衰病，已不能感知
季节的变化，若没有幽香暗送，词人完全忽略了梅
花的存在。下片写与朋友情谊之深，两位朋友把酒
赏花，感叹流年羁恨，催白了黑发，从前的一对发
小，于今变成了两个花下的白发老翁。

②幽香却解逐人来：化用杜甫诗《诸将五首》："锦江
春色逐人来，巫峡清秋万壑哀。"

③雪鬓：双鬓白如雪。

④羁（jī）恨：旅途的愁苦。

陈　亮

陈亮（1143—1194），字同甫，人称龙川先生，永康（今属浙江）人。绍熙四年（1193）进士，授建康军节度判官厅公事，赴任途中病故。此前曾多次上书，倡议中兴复国，反对理学，笔力纵横。其词自抒胸臆，充满爱国愤世之情；亦有清幽疏宕之作，唯祝寿词无甚新意。有《龙川词》行世。

水龙吟①

闹花深处层楼，画帘半卷东风软。春归翠陌，平莎茸嫩，垂杨金浅。迟日催花，淡云阁雨②，轻寒轻暖。恨芳菲世界，游人未赏，都付与、莺和燕。

寂寞凭高念远。向南楼、一声归雁。金钗斗草③，青丝勒马④，风流云散。罗绶分香⑤，翠绡封泪，几多幽怨。正销魂、又是疏烟淡月，子规声断⑥。

【注释】

①水龙吟：这是一首抒写春恨的词作。上片恨今日芳菲世界，游人未赏，付与莺燕；下片恨昔年金钗斗草，青丝勒马，风流云散。上片用大量的篇幅描写姹紫嫣红、百花竞放的大好春光，目的是为了逗出上片之恨；下片则倾全力描写人事之恨：因寂寞而凭高念远，羡鸿雁北飞，犹能见故国庭苑；悔当年

不知珍惜，风流都被雨打风吹去。到如今，疏烟淡
　月，杜鹃声里，人在天涯。
②阁雨：即搁雨，止雨。
③金钗斗草：斗草时以金钗为赌资。
④青丝勒马：青丝编成的马络头。
⑤罗绶（shòu）：即罗带。分香：即分别。
⑥子规：即杜鹃鸟。

范成大

　　范成大（1126—1193），字致能，号石湖居士，吴郡
（今江苏苏州）人。绍兴二十四年（1154）中进士，曾任吏
部员外郎、起居舍人。乾道六年（1170）作为宋廷特使出使
金国，索取河南"陵寝"地，辞气慷慨，迫使金帝接受私
疏，全节而归。除中书舍人，知成都府兼四川制置使。淳
熙五年（1178）参知政事。其田园诗成就最高，清峻瑰丽，
初步摆脱江西诗派影响。其词早期柔情幽冷，后期气韵沉
雅，多写自然风光和农村景色，清疏有致。今存《石湖词》
一卷，收入《彊村丛书》。

忆秦娥①

楼阴缺。阑干影卧东厢月。东厢月。一天风
露，杏花如雪。
隔烟催漏金虬咽②。罗帏黯淡灯花结。灯花结。
片时春梦③，江南天阔。

【注释】

①忆秦娥：据传唐李白创为此调，因其中有"秦娥梦断秦楼月"句，故名《忆秦娥》。秦娥，谓秦地美貌女子。扬雄《方言》："秦晋之间，美貌谓之娥。"又名《秦楼月》《碧云深》《双荷叶》等。明胡应麟《少室山房笔丛》卷二十五："今诗余名《望江南》外，《菩萨蛮》《忆秦娥》称最古，以《草堂》二词出太白也。近世文人学士或以为实，然余谓太白在当时，直以风雅自任，即近体盛行七言律，鄙不肯为，宁屑事此？且二词虽工丽，而气衰飒，于太白超然之致，不啻穿壤。藉令真出青莲，必不作如是语。详其意调，绝类温方城辈。盖晚唐人词，嫁名太白。"这首词描写闺中少妇春夜怀人的情景。上片描绘园林景色，下片刻画人物心情。整首词不加雕饰，朴素清雅。

②金虬（qiú）：装置在漏上形状如虬的饰物，龙嘴吐水计时。虬，有角的龙。

③片时春梦：语本岑参《春梦》："枕上片时春梦中，行尽江南数千里。"

眼儿媚①

萍乡道中，乍晴。卧舆中，困甚，小憩柳塘。

酣酣日脚紫烟浮②，妍暖破轻裘。困人天色，醉人花气，午梦扶头③。

春慵恰似春塘水，一片縠纹愁④。溶溶泄泄⑤，东风无力，欲皱还休。

【注释】

①眼儿媚：《词谱》以左誉词为正调。又名《小阑干》《东风寒》《秋波媚》。这是一首即景之作。上片写词人春日旅途的春慵之感。下片写春水似人般慵懒无比。上片写人，下片写物，上下两片物我难分，妙合无垠。

②酣酣：盛大充沛的样子。日脚：穿过云隙照在地面上的日光。

③扶头：形容醉态。

④縠纹：比喻水的波纹。縠，绉纱。

⑤溶溶泄泄（yì）：晃动荡漾的样子。

霜天晓角①

晚晴风歇。一夜春威折②。脉脉花疏天淡③，云来去，数枝雪。

胜绝。愁亦绝。此情谁共说。惟有两行低雁，知人倚、画楼月。

【注释】

①霜天晓角：此调首见《全芳备祖前集》，有林逋词。这是一首咏梅词。上片写梅，脉脉写其神，花疏写其形，数枝雪写其色。下片抒情，用孤梅衬出词人

孤独凄黯的心情。

②春威：春寒的威力。温庭筠《阳春曲》："霏霏雾雨
　　杏花天，帘外春威著罗幕。"

③脉脉（mò）：连绵不断的样子。

蔡幼学

蔡幼学（1154—1217），字行之，瑞安（今属浙江）
人。乾道八年（1172）进士第一，累官权兵部尚书兼太子詹
事。有《育德堂集》，存词一首。

好事近①

日日惜春残，春去更无明日。拟把醉同春住②，
又醒来沉寂。

明年不怕不逢春，娇春怕无力。待向灯前休
睡，与留连今夕。

【注释】

①好事近：这是一首惜春词。上片首句点名惜春题旨，
　　摹写惜春的心理情态：每天都在煎熬，因为春色正
　　一天天减少，唯恐春色老去，再无明日。拟劝春同
　　醉，停下匆匆的脚步，而当酒醒时分，却发现一切
　　如故。下片将惜春意绪引向深处：明年春天还会再
　　来，但只怕惜春之人逐渐老去，而无力惜春，那么
　　就高擎明烛吧，不再睡去，留住今夕。

②拟：打算。

辛弃疾

辛弃疾（1140—1207），字幼安，号稼轩居士，历城（今山东济南）人。二十二岁参加抗金义军；南归后任江阴签判、建康府通判，乾道八年（1172）知滁州；淳熙间历任荆湖南路、江南西路安抚使，罢任后闲居江西上饶的带湖；绍熙间一度出任福建提点刑狱和安抚使；嘉泰三年（1203）起知绍兴府，改知镇江府，开禧二年（1206）任兵部侍郎。曾上《美芹十论》《九议》等，为抗金献计献策，却始终不得重用。一腔忠愤注于词中，抒发爱国豪情，感慨国事身世，歌唱抗金、恢复中原成为辛词主旋律，农村词和爱情词亦质朴清新、充满活力。他以诗体赋体入词，善于用典用事，熔铸经史而无斧凿痕，丰富了词的表现手法和语言技巧。辛词题材多样，桀骜雄奇，慷慨纵横，是豪放词派最高产的代表作家。有《稼轩词》及十二卷本《稼轩长短句》两种。《四库总目提要》云：“其词慷慨纵横，有不可一世之概，于倚声家为变调，而异军特起，能于剪红刻翠之外，屹然别立一宗，迄今不废。”

贺新郎① 别茂嘉十二弟

绿树听鹈鴂。更那堪、鹧鸪声住，杜鹃声切。啼到春归无啼处，苦恨芳菲都歇。算未抵、人间离别。马上琵琶关塞黑②，更长门、翠辇辞金阙③。看燕燕，送归妾④。

将军百战身名裂⑤。向河梁、回头万里，故人长绝。易水萧萧西风冷⑥，满座衣冠似雪。正壮士、悲歌未彻。啼鸟还知如许恨⑦，料不啼清泪长啼血。谁共我，醉明月。

【注释】

①贺新郎：这是一首送别词。词开片一口气举出三种悲切的鸟鸣声，哀鸣的鸟声，似乎在向人倾诉春归后百花凋零、芳草不觅的悲戚。至此，词人一笔宕开，由景入情：鸟鸣悲切，伤春虽甚，却不及人间离情。继而连用五事，写人间离别之悲，"啼鸟还知"二句，遥应开片：悲鸟若能理解人间的离别，也唯有啼血而已。末二句总绾，回到眼前的离别：族弟一去，谁能与我共醉明月呢？离别之词，能有如此境界，实属罕见。

②马上琵琶关塞黑：用汉代王昭君出塞远嫁匈奴事。

③长门：汉武帝时，陈皇后失宠，居长门宫。

④看燕燕，送归妾：《诗经·邶风》有《燕燕》一篇，汉毛苌传曰："燕燕，卫庄姜送归妾也。"

⑤将军：指汉将李陵。

⑥易水萧萧西风冷：用荆轲辞燕入秦刺秦王事。

⑦还知：如果知道。

贺新郎① 赋琵琶

凤尾龙香拨。自开元、《霓裳曲》罢②，几番风月。最苦浔阳江头客③，画舸亭亭待发④。记出塞、黄云堆雪。马上离愁三万里，望昭阳、宫殿孤鸿没⑤。弦解语，恨难说⑥。

辽阳驿使音尘绝⑦。琐窗寒、轻拢慢捻⑧，泪珠盈睫。推手含情还却手，一抹《梁州》哀彻。千古事、云飞烟灭。贺老定场无消息⑨，想沉香亭北繁华歇⑩。弹到此，为呜咽。

【注释】

①贺新郎：俞陛云《唐五代两宋词选释》："此调借琵琶以写怀。起句'开元'句即追想汴京之盛。以下用商妇、明妃琵琶故事，藉以写怨。转头处承上阕'万里离愁'句，接以辽阳望远。慨官车之沙漠沉沦。'琐窗'、'推手'四句咏琵琶正面，中含一片哀情。转笔'云飞烟灭'句，笔势动宕。结句沉香亭废，贺老飘零，自顾亦沦落江东，如龟年之琵琶仅在，宜其罢弹呜咽，不复成声矣。"

②自开元、《霓裳曲》罢：据白居易《新乐府》自注："《霓裳羽衣曲》，起于开元，盛于天宝。"

③最苦浔阳江头客：白居易贬官江州，秋夜送客而闻江上女子弹琵琶，遂作《琵琶行》，内有"浔阳江头夜送客"句。

④画舸（gě）亭亭：郑文宝《柳枝词》："亭亭画舸系寒潭。"

⑤昭阳：汉未央宫里殿名。

⑥弦解语，恨难说：陆游《鹧鸪天》："情知言语难传恨，不似琵琶道得真。"

⑦辽阳：在今东北境内。为边塞之代称。

⑧轻拢慢捻（niǎn）：出自白居易《琵琶行》"轻拢慢捻抹复挑"句。拢、捻与下文的推手、却手、抹都是琵琶指法。

⑨贺老：指贺怀智。唐玄宗时期的琵琶高手。

⑩沉香亭：唐都长安宫中殿名。为唐玄宗和杨贵妃游玩取乐之所。

水龙吟① 登建康赏心亭②

楚天千里清秋，水随天去秋无际。遥岑远目，献愁供恨，玉簪螺髻③。落日楼头，断鸿声里，江南游子。把吴钩看了④，阑干拍遍⑤，无人会、登临意。

休说鲈鱼堪脍。尽西风、季鹰归未⑥。求田问舍，怕应羞见，刘郎才气。可惜流年，忧愁风雨，树犹如此⑦。倩何人，唤取红巾翠袖，揾英雄泪⑧。

【注释】

①水龙吟：俞陛云《唐五代两宋词选释》："前四句写登临所见，起笔便有浩荡之气。'落日'句以下，由登楼说到旅怀，而仍说不尽，仅以吴钩独看，略露其不平之气。下阕写旅怀，即使归去奇狮卜筑，而生平未成一事，亦羞见刘郎。'流年'二句，以单句旋析，弥见激昂。结句言英雄之泪，未要人怜，倘揾以红巾，或可破颜一笑，极言其潦倒，仍不减其壮怀也。"

②建康：今南京。

③玉簪螺髻：喻山。皮日休《缥缈峰》诗："似将青螺髻，撒在明月中。"

④吴钩：刀名。杜甫《后出塞》："少年别有赠，含笑看吴钩。"

⑤阑干拍遍：宋王辟之《渑水燕谈录》记载，刘孟节"与世相龃龉"，常常凭栏静立，怀想世事，吁唏独语，或以手拍栏干。曾经作诗说："读书误我四十年，几回醉把栏干拍。"

⑥"休说"二句：据《世说新语·识鉴》载，张季鹰在洛阳为官，忽见秋风起，便想起家中的莼羹和鲈鱼，于是辞官归里。

⑦树犹如此：据《世说新语·言语》，桓温北征，经过金城，见自己过去种的柳树已长到几围粗，便感叹道："木犹如此，人何以堪？"

⑧揾（wèn）：擦拭。

摸鱼儿①

淳熙己亥，自湖北漕移湖南，同官王正之置酒小山亭，为赋。

更能消、几番风雨。匆匆春又归去。惜春长怕花开早，何况落红无数。春且住。见说道、天涯芳草迷归路。怨春不语。算只有殷勤，画檐蛛网，尽日惹飞絮。

长门事②，准拟佳期又误。蛾眉曾有人妒。千金纵买相如赋。脉脉此情谁诉。君莫舞。君不见、玉环飞燕皆尘土③。闲愁最苦。休去倚危阑，斜阳正在，烟柳断肠处。

【注释】

①摸鱼儿：唐教坊曲名。一名《摸鱼子》。晁补之词有"买陂塘、旋栽杨柳"句，更名《买陂塘》，又名《陂塘柳》，或名《迈陂塘》。辛弃疾《赋怪石》词名《山鬼谣》。李冶《赋并蒂荷》词有"请君试听双蕖怨"句，名《双蕖怨》。这是一首惜春词，实际上，词人利用惜春这一词体的经典形式，来表达对国事日非、壮志难酬的愤激与忧虑。

②长门事：据汉司马相如《长门赋序》："孝武皇帝陈皇后，时得幸，颇妒，别在长门宫，愁闷悲思，闻蜀郡成都司马相如，天下工为文，奉黄金百斤，为相如、文君取酒，因于解悲愁之辞，而相如为文以悟主上。陈皇后复得亲幸。"

③玉环：指唐玄宗宠幸的杨贵妃。飞燕：指汉成帝宠爱的皇后赵飞燕。

永遇乐① 京口北固亭怀古②

千古江山，英雄无觅、孙仲谋处③。舞榭歌台，风流总被，雨打风吹去。斜阳草树，寻常巷陌，人道寄奴曾住④。想当年，金戈铁马，气吞万里如虎。

元嘉草草，封狼居胥，赢得仓皇北顾⑤。四十三年⑥，望中犹记，烽火扬州路。可堪回首，佛狸祠下⑦，一片神鸦社鼓⑧。凭谁问，廉颇老矣，尚能饭否⑨。

【注释】

①永遇乐：这是一首怀古咏今词。上片起句雄浑，大气磅礴，接着追忆称雄江南、建功立业的历史人物。继而感叹斗转星移，沧桑屡变，歌台舞榭，遗迹沦湮，读之使人黯然神伤。下片今昔对照，用古事影射现实，古之北伐足以为今之北伐提供鉴照。末三句用廉颇典故表达词人虽年老却壮心不已，渴望精忠报国的心情。整首词抚今追昔，感慨万端，沉郁顿挫，深宏博大。

②京口：今江苏镇江。

③孙仲谋：孙权，字仲谋。三国时吴国国君。

④寄奴：南朝宋武帝刘裕小名。

⑤"元嘉"三句：刘裕子宋文帝刘义隆于元嘉年间草率出兵北伐，结果惨败。狼居胥，山名，在今内蒙古。据《汉书》载，汉武帝元狩四年，派大将卫青、霍去病率军打败匈奴，追击至狼居胥，封山而还。

⑥四十三年：作者由宋宁宗嘉泰四年（1204）知镇江府，距其在宋高宗绍兴三十二年（1162）奉表南归，路经扬州，正是四十三年。

⑦佛狸祠：北魏太武帝小字佛狸，率军追王玄谟至长

江边，驻军江北瓜步山上，在山上建行宫，后人称
为佛狸祠。

⑧一片神鸦社鼓：谓人们已淡忘往事，只知在佛狸祠
击鼓社祭，引来乌鸦吃祭品。

⑨"廉颇"二句：据《史记》载："廉颇居梁久之，魏
不能信用。赵以数困于秦兵，赵王思复得廉颇，廉
颇亦思复用于赵。赵王使使者视廉颇尚可用否。廉
颇之仇郭开多与使者金，令毁之。赵使者既见廉
颇，廉颇为之一饭斗米，肉十斤，被甲上马，以示
尚可用。赵使还报王曰：'廉将军虽老，尚善饭，然
与臣坐，顷之三遗矢矣。'赵王以为老，遂不召。"

木兰花慢① 滁州送范倅②

老来情味减，对别酒、怯流年③。况屈指中秋，
十分好月，不照人圆。无情水、都不管，共西风、
只管送归船。秋晚莼鲈江上④，夜深儿女灯前。

征衫。便好去朝天⑤。玉殿正思贤。想夜半承
明⑥，留教视草⑦，却遣筹边。长安故人问我，道愁
肠、泥酒只依然⑧。目断秋霄落雁，醉来时响空弦。

【注释】

①木兰花慢：这是一首别情词。上片自离别写起，一
个"怯"字，潜含了对岁华逝去、壮志未酬的感慨。
月近中秋，人思团圆，而今却目送朋友远去，怨秋
水西风无情，使自己独对圆月；羡友人此番离去，

得与家人团聚；叹自己江南飘零，不知家在何处。下片转而写对朋友的期望和自己报国之志未酬的苦闷。整首词曲情含苞，而又不失豪迈气势。

②滁（chú）州：在今安徽滁州。倅（cuì）：地方佐贰副官。

③对别酒、怯流年：苏轼《江神子·冬景》有"对尊前，惜流年"的句子，辛词从此化出。

④莼（chún）鲈：莼菜和鲈鱼。代指思乡。

⑤朝天：朝见皇帝。

⑥承明：即承明庐，侍臣所住。

⑦视草：为皇帝草拟制诏之稿。

⑧泥酒：沉湎于酒中。

祝英台近①

宝钗分②，桃叶渡③。烟柳暗南浦。怕上层楼，十日九风雨。断肠片片飞红，都无人管，倩谁唤、流莺声住。

鬓边觑。试把花卜归期，才簪又重数。罗帐灯昏，呜咽梦中语。是他春带愁来，春归何处。却不解、带将愁去④。

【注释】

①祝英台近：宋罗浚《宝庆四明志》卷十三："梁山伯、祝英台墓，县西十里，接待院之后，有庙存焉。二人少尝同学，比及三年，而山伯初不知英台之为女

也，以同学而同葬。"这是现存文献较早的有关梁祝传说的记录。明陈耀文《天中记》卷十九《冥遇》中记载梁祝故事情节更为详细，并明言梁祝为东晋时人。可以推知，梁祝传说至少在宋代就已在民间广为传播了。词调《祝英台近》即以这一传说为调名。又名《月底修箫谱》《宝钗分》《燕莺语》《寒食词》等。这是一首伤春怀人的词作。从上片南浦赠别，怕上层楼，到下片"花卜归期"、"哽咽梦中语"。纤曲递转，新意迭出。上片"断肠"三句，一波三折。从"飞红"到"啼莺"，从昔春到怀人，层层推进。下片由"占卜"到"梦语"。动作跳跃，由实转虚，表现出痴情人为春愁所苦、无可奈何的心态。

②宝钗分：古时情人分别之际，用女方头上金钗擘为两股以赠别。

③桃叶渡：今南京秦淮河与青溪合流处。传说东晋王献之有妾名桃叶，曾在此渡水。

④"是他春带愁来"以下数句：化自赵彦端《鹊桥仙》："春愁元自逐春来，却不肯、随春归去。"

青玉案① 元夕

东风夜放花千树。更吹落、星如雨②。宝马雕车香满路。凤箫声动，玉壶光转③，一夜鱼龙舞④。

蛾儿雪柳黄金缕⑤。笑语盈盈暗香去。众里寻他千百度。蓦然回首，那人却在，灯火阑珊处⑥。

【注释】

①青玉案：这是一首描写上元节盛况的词作。上片渲染上元节热闹的盛况，下片写人，先写盛装打扮、笑语盈盈的游女，然而这些都不是词人关注的对象，词人在寻找那一位幽居空谷、孤高不群的佳人。而她的踪迹总是飘忽不定，让人捉摸不透。就在词人近乎绝望的当口，猛回头，在那一角残灯旁边，分明看见了那位佳人，她原来在这冷落的地方，还未归去，似有所待！发现那人的一瞬间，是人生精神的凝结和升华，是悲喜莫名的感激铭篆，词人竟有如此本领，竟把它变成了笔痕墨影，永志弗灭！

②星如雨：指灯火。《左传·庄公七年》：“星陨如雨。”

③玉壶：指月亮。

④鱼龙舞：指鱼灯、龙灯之类。

⑤蛾儿、雪柳、黄金缕：都是妇女头上所戴之物。

⑥阑珊：零落。

鹧鸪天^① 鹅湖归病起作

枕簟溪堂冷欲秋。断云依水晚来收。红莲相倚浑如醉，白鸟无言定自愁。

书咄咄，且休休^②。一丘一壑也风流^③。不知筋力衰多少，但觉新来懒上楼^④。

【注释】

①鹧鸪天：这首词是作者罢官闲居上饶期间的作品。

上片写景：枕簟初凉，溪堂乍冷，红莲似醉，白鸟生愁。以上的景物描写，隐含着词人忧伤抑郁的意绪。下片抒情，变含蓄为明朗，化抑郁为旷达：虽遭谗毁摈斥，又何足惜，不如寄情山水，足夸风流。末二句，情感又生波澜：叹如今筋力已衰，懒上高楼。英雄迟暮之感，溢于言外。

② 书咄咄（duō），且休休：表示失意不平的感叹。典故出自《世说新语·黜免》，殷浩被废弃不用，遂终日用手指在空中画写"咄咄怪事"四字。休休：唐司空图为其所建的濯缨亭取的别名。《旧唐书·司空图传》载司空图轻淡名利，隐居中条山，他作的《休休亭记》云：休，休也，美也，既休而具美存焉。这里用休休表示向往隐逸的美好情怀。

③ 一丘一壑：谓寄情山水。《汉书·叙传》载班嗣书简云："渔钓于一壑，则万物不奸其志；栖迟于一丘，则天下不易其乐。"

④ "不知筋力衰多少"二句：刘禹锡《秋日书怀寄白宾客》有"筋力上楼知"之句。幼安用此。

菩萨蛮① 书江西造口壁

郁孤台下清江水②。中间多少行人泪。西北望长安③。可怜无数山。

青山遮不住。毕竟东流去。江晚正愁予④。山深闻鹧鸪。

【注释】

①菩萨蛮：这是一首登台望远、抒愤排忧的词作。词人登临郁孤台，眺望故国家山，抒发了对家国兴亡的忧愤与感慨。俞陛云《唐五代两宋词选释》："词仅四十四字，举怀人恋阙，望远思归，悉纳其中，而以清空出之，复一气旋析，深得唐贤消息，集中之高格也。"

②清江：指赣江。

③长安：此处借指北宋都城汴京。

④愁予：使我发愁。

姜　夔

　　姜夔（1155—1221），字尧章，号白石道人，饶州鄱阳（今属江西）人。为人狷洁清高，终老布衣。一生湖海飘零，寄人篱下。但与杨万里、范成大交游并得其赏识，靠诗人萧德藻、贵胄张鉴资助，迹近清客。其词也有咏叹时事者，多数是写湖山之美和身世之慨，感念旧游，眷怀恋人，寄物托情，均精深华妙。词风潇洒而醇雅，笔力峭拔而隽健，讲究韵律，多自度腔，有十七首词自注工尺旁谱，其音节文采为一时之冠。有《白石道人歌曲》六卷行世。

点绛唇① 丁未冬，过吴松作

　　燕雁无心②，太湖西畔随云去。数峰清苦。商略黄昏雨③。

　　第四桥边④，拟共天随住⑤。今何许。凭阑怀古。残柳参差舞。

【注释】

①点绛唇：这是一首吊古怀人之作。上片写燕雁无心，随白云而来去；数峰有情，向黄昏而落雨。上片写景，而情景两融，不分彼此。下片吊古伤情，"凭阑怀古"点出题旨，继而以"残柳参差舞"收缩，"无穷哀感，都在虚处；令读者吊古伤今，不能自止"（陈廷焯《白雨斋词话》）。

②燕（yān）雁：指北方的雁。

③商略：商量。

④第四桥：即甘泉桥。

⑤天随：即唐陆龟蒙，号天随子。

鹧鸪天① 元夕有所梦

肥水东流无尽期。当初不合种相思。梦中未比丹青见，暗里忽惊山鸟啼。

春未绿，鬓先丝②。人间别久不成悲。谁教岁岁红莲夜③，两处沉吟各自知。

【注释】

①鹧鸪天：唐圭璋《唐宋词简释》："此首元夕感梦之作。起句沉痛，谓水无尽期，犹恨无尽期。'当初'一句，因恨而悔，悔当初错种相思，致今日有此恨也。'梦中'二句，写缠绵颠倒之情，既经相思遂能

不忘，以致入梦，而梦中隐约模糊，又不如丹青所见之真。'暗里'一句，谓即此隐约模糊之梦，亦不能久做，偏被山鸟惊醒。换头，伤羁旅之久。'别久不成悲'一语，尤道出人在天涯况味。"

②先丝：先白。

③红莲：灯名。

踏莎行①

自沔东来②。丁未元日，至金陵江上，感梦而作。

　　燕燕轻盈，莺莺娇软。分明又向华胥见③。夜长争得薄情知，春初早被相思染。

　　别后书辞，别时针线。离魂暗逐郎行远④。淮南皓月冷千山⑤，冥冥归去无人管。

【注释】

①踏莎行：这首词写词人曾经的一段恋情。上片写梦境，"轻盈""娇软"写梦中所见恋人的举止与体态。"夜长"二句，写梦中恋人的嗔语：你（薄情郎）哪里能知漫漫长夜，相思情苦；每当冬去春来，总是春意未来而相思先至。下片写梦醒之后，睹物思人。词人梦醒后看到恋人寄来的书信、临别时缝补的衣服，再回味梦中相会的情景，不禁悬想，是恋人离魂不远千里来与自己相会吧，而离魂归去，却只有冷月相伴，是何等的伶仃无依，孤苦凄清。读

之，不禁使人心生一种怜惜之情。

②沔（miǎn）：汉阳。

③华胥：指梦中。

④郎行（háng）：情郎那边。行，宋时口语，犹言
"这边""那边"。

⑤淮南：指安徽合肥。

庆宫春^①

　　绍熙辛亥除夕，余别石湖归吴兴，雪后夜过垂虹^②，尝赋诗云："笠泽茫茫雁影微，玉峰重叠护云衣。长桥寂寞春寒夜，只有诗人一舸归。"后五年冬，复与俞商卿、张平甫、铦朴翁自封禺同载，诣梁溪。道经吴松，山寒天迥，云浪四合，中夕相呼步垂虹，星斗下垂，错杂渔火，朔吹凛凛，卮酒不能支。朴翁以衾自缠，犹相与行吟，因赋此阕，盖过旬，涂稿乃定。朴翁咎余无益，然意所耽，不能自已也。平甫、商卿、朴翁皆工于诗，所出奇诡。余亦强追逐之，此行既归，各得五十余解。

　　双桨莼波，一蓑松雨，暮愁渐满空阔。呼我盟鸥^③，翩翩欲下，背人还过木末^④。那回归去，荡云雪、孤舟夜发。伤心重见，依约眉山，黛痕低压。

　　采香径里春寒，老子婆娑^⑤，自歌谁答。垂虹西望，飘然引去，此兴平生难遏。酒醒波远，正凝想、明珰素袜^⑥。如今安在，惟有阑干，伴人一霎。

【注释】

① 庆宫春：又名《庆春宫》。此调有平韵、仄韵两体，平韵见周邦彦《片玉词》卷六，仄韵见王沂孙《碧山词》。这是一首追念昔游之作。俞陛云《唐五代两宋词选释》："起笔即秀逸而工，承以'盟鸥'三句，着笔轻灵。此下回首前游，凄然凝望，山压眉低，此中当有人在，故下阕言旧地重过，已明珰人去，酒醒波远，倚栏之惆怅可知。"

② 垂虹：亭名。

③ 盟鸥：谓隐士与鸥鸟为伴侣。

④ 木末：树梢。

⑤ 老子：作者自称。

⑥ 珰（dāng）：妇女戴在耳垂上的一种装饰品。

齐天乐①

丙辰岁与张功甫会饮张达可之堂，闻屋壁间蟋蟀有声，功甫约余同赋，以授歌者。功甫先成，词甚美。余徘徊茉莉花间，仰见秋月，顿起幽思，寻亦得此。蟋蟀，中都呼为促织②，善斗，好事者或以三二十万钱致一枚，镂象齿为楼观以伫之。

庾郎先自吟愁赋③。凄凄更闻私语。露湿铜铺，苔侵石井，都是曾听伊处。哀音似诉。正思妇无眠，起寻机杼。曲曲屏山，夜凉独自甚情绪。

西窗又吹暗雨。为谁频断续。相和砧杵④。候馆迎秋，离宫吊月，别有伤心无数。《豳》诗漫与⑤。笑篱落呼灯，世间儿女。写入琴丝，一声声更苦。

【注释】

①齐天乐：周密《天基圣节排当乐次》第一盏"觱篥起圣寿齐天乐慢"。姜夔《齐天乐》词注以"黄钟宫"，俗名"正宫"。周邦彦词有"绿芜雕尽台城路"句，故名《台城路》。沈端节词名《五福降中天》，张辑词有"如此江山"句，故名《如此江山》。调见周邦彦《片玉集》卷五。这是一首咏物词，歌咏的对象为蟋蟀。词作先从听蟋蟀者写入，再写蟋蟀声，并以蟋蟀鸣声为线索，把诗人、思妇、客子、帝王、儿童等不同的人事巧妙地勾连起来。看似咏物，实则抒情，通过赋写蟋蟀鸣声，寄托家国之恨。

②中都：指南宋都城临安（今杭州）。

③庾郎：即庾信。

④砧杵（zhēnchǔ）：捣衣用的器具。

⑤《豳》诗：指《诗经·豳风·七月》诗，因诗内有"十月蟋蟀入我床下"句。

琵琶仙①

《吴都赋》云："户藏烟浦，家具画船。"唯吴兴为然。春游之盛，西湖未能过也。己酉岁，余与萧时父载酒南郭，感遇成歌。

双桨来时，有人似、旧曲桃根桃叶②。歌扇轻约飞花，蛾眉正奇绝。春渐远，汀洲自绿，更添了几声啼鴂。十里扬州，三生杜牧③，前事休说。

又还是、宫烛分烟，奈愁里、匆匆换时节。都把一襟芳思，与空阶榆荚。千万缕、藏鸦细柳④，为玉尊、起舞回雪⑤。想见西出阳关，故人初别⑥。

【注释】

①琵琶仙：姜夔自度曲。这是一首怀人词。俞陛云《唐五代两宋词选释》："此在客吴兴时感遇而作。首四句叙往事，'春渐远'三句叙别后光阴，写愁中闻见，以疏秀之笔出之。下阕感节序而伤离。榆钱柳絮，皆借物怀人，便无滞相，其佳处在空灵。"

②桃根桃叶：晋王献之有妾名桃叶，其妹名桃根。

③三生杜牧：语本黄庭坚诗"春风十里珠帘卷，仿佛三生杜牧之"。

④藏鸦细柳：语本韩翃诗"桥边雨洗藏鸦柳"。

⑤雪：指柳絮。

⑥"想见"二句：语本王维诗"西出阳关无故人"。阳关，今甘肃敦煌南。

念奴娇①

余客武陵，湖北宪治在焉。古城野水，乔木参天。余与二三友，日荡舟其间，薄荷花而饮，意象幽闲，不类人境。秋水且涸，荷叶出地寻丈，因列坐其下，上不见日，清风徐来,绿云自动。间于疏处,窥见游人画船,亦一乐也。偈来吴兴②,数得相羊荷花中③,又夜泛西湖,光景奇绝,故以此句写之。

闹红一舸,记来时,尝与鸳鸯为侣。三十六陂人未到④,水佩风裳无数⑤。翠叶吹凉,玉容销酒,更洒菰蒲雨⑥。嫣然摇动,冷香飞上诗句。

日暮。青盖亭亭,情人不见,争忍凌波去。只恐舞衣寒易落,愁入西风南浦。高柳垂阴,老鱼吹浪,留我花间住。田田多少⑦,几回沙际归路。

【注释】

①念奴娇:俞陛云《唐五代两宋词选释》:"此调工于发端。'闹红'四字,花与人皆在其中。以下三句咏荷及赏荷之人,皆从空际着想。'翠叶'三句略点正面,接以'嫣然'二句,诗意与花香俱摇漾于水烟渺霭之中。下阕怀人而兼惜花,低回不去,而留客赏荷者,托诸'柳阴'、'鱼浪',仍在空处落笔。通首如仙人行空,足不履地,宜叔夏读之'神观飞越'也。"

②偈(qiè)来:来到。

③相羊:徜徉。

④陂(bēi):池塘。

⑤水佩风裳:指荷叶荷花。

⑥菰(gū)蒲:水草。

⑦田田：指荷叶。

扬州慢①

　　淳熙丙申至日，余过维扬②。夜雪初霁，荠麦弥望。入其城则四顾萧条，寒水自碧，暮色渐起，戍角悲吟；余怀怆然，感慨今昔，因自度此曲。千岩老人以为有黍离之悲也。

　　淮左名都，竹西佳处，解鞍少驻初程。过春风十里，尽荠麦青青。自胡马窥江去后③，废池乔木，犹厌言兵。渐黄昏、清角吹寒，都在空城。

　　杜郎俊赏④，算而今、重到须惊。纵豆蔻词工，青楼梦好⑤，难赋深情。二十四桥仍在，波心荡、冷月无声。念桥边红药，年年知为谁生。

【注释】

①扬州慢：姜夔自度曲，其中原委，已见这首词的小序。又名《朗州慢》。这是一首乱后感怀之作。上片写词人初到扬州的所见所感。有虚写，有实写。"淮左名都"、"竹西佳处"，主要出自词人之前对这座名城的耳闻，属虚写；"废池乔木"、"清角吹寒"，则是词人的亲见。正因有之前的耳闻，才有了当前的触目惊心。下片以昔日繁华，反衬今日之萧飒、冷落。明月应该是今昔荣枯的唯一见证者吧！而冷月无声，一个"冷"字，生出无边凄凉。逢时必发

的桥边红药，是有情的吗？她年年花发，又是为谁
而生呢？至此，一种旷古的幽怨，笼罩全篇。

②维扬：扬州的别称。

③胡马窥江：宋高宗建炎三年（1129）金人初犯扬州，
其后绍兴三十一年（1161）再次侵犯扬州。

④杜郎：指杜牧。

⑤"豆蔻"二句：语本杜牧《赠别》诗"娉娉袅袅
十三余，豆蔻梢头二月初"及《遣怀》诗"十年一
觉扬州梦，赢得青楼薄幸名"。

长亭怨慢①

余颇喜自制曲。初率意为长短句，然后协以律，故前
后阕多不同。桓大司马云："昔年种柳，依依汉南。今看摇
落，凄怆江潭。树犹如此，人何以堪。"此语余深爱之。

渐吹尽，枝头香絮。是处人家，绿深门户。远
浦萦回，暮帆零乱，向何许。阅人多矣，谁得似、
长亭树。树若有情时，不会得、青青如此。

日暮。望高城不见，只见乱山无数。韦郎去也②，
怎忘得、玉环分付。第一是、早早归来，怕红萼无
人为主。算空有并刀③，难剪离愁千缕。

【注释】

①长亭怨慢：此为姜夔自度曲，其词前小序，已俱道
原委。因词中有"谁得似、长亭树"句，故名。又

名《长亭怨》。这首词借咏柳回忆往日恋情。上片
咏柳，春已深深，柳阴浓绿，香絮吹尽。南浦长
亭，离人黯然销魂，而柳则依然故我，青青如此。
下片写词人与情侣离别后的恋慕之情，词人惜别之
情，情侣属望之意，一路写来，凄怆缠绵，哀怨
无端。

②韦郎：据《云溪友议》载，韦皋少游江夏，住于姜
使君之馆，遇玉箫，因而有情。后归，与玉箫约，
少则五年，多则七年，便来迎娶，并留下玉指环为
信物。到了第八年春天，玉箫叹曰：韦郎一别，已
过七年，是不来了。于是绝食而死。

③并（bīng）刀：刀名。并州产，以锋利著名。

淡黄柳①

客居合肥南城赤栏桥之西，巷陌凄凉，与江左异②，
惟柳色夹道，依依可怜③。因度此曲，以纾客怀④。

空城晓角。吹入垂杨陌。马上单衣寒恻恻⑤。
看尽鹅黄嫩绿。都是江南旧相识。

正岑寂。明朝又寒食。强携酒、小桥宅。怕梨
花、落尽成秋色。燕燕飞来，问春何在，惟有池塘
自碧。

【注释】

①淡黄柳：此为姜夔自度曲（参见词前小序）。这是

一首客居伤春之作。上片写清晓在垂杨巷陌的凄凉感受，主要是写景。"空城"表现萧条冷落；"晓角"渲染悲凉气氛。"马上单衣寒恻恻"，写词人在异乡边地的感受。"看尽"二句引出淡淡的思乡情绪。下片转写寒食时节，"强携酒"写出满怀愁绪，"怕"字一转，写作者对春天的留恋，担心"梨花落尽"，眼前会"尽成秋色"。结尾三句，紧承上句，叙写"春"将逝去，当"燕燕飞来"之时，就只有一池绿水了。惋惜春光逝去，华年不再。

②江左：指江南。

③可怜：可爱。

④纾（shū）：抒发。

⑤恻恻（cè）：凄凉。

暗 香①

辛亥之冬，余载雪诣石湖。止既月，授简索句②，且征新声，作此两曲，石湖把玩不已，使工妓隶习之，音节谐婉，乃名之曰《暗香》《疏影》。

旧时月色。算几番照我，梅边吹笛。唤起玉人，不管清寒与攀摘。何逊而今渐老③，都忘却、春风词笔。但怪得、竹外疏花，香冷入瑶席。

江国④。正寂寂，叹寄与路遥，夜雪初积。翠尊易泣，红萼无言耿相忆⑤。长记曾携手处，千树压、西湖寒碧。又片片吹尽也，几时见得。

①暗香：为姜夔自度曲（参见词前小序）。调名取自
　林逋《山园小梅》"疏影横斜水清浅，暗香浮动月
　黄昏"句。又名《红情》。这是一首咏梅词。词作
　以梅花为线索，通过回忆对比，抒写今昔之变和盛
　衰之感。

②授简：给予纸笔。

③何逊：南朝梁诗人，在扬州有《咏早梅》诗。

④江国：江乡。

⑤红萼：指红梅。

疏　影①

苔枝缀玉。有翠禽小小，枝上同宿。客里相
逢，篱角黄昏，无言自倚修竹。昭君不惯胡沙远②，
但暗忆、江南江北。想佩环月夜归来，化作此花
幽独。

犹记深宫旧事③，那人正睡里，飞近蛾绿④。莫
似春风，不管盈盈，早与安排金屋。还教一片随波
去，又却怨、玉龙哀曲。等恁时、重觅幽香，已入
小窗横幅。

【注释】

①疏影：据姜夔小序，词人"作此两曲"，则《疏影》
　与《暗香》从音乐上讲是两支曲子，从词篇上讲却
　是一个题目。《疏影》与《暗香》两篇，在谋篇布

局上有岭断云连之妙,《暗香》立意已如前述,《疏影》则集中描绘梅花清幽孤傲的形象,寄托作者对青春、对美好事物的怜爱之情。

② 昭君:即王昭君。远嫁匈奴,故想念中原。

③ 深宫旧事:据《太平御览》载,宋武帝女寿阳公主卧于含章殿下,有梅花落公主额上,成五出花,后即以此为梅花妆。

④ 蛾绿:指眉黛。

翠楼吟①

淳熙丙午冬,武昌安远楼成,与刘去非诸友落之,度曲见志。余去武昌十年,故人有泊舟鹦鹉洲者,闻小姬歌此词,问之,颇能道其事。还吴,为余言之,兴怀昔游,且伤今之离索也。

月冷龙沙②,尘清虎落③,今年汉酺初赐④。新翻胡部曲,听毡幕、元戎歌吹⑤。层楼高峙,看槛曲萦红,檐牙飞翠。人姝丽。粉香吹下,夜寒风细。

此地宜有词仙,拥素云黄鹤,与君游戏。玉梯凝望久,但芳草萋萋千里。天涯情味,仗酒祓清愁⑥,花消英气。西山外,晚来还卷,一帘秋霁。

【注释】

① 翠楼吟:为姜夔自度曲(参见词前小序)。这是一

首为安远楼的落成而写的词作。上片描写安远楼的气势与官家宴饮的奢华场面。下片描写词人的羁旅情愁。词作本为庆贺安远楼落成而作，按理应在"安远"二字上做一篇喜庆"文章"；但词人却不自觉地打入自己身世飘零之感，流露出表面承平而实趋衰飒的时代气氛。词作也因此显得意味深长。

②龙沙：泛指塞外沙漠之地。

③虎落：遮护城堡或营塞之竹篱。

④汉酺（pú）：指皇帝特别的宴会。

⑤毡幕：北方少数民族用毡幕盖屋。军队亦如此。

⑥祓（fú）：消除。

杏花天①

丙午之冬，发沔口②。丁未正月二日，道金陵，北望淮、楚，风日清淑，小舟挂席，容与波上。

绿丝低拂鸳鸯浦。想桃叶③，当时唤渡。又将愁眼与春风，待去。倚兰桡、更少驻。

金陵路。莺吟燕舞。算潮水、知人最苦。满汀芳草不成归，日暮。更移舟、向甚处。

【注释】

①杏花天：宋周密《齐东野语》卷十"《混成集》"："《混成集》，修内司所刊本，巨帙百余。古今歌词之谱，靡不备具。只大曲一类，凡数百解，他可知

矣，然有谱无词者居半。《霓裳》一曲共三十六段。尝闻紫霞翁云，幼日随其祖郡王曲宴禁中，太后令内人歌之，凡用三十人，每番十人，奏音极高妙。翁一日自品象管作数声，真有驻云落木之意，要非人间曲也。又言：无太皇最知音，极喜歌。木笪人者，以歌《杏花天》，木笪遂补教坊都管。间忆旧事，因书之以遗好事者，盖二曲皆今人所罕知云。"不知宫中所歌《杏花天》，与民间流传之《杏花天》有何不同，不然，周密缘何称"今人所罕知"？这是一首思念旧日恋人的情词。上片见渡口而思古，联想到献之送桃叶的场景。下片写金陵景色，叹难寻归路。整首词以健笔写柔情，托意隐微，情深调苦。

②沔（miǎn）口：汉水入江处。

③桃叶：即桃叶渡。

一萼红①

丙午人日，余客长沙别驾之观政堂②，堂下曲沼，沼西负古垣，有卢橘幽篁，一径深曲。穿径而南，官梅数十株，如椒如菽，或红破白露，枝影扶疏。着屐苍苔细石间，野兴横生，亟命驾登定王台③，乱湘流入麓山，湘云低昂，湘波容与，兴尽悲来，醉吟成调。

古城阴。有官梅几许，红萼未宜簪。池面冰胶，墙腰雪老，云意还又沉沉。翠藤共、闲穿径竹，渐笑语、惊起卧沙禽。野老林泉，故王台榭，呼唤登临。

南去北来何事，荡湘云楚水，目极伤心。朱户粘鸡④，金盘簇燕，空叹时序侵寻⑤。记曾共、西楼雅集，想垂柳、还袅万丝金。待得归鞍到时，只怕春深。

【注释】

①一萼红：《乐府雅词》无名氏词有"未教一萼，红开鲜蕊"句，故取以为调名。这是一首早春登临揽胜之作。上片写寻梅过程及游赏心情。踏访官梅，穿过翠藤竹径；谈笑风生，惊起水边沙禽。一路写来，野兴横生。下片兴尽悲来，追远怀人，不觉伤心无限。整首词意境迤逦，笔断意连，看似无迹可求，实有暗脉潜通。

②别驾：宋代通判的别称。

③定王台：汉定王刘发至长沙，筑台以望母，称定王台。

④粘鸡：据《岁时记》载，人日（正月初七）贴"画鸡"于门上，在上面系上苇秆，旁边插上灵符，可以辟邪。

⑤侵寻：渐渐消失。

霓裳中序第一①

丙午岁，留长沙，登祝融②，因得其祠神之曲，曰《黄帝盐》《苏合香》。又于乐工故书中得商调《霓裳曲》

一八阕，皆虚谱无辞。按沈氏乐律《霓裳》道调，此乃商调，乐天诗云散序六阕，此特两阕，未知孰是。然音节闲雅，不类今曲。余不暇尽作，作《中序》一阕传于世。余方羁游，感此古音，不自知其辞之怨抑也。

　　亭皋正望极。乱落江莲归未得。多病却无气力。况纨扇渐疏③，罗衣初索。流光过隙，叹杏梁、双燕如客。人何在，一帘淡月，仿佛照颜色。

　　幽寂。乱蛩吟壁。动庾信、清愁似织。沉思年少浪迹。笛里关山，柳下坊陌。坠红无信息④，漫暗水、涓涓溜碧。飘零久、而今何意，醉卧酒垆侧⑤。

【注释】

①霓裳中序第一：白居易《霓裳羽衣舞歌》："散序六奏未动衣，阳台宿云慵不飞。中序擘騞初入拍，秋竹竿裂春冰拆。"自注云：散序六遍无拍，故不舞也。中序始有拍，亦名拍序。沈括《梦溪笔谈》卷十七："《霓裳曲》凡十三叠，前六叠无拍，至第七叠方谓之叠遍。自此始有拍，而舞作。"至此，知《霓裳曲》共十三叠，至第七叠中序始有舞，故以第七叠为中序第一。这是一首客游登高之作。俞陛云《唐五代两宋词选释》："前五句言秋风人倦，'流光'二句叹急景之不居，'人何在'三句望伊人之宛在。月到旧时明处，与谁同倚阑干。白石殆同此感也。

下阕回首当年，关河浪迹，坊陌春游，旧梦重重，逐暗水流花而去，赢得飘零词客，一醉埋愁。李后主所谓'醉乡路稳宜频到，此外不堪行'也。"

②祝融：山名。

③纨（wán）扇：团扇。

④坠红：落花。

⑤醉卧酒垆侧：据《世说新语》载：王戎与客过黄公酒垆，谓客曰：吾与叔夜、嗣宗酣饮此垆。自嵇、阮亡后，视此虽近，邈若山河。

章良能

章良能（？—1214），字达之，丽水（今属浙江）人。淳熙五年（1178）进士，嘉定二年（1209）同知枢密院事，六年参知政事。

小重山①

柳暗花明春事深。小阑红芍药，已抽簪②。雨余风软碎鸣禽③。迟迟日，犹带一分阴。

往事莫沉吟。身闲时序好，且登临。旧游无处不堪寻。无寻处，惟有少年心。

【注释】

①小重山：调见《花间集》。《词谱》以薛昭蕴为正调。一名《小冲山》《柳色新》《小重山令》。这首词写词人故地重游，感叹年光流逝，不免惆怅万端。上

片写春深雨后的环境气氛，下片写登临以后触景伤神，心情转向怅惘：眼前风景不殊，而往日登临的豪情壮怀，已不复寻觅了。

②抽簪：喻花开。

③雨余风软碎鸣禽：语本杜荀鹤《春宫怨》诗"风暖鸟声碎"。碎，指鸟声细碎。

刘 过

刘过（1154—1206），字改之，自号龙洲道人，吉州太和（今江西泰和）人。曾伏阙上书，请光宗过宫侍孝宗病；又曾上书献恢复之策，不报。屡试不第，放浪湖海间，与陆游、辛弃疾、陈亮等交游，终身未仕，死于昆山。诗多悲壮之调。词则感慨国事，痛斥奸佞，始终不忘恢复国土。词风粗豪激越，狂逸之中，自饶俊致。小词亦婉丽。有词集《龙洲词》行世。

唐多令①

安远楼小集②，侑觞歌板之姬③，黄其姓者，乞词于龙洲道人，为赋此。同柳阜之、刘去非、石民瞻、周嘉仲、陈孟参、孟容，时八月五日也。

芦叶满汀洲。寒沙带浅流。二十年、重过南楼。柳下系船犹未稳，能几日、又中秋。

黄鹤断矶头④。故人今在否。旧江山、浑是新愁。欲买桂花同载酒⑤，终不似、少年游。

【注释】

①唐多令:《太和正音谱》归入越调,亦入高平调。一名《糖多令》,周密因刘过词有"二十年重过南楼"句,名《南楼令》,张翥词有"花下铟笙篌"句,名《笙篌曲》。这是一首登临名作。作者借重过武昌南楼之机,感慨时事,抒写昔是今非和怀才不遇的感慨。整首词写得蕴藉含蓄,耐人咀嚼。

②安远楼:楼名。

③侑觞(yòushāng):劝酒。

④黄鹤矶:在今湖北武昌近江处。相传仙人乘黄鹤曾到此处,后有人建楼以记之。

⑤桂花:酒名。

严 仁

严仁(生卒年不详),字次山,号樵溪,邵武(今属福建)人。与严羽、严参并称"邵武三严"。其词极能道闺帏之趣。有《清江欸乃集》,不传。存词三十首,见《中兴以来绝妙词选》卷五。

木兰花①

春风只在园西畔。荠菜花繁蝴蝶乱。冰池晴绿照还空②,香径落红吹已断。

意长翻恨游丝短。尽日相思罗带缓③。宝奁如月不欺人,明日归来君试看。

【注释】

①木兰花：这是一首闺情词。上片写景，注意动静的对比：杂花竞放，蝴蝶翻飞，清波莹澈，落红满径。下片写相思之情。"恨游丝短"反衬自己情意之长，"罗带缓"暗示因相思而渐趋消瘦。末二句悬拟他日归来相见时的情景：梳妆匣里的圆镜不会欺人，待你归来之日可以看到思妇消瘦的容颜。

②冰池：指水面光洁如冰，莹澈清碧。

③缓：宽松。

俞国宝

俞国宝（生卒年不详），临川（今江西抚州）人。淳熙间为太学生。《武林旧事》卷三载，孝宗一日游西湖，御舟经断桥，有小酒肆，中饰素屏，书《风入松》一词于上，孝宗驻目称赏久之，问何人所作，乃太学生俞国宝醉笔也。其词云："明日再携残酒，来寻陌上花钿。"孝宗笑曰：此词甚好，但末句未免儒酸。因为改定云"明日重扶残醉"，则迥不同矣。即日命解褐云。况周颐《蕙风词话》卷二谓俞词"第流美而已。顾当时盛称，以其句丽可喜，又谐适便口诵，故称述者多"。

风入松①

一春长费买花钱。日日醉湖边。玉骢惯识西湖路②，骄嘶过、沽酒楼前。红杏香中箫鼓，绿杨影里秋千。

暖风十里丽人天。花压鬓云偏。画船载取春归去，余情付、湖水湖烟。明日重扶残醉，来寻陌上花钿③。

【注释】

①风入松：郭茂倩《乐府诗集》卷六十收皎然《风入松歌》，小序云："《琴集》曰：'风入松，晋嵇康所作也。'"调名本此。又名《风入松慢》《远山横》。这是一首游赏西湖的词作。从醉心西湖写起，次写玉骢近湖，继写全天游况，再写画船归去，终以来日预期，整首词布局严密，滴水不漏。

②玉骢（cōng）：青白杂色的马。

③花钿（diàn）：即花饰，一种妇女首饰，此指佳人。

张　镃

张镃（zī，1153—？），字功甫，一字时可，号约斋，西秦（今属陕西）人，居临安（今浙江杭州）。张俊诸孙。张镃出身高贵，能诗擅词，又善画竹石古木。尝学诗于陆游。尤袤、杨万里、辛弃疾、姜夔等皆与之交游。《齐东野语》载"其园池声妓服玩之丽甲天下"，又以其牡丹会闻名于世。曾任直秘阁通判婺州，又在司农寺为官多年，因谋杀韩侂胄、史弥远而连遭贬谪，编管象州。卒时已八十余岁。其词浮艳如其人。有词集《南湖诗余》行世。

满庭芳① 促织儿②

月洗高梧，露溥幽草③，宝钗楼外秋深④。土花沿翠，萤火坠墙阴。静听寒声断续，微韵转、凄咽悲沉。争求侣、殷勤劝织，促破晓机心。

儿时曾记得，呼灯灌穴，敛步随音。任满身花影，独自追寻。携向华堂戏斗⑤，亭台小、笼巧妆金。今休说，从渠床下⑥，凉夜伴孤吟。

【注释】

①满庭芳：这是一首咏物词，以蟋蟀为歌咏对象。上片写听到蟋蟀声的感受。下片追忆儿时捕蟋蟀、斗蟋蟀的情趣，反衬今日孤独悲苦的情怀。整首词清隽幽美，感慨深远。

②促织儿：即蟋蟀。

③溥（tuán）：露多的样子。

④宝钗楼：楼名。

⑤戏斗：以斗蟋蟀为游戏。

⑥从渠床下：语本《诗经·豳风·七月》"十月蟋蟀入我床下"。

宴山亭①

幽梦初回，重阴未开，晓色催成疏雨。竹槛气寒，蕙畹声摇②，新绿暗通南浦。未有人行，才半启、回廊朱户。无绪。空望极霓旌③，锦书难据。

苔径追忆曾游，念谁伴、秋千彩绳芳柱。犀奁黛卷④，凤枕云孤，应也几番凝伫。怎得伊来，花雾绕、小堂深处。留住。直到老、不教归去。

【注释】

①宴山亭：即燕山亭。这是一首闺中怀人之作。上片写晨雨潇潇，洒落竹林，瑟瑟作响，惊醒闺妇一帘幽梦，抬望眼，绿水涨池，暗通南浦，梦中人今在何处？闺中人似乎感觉到召唤，不觉起身，开门迎人，而门外寂静，杳无人声。心乱如麻，唯有空自眺望，锦书难寄。下片追忆旧情，逐一点检往日游踪，结句发愿：相偕到老，不教归去。整首词语言质朴而感情深挚。

②蕙畹（wǎn）：种植兰蕙草的土地。

③霓旌：画有霓虹的旌旗。

④犀奁（lián）：以犀牛角为饰的妇女妆奁。

史达祖

史达祖（生卒年不详），字邦卿，号梅溪，汴（今河南开封）人。曾为宰相韩侂胄属吏，代韩拟帖拟旨，颇受倚重；韩败被诛，史亦受黥刑。曾师从张镃学词。其词奇秀清逸，辞情俱佳；咏物词善用拟人手法，妥帖轻圆，描写细腻，唯稍嫌纤巧。有《梅溪词》一卷，清代词家推重之。

绮罗香① 咏春雨

做冷欺花，将烟困柳，千里偷催春暮。尽日冥迷^②，愁里欲飞还住。惊粉重、蝶宿西园，喜泥润、燕归南浦。最妨他、佳约风流，钿车不到杜陵路^③。

沉沉江上望极，还被春潮晚急，难寻官渡^④。隐约遥峰，和泪谢娘眉妩^⑤。临断岸、新绿生时，是落红、带愁流处。记当日、门掩梨花，剪灯深夜语。

【注释】

①绮罗香：此为史达祖自度曲。又名《绮罗春》。这是一首歌咏春雨的咏物词。上片写作者在庭院中所见。下片转为写春雨中的郊野景色。《词洁辑评》对全词的评价是："无一字不与题相依，而结尾始出'雨'字，中边皆有，前后两段七字句，于正面尤看到，如意宝珠，玩弄难于释手。"

②冥迷：昏暗迷离。

③杜陵：地名，即杜县。后因汉宣帝葬此而更名杜陵。

④官渡：公家开设的渡口。

⑤谢娘：即谢秋娘，唐李德裕的歌妓。

双双燕^① 咏燕

过春社了，度帘幕中间，去年尘冷。差池欲住^②，试入旧巢相并。还相雕梁藻井^③，又软语、商量不定。飘然快拂花梢。翠尾分开红影。

芳径。芹泥雨润。爱贴地争飞，竞夸轻俊。红楼归晚，看足柳昏花暝。应自栖香正稳，便忘了、天涯芳信。愁损翠黛双蛾，日日画阑独凭。

【注释】

①双双燕：此为史达祖自度曲。这是一首歌咏燕子的
　咏物词。词体正文通篇不出"燕"字，而句句写燕，
　极妍尽态，神形毕肖，却又不觉繁复。王士祯《花
　草蒙拾》云："咏物至此，人巧极天工矣！"
②差（cī）池：燕子飞时羽翼参差不齐的样子。
③相：看。藻井：俗称天花板。

东风第一枝① 春雪

巧沁兰心，偷粘草甲②，东风欲障新暖。谩疑
碧瓦难留，信知暮寒犹浅。行天入镜，做弄出、轻
松纤软。料故园、不卷重帘，误了乍来双燕。

青未了、柳回白眼。红欲断、杏开素面。旧游
忆着山阴③，后盟遂妨上苑④。寒炉重熨，便放慢、
春衫针线。怕凤靴、挑菜归来，万一灞桥相见⑤。

【注释】

①东风第一枝：相传宋吕渭老首创此调以咏梅，其词
　已佚。这是一首歌咏春雪的咏物词。词人以细腻的
　笔触，绘形绘神，写出春雪的特点，以及雪中草木
　万物的千姿百态。陈廷焯《白雨斋词话》卷二评此
　词道："精妙处竟是清真高境。张玉田云：'不独措
　辞精粹，又且见时节风物之感。'乃深知梅溪者。"

②草甲：草萌芽时所带种皮。

③山阴：今浙江绍兴。

④上苑：指梁苑，即兔园。

⑤灞（bà）桥：桥名。在今陕西西安东。

喜迁莺①

月波凝滴。望玉壶天近②，了无尘隔。翠眼圈花，冰丝织练③，黄道宝光相值④。自怜诗酒瘦，难应接、许多春色。最无赖，是随香趁烛。曾伴狂客。

踪迹。谩记忆。老了杜郎⑤，忍听东风笛。柳院灯疏，梅厅雪在，谁与细倾春碧⑥。旧情拘未定，犹自学、当年游历。怕万一，误玉人、夜寒帘隙。

【注释】

①喜迁莺：这是一首元宵佳节忆旧怀人之作。上片写灯月交辉的元夕盛况，并写词人的孤寂情怀。下片抒写对故交旧情的留恋，并写词人对伊人的挂念与担忧。

②玉壶：指澄明的天空。

③冰丝织练：形容月光如丝如练。

④黄道：光道。

⑤杜郎：即杜牧。

⑥春碧：美酒名。

三姝媚①

烟光摇缥瓦②。望晴檐多风，柳花如洒。锦瑟横床，想泪痕尘影，凤弦常下。倦出犀帷，频梦见、王孙骄马③。讳道相思，偷理绡裙，自惊腰衩④。

惆怅南楼遥夜。记翠箔张灯，枕肩歌罢。又入铜驼⑤，遍旧家门巷，首询声价。可惜东风，将恨与闲花俱谢。记取崔徽模样⑥，归来暗写。

【注释】

①三姝媚：此调始见史达祖《梅溪词》，调名出古乐府《三妇艳》，《词谱》以史达祖词为正体。这是一首恋情词。上片写词人最后访问时所见和联想中伊人对自己的不尽的相思，已经逆摄下片初次相见的倾心和对伊人突然离去的悼念。整首词只写初遇和最后访问，把两人往还中的缱绻深情略去；只写死别的痛苦，把生前分离时的难堪略去，给人以极大的想象空间。

②缥（piǎo）瓦：淡青色琉璃瓦。

③王孙：富家子弟通称。

④腰衩（chǎ）：指腰带。

⑤铜驼：街名。

⑥崔徽：唐歌女。据元稹《崔徽歌序》载："崔徽，河中府娼也。裴敬中以兴元幕使蒲州，与徽相从累月，敬中便还。崔以不得从为恨，因而成疾。有丘

夏善写人形，徽托写真寄敬中曰：'崔徽一旦不及画中人，且为郎死。'发狂卒。"

秋霁①

江水苍苍，望倦柳愁荷，共感秋色。废阁先凉，古帘空暮，雁程最嫌风力。故园信息，爱渠入眼南山碧。念上国②，谁是脍鲈江汉未归客③。

还又岁晚，瘦骨临风，夜闻秋声，吹动岑寂。露蛩悲、青灯冷屋，翻书愁上鬓毛白。年少俊游浑断得。但可怜处，无奈苒苒魂惊，采香南浦④，剪梅烟驿⑤。

【注释】

①秋霁：此调始见于宋胡浩然，一说无名氏作，见《草堂诗余》。又名《春霁》，赋春晴词，名《春霁》；赋秋晴词，名《秋霁》。这是一首思乡怀归的词作。词人借悲秋这一传统题材，展示了自己贬谪时期的孤寂生活，抒发了落难志士仁人的痛苦心情。词人身遭不幸，家国之恨、身世之感郁积于胸，不可不言而又不可明言，故形成了一种沉郁苍凉的风格和回环往复、虚实相间的抒情结构。

②上国：春秋时称中原诸国为上国。

③谁是脍鲈江汉未归客：用《世说新语·识鉴》张季鹰事。

④南浦：谓送别之地。

　　好，陆凯从江南寄一枝梅花给长安的范晔，并赠诗
　　一首。

夜合花①

　　柳锁莺魂，花翻蝶梦，自知愁染潘郎②。轻衫未揽，犹将泪点偷藏。念前事，怯流光。早春窥、酥雨池塘。向消凝里，梅开半面，情满徐妆③。

　　风丝一寸柔肠。曾在歌边惹恨，烛底萦香。芳机瑞锦，如何未织鸳鸯。人扶醉，月依墙。是当初、谁敢疏狂。把闲言语，花房夜久，各自思量。

【注释】

①夜合花：调见宋晁补之《晁氏琴趣外篇》。唐韦应物诗有"夜合花开香满庭"句，调名取此。这是一首怀人之作。上片叹年光易逝，佳期难续。下片写眷属不成，徒留悔恨。

②潘郎：用潘岳悲白发事。

③徐妆：即半面妆。据《南史》载，梁元帝徐妃，以帝眇一目，每知帝将至，就以半面妆相俟，帝见则大怒而出。

玉蝴蝶①

　　晚雨未摧宫树，可怜闲叶，犹抱凉蝉。短景归秋，吟思又接愁边。漏初长、梦魂难禁，人渐老、

风月俱寒。想幽欢、土花庭甃^②，虫网阑干。

无端啼蛄搅夜^③，恨随团扇，苦近秋莲。一笛当楼，谢娘悬泪立风前^④。故园晚、强留诗酒，新雁远、不致寒暄。隔苍烟、楚香罗袖，谁伴婵娟。

【注释】

①玉蝴蝶：这是一首思乡怀人之作。上片写秋雨登楼，远眺生悲。下片写身世漂泊，归期无定，唯有把酒慰愁，暂提精神。

②土花：指苔藓。庭甃（zhòu）：井壁。

③啼蛄（gū）：即蝼蛄。雄虫能鸣，昼伏土穴，夜出飞翔。

④谢娘：即谢秋娘。

八 归^①

秋江带雨，寒沙萦水，人瞰画阁愁独。烟蓑散响惊诗思，还被乱鸥飞去，秀句难续。冷眼尽归图画上，认隔岸、微茫云屋。想半属、渔市樵村，欲暮竞然竹^②。

须信风流未老，凭持尊酒，慰此凄凉心目。一鞭南陌，几篙官渡，赖有歌眉舒绿^③。只匆匆眺远，早觉闲愁挂乔木。应难奈、故人天际，望彻淮山，相思无雁足^④。

【注释】

①八归：此调有仄韵、平韵两体，仄韵体为姜夔自度

曲，平韵体为南宋高观国自度曲。这首词抒写词人愁苦凄凉的心境。上片写景，描写词人在画阁之上眺望所见的景物。下片抒情，词人以酒慰愁，并佐以对往昔冶游的回忆，把感情推向高潮。继而反跌到现实中来，最后感叹故人零落，音讯全无。感情跌宕起伏，极富韵味。

②然：同"燃"。

③舒绿：指展眉。

④雁足：指书信。

刘克庄

刘克庄（1187—1269），字潜夫，号后村居士，莆田（今属福建）人。嘉定二年（1209）因恩补将仕郎；在任建阳令时，因咏《落梅》诗而罢官，闲废十年。后曾任枢密院编修官，又曾知袁州，皆中途被免。淳祐六年（1246）赐同进士出身，累迁至中书舍人，因弹劾权相史嵩之而罢官。晚节不保，趋奉奸臣贾似道；咸淳四年（1268）特授龙图阁学士。他是江湖派重要作家，又是后期辛（弃疾）派词人中成就最高的。其爱国豪情与雄放风格统一，不受格律局限，散文化句式与议论化倾向发展了词的艺术表现力，又好用壮语，缺点是直致近俗。应酬的寿词有失水准。有《后村长短句》五卷，收入《彊村丛书》中。

生查子① 元夕戏陈敬叟

繁灯夺霁华②，戏鼓侵明发③。物色旧时同，情味中年别。

浅画镜中眉，深拜楼西月。人散市声收，渐入愁时节。

【注释】

①生查子：这是一首元夕戏友之作。上片写元宵的盛况和词人的感受。首二句写花灯万盏，街市如昼，末二句写词人感慨：元宵节年年相同，不同的是人生况味。下片戏友，对镜画眉，款款拜月，此是戏言。结二句，人去冷清，戏罢愁来。

②霁（jì）华：明朗的样子。

③明发：黎明。

贺新郎① 端午

深院榴花吐。画帘开，练衣纨扇②，午风清暑。儿女纷纷夸结束③，新样钗符艾虎④。早已有、游人观渡。老大逢场慵作戏，任陌头、年少争旗鼓。溪雨急，浪花舞。

灵均标致高如许⑤。忆平生、既纫兰佩⑥，更怀椒糈⑦。谁信骚魂千载后，波底垂涎角黍⑧。又说是、蛟馋龙怒。把似而今醒到了⑨，料当年、醉死差无苦。聊一笑，吊千古。

【注释】

①贺新郎：这是一首写于端午节的词作。词人借咏屈

原，寄托心中感慨。上片写气候宜人，男男女女结队出游，龙舟竞渡，观者如堵。下片抒怀寄慨，屈原高标，悬诸后世，"谁信"句，立论新警，出人意表。词人极言千载沉冤之屈原，死后竟如此之凄惨，这与上片热闹的场面形成极大的反差。"把似"句，言屈原与其醒眼阅世，不如糊涂醉死，词人之愤慨，足以使山河动容。

②绤（shū）衣：粗麻衣。

③结束：打扮。

④钗符艾虎：端午节采艾草制成虎形的钗头符，戴之可辟邪。

⑤灵均：屈原，字灵均。楚国人。官三闾大夫。

⑥纫（rèn）兰佩：语本《离骚》"纫秋兰以为佩"。

⑦怀椒糈（xǔ）：语本《离骚》"怀椒糈而要之"。

⑧角黍：粽子。

⑨把似：假如。

贺新郎① 九日

湛湛长空黑②。更那堪、斜风细雨，乱愁如织。老眼平生空四海，赖有高楼百尺。看浩荡、千崖秋色。白发书生神州泪，尽凄凉、不向牛山滴③。追往事，去无迹。

少年自负凌云笔④。到而今、春华落尽，满怀萧瑟。常恨世人新意少，爱说南朝狂客。把破帽、年年拈出。若对黄花孤负酒，怕黄花、也笑人岑寂。鸿北去，日西匿。

【注释】

①贺新郎：这是一首重阳登高抒怀之作。上片"湛湛长空"是高楼眺望所见，空间开阔，"黑"字表述心情之沉重。"更那堪"句笔调忽转细腻而情绪低沉。"老眼"二句再度堆起气势。"浩荡"二字，描绘千崖秋色，胸襟为之开阔。下片从今昔对比中发出深沉叹息，渲染家国之恨。继而写饮酒，语颇颠狂，赏花饮酒，聊以自慰，但是，萧瑟岑寂之感是破除不了的。仔细体味起来，词句之中仍然隐含着悲凉的情调。结句写天际广漠之景物，与首句相呼应。

②湛湛（zhàn）：浓重的样子。

③牛山滴：据《晏子春秋》载，"景公游于牛山，北临其国城而流涕"。

④凌云笔：指才华横溢。

木兰花① 戏林推

年年跃马长安市。客舍似家家似寄。青钱换酒日无何，红烛呼卢宵不寐②。

易挑锦妇机中字③。难得玉人心下事。男儿西北有神州，莫滴水西桥畔泪。

【注释】

①木兰花：这是一首规劝友人的词作。上片极力描写

朋友的浪漫和豪迈。下片规劝朋友，含蓄地指出他
迷恋青楼、疏远家室的错误。整首词气劲辞婉，外
柔中刚。

②呼卢：赌博之戏。

③锦妇机中字：即指苏蕙锦字书。

卢祖皋

　　卢祖皋（生卒年不详），字申之，又字次夔，号蒲江，
永嘉（今浙江温州）人。庆元五年（1199）进士。嘉定十六
年（1223）累官权直学士院。工小令，时有佳趣，纤雅婉秀。

江城子①

　　画楼帘暮卷新晴。掩银屏。晓寒轻。坠粉飘
香，日日唤愁生。暗数十年湖上路，能几度、着
娉婷。

　　年华空自感飘零。拥春醒②。对谁醒。天阔云
闲，无处觅箫声。载酒买花年少事，浑不似、旧
心情。

【注释】

①江城子：这是一首伤春怨别词。上片首句描写一幅
　明朗的景色。"掩银屏，晓寒轻"二句，却暗含着一
　个情感的过渡。"坠粉飘香"，言花事阑珊，春色渐
　老。于是，"日日唤愁生"就很自然了，"暗数"句，
　饱含低回自怜之情韵，"十年"表时间之长。末句

以问句出，表达了心口自问、缠绵悱恻之意绪。下片开头“年华”一句，紧承上片的“愁”字。一个“空”字，有虚度之意。“拥春酲”言希望醉中忘却烦恼，“对谁醒”言酒醒过来对谁倾诉呢？“天阔云闲”，既写实，又写虚，可谓情景交融，意境深远。结句言人已老，已无年少时的轻狂了！不尽惆怅之情低回萦绕，久久不去。

②酲（chéng）：醉酒。

宴清都[①]

春讯飞琼管。风日薄，度墙啼鸟声乱。江城次第，笙歌翠合，绮罗香暖。溶溶涧渌冰泮[②]。醉梦里，年华暗换。料黛眉、重锁隋堤，芳心还动梁苑[③]。

新来雁阔云音，鸾分鉴影[④]，无计重见。啼春细雨，笼愁淡月，恁时庭院[⑤]。离肠未语先断。算犹有、凭高望眼。更那堪、芳草连天，飞梅弄晚。

【注释】

①宴清都：调名取自南朝梁沈约诗“朝上阊阖宫，夜宴清都关”句。此调首见周邦彦《片玉词》。又名《四代好》。这是一首春日怀人之作。上片词人见春景而思人，心生愁绪。下片词人伫立庭院，望飞燕，愁淡月，悬想伊人也似自己，登高盼归，柔肠寸断。

②渌（lù）：清澈。

③梁苑：指花园。

④鸾分鉴影：诗词中多用鸾镜表现临镜而生悲。《艺文类聚》卷九十引南朝宋范泰《鸾鸟诗》序云：罽宾王获一鸾鸟，三年不鸣。夫人悬镜于鸾鸟之前，欲使其见同类而后鸣。不想鸾鸟睹镜中影则愈悲，哀鸣不已，不久即亡。

⑤恁时：此时。

潘 牥

潘牥（fāng，1205—1246），字庭坚，号紫岩，闽（今福建福州）人。端平二年（1235）进士。历太学正，通判潭州。其词洒脱俊雅。

南乡子① 题南剑州妓馆

生怕倚栏干。阁下溪声阁外山。惟有旧时山共水，依然。暮雨朝云去不还。

应是蹑飞鸾②。月下时时整佩环。月又渐低霜又下，更阑③。折得梅花独自看。

【注释】

①南乡子：这是一首重临旧地，怀旧悼亡之作。上片登楼怀人，写伊人一去不归。下片月下赏梅，想伊人魂魄化梅，乘月而归。况周颐《蕙风词话》评此词"有尺幅千里之妙"。结句中又暗藏许多委婉曲

折，哀感无限，真可谓"语尽而意不尽，意尽而情不尽"。

②蹑（niè）：紧跟。

③更（gēng）阑：更鼓将尽。

陆　叡

陆叡（?—1266），字景思，号云西，会稽（今浙江绍兴）人。绍定五年（1232）进士，官至集英殿修撰。存词三首。

瑞鹤仙①

湿云粘雁影。望征路愁迷，离绪难整。千金买光景。但疏钟催晓，乱鸦啼暝。花惊暗省②。许多情，相逢梦境。便行云、都不归来，也合寄将音信。

孤迥③。盟鸾心在，跨鹤程高④，后期无准。情丝待剪，翻惹得、旧时恨⑤。怕天教何处，参差双燕，还染残朱剩粉。对菱花、与说相思⑥，看谁瘦损。

【注释】

①瑞鹤仙：这是一首咏梅词，词人借咏梅表现自己的心曲。上片首先渲染一种黯淡的氛围，衬托无边无涯的离愁别绪。"千金"句，纵然千金能买芳时，但芳时易逝，也是枉然。"花惊"句，言多少情事，都在梦里相逢。即便人不回来，也应寄个信来。下片写怨恨，"孤迥"，言天地高远，唯有自己孑然无双。接下来，写闺中人矢志不渝，游子之心却难预料，

本想剪断情丝，却勾起旧恨，又添新情。"怕天教"
句，看到双飞的燕子，不禁心生妒意，埋怨老天不
公正。末三句，顾影自怜，悲何如之。

②花惊（cóng）：花的心绪。

③迥（jiǒng）：遥远。

④跨鹤：指飞升成仙。

⑤翻：反而。

⑥菱花：指铜镜。

萧泰来

萧泰来（生卒年不详），字则阳，或字阳山，号小山，
临江（今江西清江）人。绍定二年（1229）进士，宝祐元年
（1253）自起居郎出守隆兴府。理宗朝为御史。存词二首，
亦见雅俊。

霜天晓角 梅

千霜万雪。受尽寒磨折。赖是生来瘦硬，浑
不怕、角吹彻。

清绝。影也别。知心惟有月。原没春风情性，
如何共、海棠说。

【注释】

①霜天晓角：这是一首咏梅词。上下片分写梅的傲骨
　　与傲气。傲骨能顶住霜雪侵凌，傲气羞与凡卉争胜。

②赖是：幸亏。

吴文英

吴文英（约1212—约1274），字君特，号梦窗，晚号觉翁，四明（今浙江宁波）人。未入仕途，以布衣出入侯门，结交权贵；流寓吴越，多居苏州；绍定间为仓台幕；淳祐间在吴潜幕府，景定后客荣王邸。其词绵丽，措意深雅，守律精严，炼字炼句，又多自度腔，独树一帜，对南宋后期词影响很大；缺点是雕琢过甚，题材狭窄。有《梦窗词甲乙丙丁稿》四卷附补遗，收入《宋六十名家词》及《疆村丛书》中。

霜叶飞① 重九

断烟离绪关心事。斜阳红隐霜树。半壶秋水荐黄花，香嗓西风雨②。纵玉勒、轻飞迅羽③。凄凉谁吊荒台古。记醉踏南屏，彩扇咽、寒蝉倦梦，不知蛮素。

聊对旧节传杯，尘笺蠹管④，断阕经岁慵赋。小蟾斜影转东篱⑤，夜冷残蛩语。早白发、缘愁万缕。惊飙纵卷乌纱去。漫细将、茱萸看，但约明年，翠微高处。

【注释】

①霜叶飞：调见周邦彦《片玉集》卷五。《词谱》以周邦彦词为正体。这是吴文英节日追忆亡姬之作。陈洵《海绡说词》：起七字已将"纵玉勒"以下摄起在句前。"斜阳"六句，依稀风景。"半壶"至"风

雨"十二字，情随事迁。以下五句，上二句突出悲凉，下三句平放和婉。"彩扇"属"蛮素"，"倦梦"属"寒蝉"，徒闻寒蝉，不见蛮素，但仿佛其歌扇耳。今则更成倦梦，故曰"不知"，两句神理结成一书，所谓关心事者如此。换头于无聊中寻出消遣，"断阕""慵赋"，则仍是消遣不得。"残蛩"对上"寒蝉"，对换一境。盖蛮素即去，则事事都嫌矣。收句与"聊对旧节"一样意思，见在如此，未来可知，极感怆，却极闲冷，想见觉翁胸次。

②噀（xùn）：喷。

③迅羽：指鹰。

④蠹（dù）：蛀虫。

⑤小蟾（chán）：指月亮。

宴清都① 连理海棠

绣幄鸳鸯柱。红情密、腻云低护秦树。芳根兼倚，花梢钿合②，锦屏人妒。东风睡足交枝，正梦枕、瑶钗燕股③。障滟蜡、满照欢丛④，嫠蟾冷落羞度⑤。

人间万感幽单，华清惯浴，春盎风露⑥。连鬟并暖，同心共结，向承恩处。凭谁为歌《长恨》，暗殿锁、秋灯夜语。叙旧期、不负春盟，红朝翠暮。

【注释】

①宴清都：这是一首歌咏海棠的词作，词人借咏连理

海棠来歌咏人间情爱。上片写连理海棠之恩爱情态。佳美海棠，恩爱双栖，地下芳根勾连，空中花梢偎依，闺中少妇见而起妒，月中嫦娥睹而含羞，东风催寝，交枝相挽，梦乡神游，钗股并蒂。恨花时之短促，举华烛以继夜。下片写人间情事。见海棠之连理，思人间之幽单，华清赐浴，玉环承恩泽独多；连鬟并暖，玄宗愿同心共结。凭谁问，恩爱幻作长恨，供后人歌。只留得，长生殿里，秋灯夜语：到何时，重续前缘，朝朝暮暮，比翼连理。

②钿合：形容海棠花之光耀。

③瑶钗燕股：即玉燕钗。

④滟（yàn）蜡：跳跃的烛光。

⑤嫠蟾（líchán）：孤独的月亮。

⑥盎（àng）：茂盛。

齐天乐①

烟波桃叶西陵路②，十年断魂潮尾。古柳重攀，轻鸥聚别，陈迹危亭独倚。凉飔乍起③，渺烟碛飞帆④，暮山横翠。但有江花，共临秋镜照憔悴。

华堂烛暗送客，眼波回盼处，芳艳流水。素骨凝冰，柔葱蘸雪，犹忆分瓜深意。清尊未洗，梦不湿行云，漫沾残泪。可惜秋宵，乱蛩疏雨里⑤。

【注释】

①齐天乐：这是一首故地重游，伤今感昔之作。上片

写眼前之景，首二句提起往事：距上次西陵诀别已经十年了。而今故地重游，陈迹宛然，树犹如此，人何以堪。下片追忆当年相送。当年情景宛如眼前：临别之际，柔媚万端。一别之后，以酒浇愁，夜不成寐。此去黄泉，秋宵无伴，乱蛩疏雨，如何成眠。

②桃叶：即桃叶渡。此泛指渡口。西陵：桥名，在杭州西湖孤山下。

③飔（sī）：冷风。

④烟碛（qì）：远处迷蒙的沙岸。

⑤蛩（qióng）：蟋蟀。

花 犯① 郭希道送水仙索赋

小娉婷，清铅素靥②，蜂黄暗偷晕③。翠翘敧鬓④。昨夜冷中庭，月下相认。睡浓更苦凄风紧。惊回心未稳。送晓色、一壶葱茜⑤，才知花梦准。

湘娥化作此幽芳⑥，凌波路⑦，古岸云沙遗恨。临砌影，寒香乱、冻梅藏韵。熏炉畔、旋移傍枕，还又见、玉人垂绀鬓⑧。料唤赏、清华池馆，台杯须满引。

【注释】

①花犯：这是一首歌咏水仙的咏物词。上片写梦花，得花：昨夜入梦，梦中一株堪比仙女的水仙花。凄风惊梦，梦回之际，正为之担心的水仙花，就摆在面前，才知花梦之准。下片写恋花，赏花。以人比

花，人花相恋。"湘娥""凌波"，写水仙身姿之曼妙；"临砌影"以下三句，以花比花，言水仙有梅花一样的高洁。"熏炉"二句，言词人护花之举；末二句，写与友人一起赏花的快乐。

②靥（yè）：酒窝。

③蜂黄：唐代宫妆。形容水仙花蕊。

④翠翘：翠玉头饰。形容水仙绿叶。

⑤葱茜（qiàn）：青翠茂盛的样子。

⑥湘娥：湘水女神。

⑦凌波：水仙花又称作凌波仙子，故名。

⑧绀（gàn）鬓：青发。

浣溪沙①

门隔花深梦旧游。夕阳无语燕归愁。玉纤香动小帘钩②。

落絮无声春堕泪，行云有影月含羞。东风临夜冷于秋。

【注释】

①浣溪沙：这是一首感梦怀人词。上片写梦中所见：门隔花深，魂牵梦萦之地，如今又入梦来，夕阳无语，归燕生愁，恍惚之间，玉人搴帘而入。下片写梦后所感：落絮无声，春堕泪为怀人；行云有影，月含羞因遮面。末句东风冷于秋，言心中之凄冷有甚于季节之变化。

②玉纤：代指美人手指。

浣溪沙①

波面铜花冷不收②。玉人垂钓理纤钩③。月明池
阁夜来秋。

江燕话归成晓别，水花红减似春休④。西风梧
井叶先愁。

【注释】

①浣溪沙：这是一首写景词。上片写月下风景，下片写
　拂晓的风景。陈洵《海绡说词》："玉人垂钓理纤钩"，
　是下句倒影，非谓真有一玉人垂钓也。"纤钩"是月，
　"玉人"言风景之佳耳。"月明池阁"，下句醒出。

②铜花：谓水面波平如铜镜。

③纤钩：谓月影。

④水花：荷花。

点绛唇① 试灯夜初晴②

卷尽愁云，素娥临夜新梳洗③。暗尘不起。酥
润凌波地。

辇路重来，仿佛灯前事。情如水。小楼熏被。
春梦笙歌里。

【注释】

①点绛唇：俞陛云《唐五代两宋词选释》："此词亦记

灯市之游。雨后月出，以素娥梳洗状之，语殊妍妙。下阕回首前游，辇路笙歌，犹闻梦里，今昔繁华之境，皆在梨云漠漠中，词境在空际描写。"

②试灯夜：元宵节前夜。

③素娥：指明月。

祝英台近① 春日客龟溪游废园

采幽香，巡古苑，竹冷翠微路。斗草溪根②，沙印小莲步③。自怜两鬓清霜，一年寒食，又身在、云山深处。

昼闲度。因甚天也悭春④，轻阴便成雨。绿暗长亭，归梦趁风絮。有情花影阑干，莺声门径，解留我、霎时凝伫。

【注释】

①祝英台近：这是一首寒食节游览废园的记游之作。上片写游园，下片写梦魂归乡。俞陛云《唐五代两宋词选释》：以双鬓词人，当禁烟芳序，在冷香芳圃间独自行吟，况莲步沙痕，曾是丽人游处，自有一种凄清之思。时值春阴酿雨，花影絮香，作片时留恋，于无情处生情，词客每有此遐想。"长亭"二句风度悠然。"花影"三句为废圃顿添情致，到底不懈。

②斗草：古代的一种游戏。

③莲步：女子脚步。

④悭（qiān）：吝啬。

祝英台近① 除夕立春

剪红情，裁绿意，花信上钗股②。残日东风，不放岁华去。有人添烛西窗，不眠侵晓③，笑声转、新年莺语。

旧尊俎。玉纤曾擘黄柑④，柔香系幽素⑤。归梦湖边，还迷镜中路。可怜千点吴霜⑥，寒消不尽，又相对、落梅如雨。

【注释】

①祝英台近：这是一首除夕感怀之作。上片极写人家守岁之乐，用以比照下片自己守岁之苦，结句处，有"归梦湖边"的幻觉含蓄空灵，用笔幽邃。

②花信：花期。

③侵晓：拂晓。

④擘（bò）：剖分。

⑤幽素：谓幽情素心。

⑥吴霜：指白发。

澡兰香① 淮安重午

盘丝系腕②，巧篆垂簪，玉隐绀纱睡觉③。银瓶露井，彩箑云窗④，往事少年依约。为当时、曾写榴裙，伤心红绡褪萼。黍梦光阴⑤，渐老汀洲烟箬⑥。

莫唱江南古调，怨抑难招，楚江沉魄⑦。熏风燕乳，暗雨梅黄，午镜澡兰帘幕。念秦楼、也拟人归，应剪菖蒲自酌⑧。但怅望、一缕新蟾⑨，随人天角。

【注释】

①澡兰香：吴文英自度曲。因词中有"午镜澡兰帘幕"，取为调名。这是一首重午盼归之作。陈洵《海绡说词》：此怀归之赋也。起五句全叙往事，至第六句点出写裙，是睡中事。"榴"字融人事入风景，"褪萼"见人事都非，却已风景不殊作结。后片纯是空中设景，主意在"念秦楼、也拟人归"一句。"归"字紧与"招"字相应，言家人望己归，如宋玉之招屈原也。既欲归不得，故曰"难招"，曰"莫唱"，曰"但怅望"，则"也拟"亦徒然耳。击首则尾应，击尾则首应，击中间则首尾皆应，阵势奇变极矣。金针度人全在数虚字，屈原事，不过估古以陈今。"熏风"三句，是家中节物。秦楼倒影，秦楼用弄玉事，谓家之所在。

②盘丝系腕：端午节时在腕上系五色丝线。

③绀（gàn）纱：青纱。

④彩篓（shà）：彩扇。

⑤黍梦：黄粱梦。

⑥烟箬（ruò）：柔嫩的蒲草。

⑦楚江沉魄：指屈原。

⑧应剪菖蒲自酌：端午节，剪菖蒲浸酒，传说可避瘟气。

⑨新蟾（chán）：新月。

风入松①

听风听雨过清明。愁草瘗花铭②。楼前绿暗分携路，一丝柳、一寸柔情。料峭春寒中酒③，交加晓梦啼莺。

西园日日扫林亭。依旧赏新晴。黄蜂频扑秋千索，有当时、纤手香凝。惆怅双鸳不到，幽阶一夜苔生。

【注释】

①风入松：这是一首怀人之作。上片写词人惜花伤春的愁思：风雨清明，落红满地，葬花题铭，抒写春愁。丝柳柔情，见证了多少分分合合，借酒忘忧，偏又啼莺惊梦。下片写愁风愁雨消歇后，词人开始由伤春进而伤情。风雨过后，西园游赏，佳人不至，一夜苔生。

②瘗（yì）：埋葬。

③中（zhòng）酒：醉酒。

莺啼序① 春晚感怀

残寒正欺病酒，掩沉香绣户。燕来晚、飞入西城，似说春事迟暮。画船载、清明过却，晴烟冉冉吴宫树。念羁情游荡，随风化为轻絮。

十载西湖，傍柳系马，趁娇尘软雾。溯红渐、招入仙溪②，锦儿偷寄幽素③。倚银屏、春宽梦窄，断红湿、歌纨金缕④。暝堤空，轻把斜阳，总还鸥鹭。

幽兰旋老，杜若还生，水乡尚寄旅。别后访、六桥无信⑤，事往花委，瘗玉埋香，几番风雨。长波妒盼，遥山羞黛，渔灯分影春江宿。记当时、短楫桃根渡，青楼仿佛。临分败壁题诗，泪墨惨淡尘土。

　　危亭望极，草色天涯，叹鬓侵半苎⑥。暗点检、离痕欢唾，尚染鲛绡⑦，亸凤迷归⑧，破鸾慵舞⑨。殷勤待写，书中长恨，蓝霞辽海沉过雁，漫相思、弹入哀筝柱。伤心千里江南，怨曲重招，断魂在否。

【注释】

①莺啼序：调始见吴文英《梦窗词》，为词调中字数最多的一首。"序"，盖大曲之序乐。一说"序"即"叙"，铺叙之意。这是一首伤春伤别之作。首段写目前，暮春尚留残寒，独自掩户伤酒，燕子飞来，殷勤唤我出游。二段追忆别前情事，写初遇欢情，含蓄不露，蕴藉空灵。三段写别后情事，花谢春空，芳事已付流水，"瘗玉埋香"，暗示其人已经离世。四段写凭吊之情，极目伤心，长歌当哭。

②仙溪：据《幽明录》载，刘晨、阮肇入天台山，在溪边遇二仙女故事。

③锦儿：钱塘名妓杨爱爱的侍儿。幽素：代指书信。

④断红：指眼泪。

⑤六桥：杭州西湖堤桥。

⑥苎（zhù）：麻类植物，背面白色。此处形容发白如苎。

⑦鲛绡（jiāoxiāo）：指罗帕。

⑧亸（duǒ）凤：谓垂翅之凤。

⑨破鸾（luán）：指破镜。

惜黄花慢①

次吴江，小泊，夜饮僧窗惜别。邦人赵簿携小妓侑尊。连歌数阕，皆清真词。酒尽已四鼓，赋此词饯尹梅津。

送客吴皋②。正试霜夜冷，枫落长桥。望天不尽，背城渐杳，离亭黯黯，恨水迢迢。翠香零落红衣老③，暮愁锁，残柳眉梢。念瘦腰。沈郎旧日④，曾系兰桡⑤。

仙人凤咽琼箫。怅断魂送远，《九辩》难招⑥。醉鬟留盼，小窗剪烛，歌云载恨，飞上银霄。素秋不解随船去，败红趁、一叶寒涛。梦翠翘。怨鸿料过南谯⑦。

【注释】

①惜黄花慢：此调有仄韵、平韵两体。这是一首送别词，词人借与友人离别之苦，进而联系到自己与情人的久离之苦。上片以浓墨重彩刻画了秋日的惨淡景致，衬托出送客的悲愁，深得情景交融之妙。亦为下片写惜别奠定了基调。陈洵《海绡说词》：题外有事，当与《瑞龙吟》（黯分袖）参看。"沈郎"谓梅津，"系兰桡"盖有所眷也。"仙人"谓所眷者，"凤箫"则有夫妇之分。"断魂"二句，言如此分别，虽《九辩》难招，况清真词乎？含思凄婉，转出下四

句，实处皆空矣。"素秋"言此间风景不随船去，则两地趁涛，唯叶依稀有情。"翠翘"即上之仙人，特不知与《瑞龙吟》所别是一是二。

②吴皋（gāo）：吴江边。

③红衣：指荷花。

④沈郎：指沈约。

⑤兰桡（ráo）：小舟。

⑥《九辩》:《楚辞》篇名，宋玉所作。

⑦南谯：地名。在今安徽。

高阳台① 落梅

宫粉雕痕，仙云堕影，无人野水荒湾。古石埋香，金沙锁骨连环。南楼不恨吹横笛，恨晓风、千里关山。半飘零、庭上黄昏，月冷阑干。

寿阳空理愁鸾②。问谁调玉髓③，暗补香瘢④。细雨归鸿，孤山无限春寒。离魂难倩招清些，梦缟衣、解佩溪边⑤。最愁人、啼鸟晴明，叶底青圆。

【注释】

①高阳台：这是一首歌咏落梅的咏物词。上片渲染落梅所处的凄清环境，野水荒湾，古石埋香，晓风横笛，千里关山，黄昏冷月，读来清幽之感，无可复加。下片写梅之情，梅之魂。细雨归鸿，孤山春寒，啼鸟晴明，叶底清圆，写景空灵无迹，不可捉摸。

②寿阳：南朝宋寿阳公主，因梅落额头而作梅花妆。

鸾：指铜镜。

③玉髓：香料名。

④瘢（bān）：斑痕。

⑤缟（gǎo）衣：白衣。

高阳台① 丰乐楼分韵得"如"字

修竹凝妆②，垂杨驻马，凭阑浅画成图。山色谁题，楼前有雁斜书。东风紧送斜阳下，弄旧寒、晚酒醒余。自消凝，能几花前，顿老相如③。

伤春不在高楼上，在灯前敧枕，雨外熏炉。怕舣游船④，临流可奈清臞⑤。飞红若到西湖底，搅翠澜、总是愁鱼。莫重来、吹尽香绵，泪满平芜。

【注释】

①高阳台：这是一首题咏丰乐楼的应制之作。上片写登楼所见之景，写景之余有感伤。下片写伤春怀人之情，情语之中有景语。

②凝妆：盛妆。

③相如：西汉辞赋家司马相如。

④舣（yǐ）：船靠岸。

⑤清臞（qú）：清瘦。

三姝媚① 过都城旧居有感

湖山经醉惯。渍春衫②，啼痕酒痕无限。又客长安，叹断襟零袂，涴尘谁浣③。紫曲门荒，沿败井、风摇青蔓。对语东邻，犹是曾巢，谢堂双燕。

春梦人间须断。但怪得当年，梦缘能短。绣屋秦筝，傍海棠偏爱，夜深开宴。舞歇歌沉，花未减、红颜先变。伫久河桥欲去，斜阳泪满。

【注释】

①三姝媚：陈洵《海绡说词》：过旧居，思故国也。读起句，可见"啼痕酒痕"、悲欢离合之迹；以下缘情布景，凭吊兴亡，盖非仅兴怀陈迹矣。"春梦"须断，往来常理，"人间"二字不可忽过。正见天上可哀，"梦缘能短"治日少也。"秦筝"三句，回首承平，"红颜先变"，盛时已过，则唯有斜阳之泪，送此湖山耳。此盖觉翁晚年之作，读草窗"与君共承平年少"，及玉田"独怜水楼赋笔，有斜阳、还怕登临"，可与知此词。

②渍（zì）：染。

③涴（wǎn）：污染。浣（huàn）：洗。

八声甘州① 灵岩陪庾幕诸公游

渺空烟四远，是何年、青天坠长星。幻苍崖云树。名娃金屋②，残霸宫城③。箭径酸风射眼，腻水染花腥。时靸双鸳响，廊叶秋声④。

宫里吴王沉醉，倩五湖倦客⑤，独钓醒醒。问苍波无语，华发奈山青。水涵空、阑干高处，送乱鸦、斜日落渔汀。连呼酒，上琴台去，秋与云平。

①八声甘州：陈洵《海绡说词》：换头三句，不过言山容水态，如吴王范蠡之醉醒耳。"苍波"承"五湖"，"山青"承"宫里"，独醒无语，沉醉奈何，是此词最沉痛处。今更为推演之，盖惜夫差之受欺越王也。长颈之毒，蠡知之而王不知，则王醉而蠡醒矣。女真之猾，甚于勾践。北狩之辱，奇于甬东。五国城之崩，酷于卑犹位。

②名娃金屋：吴王夫差为西施所筑的馆娃宫。

③残霸：吴王夫差曾破越败齐，一度称霸，后国破身亡，故称。

④"时靸（sǎ）"二句：馆娃宫中有响屧廊，人行其上，空空作响。靸，穿。

⑤五湖倦客：指范蠡。

踏莎行①

润玉笼绡，檀樱倚扇。绣圈犹带脂香浅②。榴心空叠舞裙红，艾枝应压愁鬟乱③。

午梦千山，窗阴一箭。香瘢新褪红丝腕。隔江人在雨声中，晚风菰叶生秋怨④。

①踏莎行：这是一首端午节感梦怀人的词作。上片写歌女舞罢小憩的睡姿。下片首二句写午梦方醒，揭出上片全为梦境。接着，词人思绪又回到梦中，仿佛

又看到佳人系着红丝带的手腕。雨声再度将词人从梦中拉回，江雨细密，菰叶瑟瑟，心中凛然生一种秋意。整首词写得腾挪跌宕，空灵无迹，难以捉摸。

②绣圈：绣花妆。

③艾枝：端午节时采艾叶制成虎形戴于发间，可辟邪。

④菰（gū）：俗称茭白。

瑞鹤仙①

晴丝牵绪乱②。对沧江斜日，花飞人远。垂杨暗吴苑③。正旗亭烟冷④，河桥风暖。兰情蕙盼。惹相思、春根酒畔。又争知、吟骨萦消，渐把旧衫重剪。

凄断。流红千浪，缺月孤楼，总难留燕。歌尘凝扇。待凭信，拌分钿。试挑灯欲写，还依不忍，笺幅偷和泪卷。寄残云、剩雨蓬莱，也应梦见。

【注释】

①瑞鹤仙：这是一首别后怀人之作。上片写江湖漂泊文人的相思之情。下片写女子思恋他的一片幽怨。上下两片描摹词人和情人相思的两种不同心态，写得恰如其分，别有一番情趣。

②晴丝：即游丝。

③吴苑：吴王阖闾所建宫苑。

④旗亭：集市中供观察指挥的亭楼，因上插旗，故称。因酒楼悬旗为酒招，故亦称旗亭。刘禹锡《武陵观

火诗》："花县与琴焦，旗亭无酒濡。"

鹧鸪天① 化度寺作

池上红衣伴倚栏。栖鸦常带夕阳还。殷云度雨疏桐落②，明月生凉宝扇闲。

乡梦窄，水天宽。小窗愁黛淡秋山。吴鸿好为传归信，杨柳阊门屋数间③。

【注释】

①鹧鸪天：这是一首秋日思归的词作。上片写词人凭阑所见秋景：红莲倚阑，暮鸦归巢，向晚飘雨，雨打桐叶，一幅秋意渐浓的图卷。下片写秋思：乡梦难抵乡，只因水天长。托吴鸿传信，掐指计归程，何时再见，老屋数间，阊门垂杨。

②殷（yǐn）：雷声。

③阊（chāng）门：城门名。在今江苏苏州城西。

夜游宫①

人去西楼雁杳。叙别梦、扬州一觉。云淡星疏楚山晓。听啼乌，立河桥②，话未了。

雨外蛩声早。细织就、霜丝多少③。说与萧娘未知道④。向长安，对秋灯，几人老。

【注释】

①夜游宫：调见毛滂《东堂词》。贺铸词有"可怜许

彩云漂泊"句，故又名《念彩云》。又因有"江北江南新念别"句，亦名《新念别》。这是一首怀念亡妻的词作。上片写人去楼空，音讯全无，说不清是梦是幻，弹指间，已是十年。恍然梦中相见：云淡星疏，楚山将晓，乌啼声里，小河桥上，相思情话未了，转眼音容又杳。下片写梦回惊秋，隔雨蛩鸣，不堪数，相思情愁，织就多少霜丝；向谁诉，萧娘不知，独自对灯伤老。

②河桥：指送别之地。

③霜丝：指白发。

④萧娘：泛称女子。

青玉案①

新腔一唱双金斗②。正霜落、分柑手。已是红窗人倦绣。春词裁烛，夜香温被，怕减银壶漏。

吴天雁晓云飞后。百感情怀顿疏酒。彩扇何时翻翠袖。歌边拼取，醉魂和梦，化作梅花瘦。

【注释】

①青玉案：俞陛云《唐五代两宋词选释》："上阕回首当年之事。对酒闻歌以后，更红烛温香，何等风怀旖旎。乃雁断云飞以后，百感都来，既酒边人去，醉魂无着，只堪寄梅花。与'约个梅魂，轻怜细语'句，皆写无聊之思，绮语而兼幽想也。"

②金斗：酒杯。

贺新郎① 陪履斋先生沧浪看梅②

乔木生云气。访中兴、英雄陈迹，暗追前事。战舰东风悭借便③，梦断神州故里。旋小筑、吴宫闲地。华表月明归夜鹤④，叹当时、花竹今如此。枝上露，溅清泪。

遨头小簇行春队⑤。步苍苔、寻幽别墅，问梅开未。重唱梅边新度曲，催发寒梢冻蕊。此心与东君同意。后不如今今非昔，两无言、相对沧浪水。怀此恨，寄残醉。

【注释】

①贺新郎：这首词借沧浪亭看梅怀念抗金名将韩世忠并感及时事。上片从韩世忠沧浪亭别墅写起，感叹主战遭谗，中兴遭挫，报国无门。下片从赏梅写起，以"问梅""催梅"隐喻词人对边事日亟、将无韩岳、国脉微弱的担忧。

②沧浪：亭名。在今苏州。

③战舰东风：指韩世忠黄天荡之捷。

④华表月明归夜鹤：用丁令威事。

⑤遨头：指太守。

唐多令①

何处合成愁。离人心上秋②。纵芭蕉、不雨也飕飕③。都道晚凉天气好，有明月、怕登楼。

年事梦中休。花空烟水流。燕辞归、客尚淹

留。垂柳不萦裙带住，漫长是、系行舟。

【注释】

①唐多令：这首词抒写秋日游子的离愁别绪。上片写
羁旅秋思。下片写年光过尽，往事如梦。羁身异
乡，已是凄清。客中送客，人更孤零。整首词不事
雕琢，自然浑成，在吴词中当属别格。

②心上秋：即"愁"字。

③飕飕（sōu）：象声词。

黄孝迈

黄孝迈（生卒年不详），字德文，号雪舟。其词清丽似
晏（几道）贺（铸）、绵密如秦观。存词四首，见《全宋词》。

湘春夜月①

近清明，翠禽枝上消魂。可惜一片清歌，都付
与黄昏。欲共柳花低诉，怕柳花轻薄，不解伤春。
念楚乡旅宿，柔情别绪，谁与温存。

空尊夜泣，青山不语，残照当门。翠玉楼前，
惟是有、一陂湘水②，摇荡湘云。天长梦短，问甚
时、重见桃根。者次第③，算人间、没个并刀④，剪
断心上愁痕。

【注释】

①湘春夜月：此调为黄孝迈自度曲，并选取词中

"湘""春""夜""月"字样名调。这首词内容与调
名切合,描绘湘水之滨的春夜月色,抒发"楚乡旅
宿"时伤春恨别的情绪。上片写伤春。下片词人紧
紧抓住"湘春夜月"的景色特点,将深沉的离愁别
恨熔铸进去,造成了动人的艺术效果。

②陂(bēi):湖泊。

③者:同"这"。

④并(bīng)刀:并州产的刀,以锋利著名。

潘希白

潘希白(生卒年不详),字怀古,号渔庄,永嘉(今浙
江温州)人。宝祐元年(1253)进士,干办临安府节制司公
事;德祐中起史馆检校,不赴。

大有① 九日

戏马台前,采花篱下,问岁华、还是重九②。
恰归来、南山翠色依旧。帘栊昨夜听风雨,都不
似、登临时候。一片宋玉情怀③,十分卫郎清瘦④。

红萸佩,空对酒。砧杵动微寒,暗欺罗袖。秋
已无多,早是败荷衰柳。强整帽檐敧侧,曾经向、
天涯搔首。几回忆、故国莼鲈,霜前雁后。

【注释】

①大有:调见周邦彦《片玉集》卷五。这是一首重阳
抒怀之作。上片写悲秋之情,词人于重九之日,赏

菊东篱，平添许多悲秋情怀。下片写思乡之情，赏
菊归来，独对酒杯，闻砧声而生悲，见衰柳而搔
首，计归程，当在霜前燕后。

②重九：即旧历九月初九重阳节。

③宋玉情怀：指悲秋情怀。宋玉《九辩》有"悲哉，
秋之为气也"句。

④卫郎：指晋人卫玠。卫玠字叔宝，美仪容，有羸疾，
每乘车入市，观者如堵，玠体力不堪，成病而死。

无名氏

原题黄公绍作。《阳春白雪》《翰墨大全》《花草粹编》
俱作无名氏。

青玉案①

年年社日停针线②。怎忍见、双飞燕。今日江
城春已半。一身犹在，乱山深处，寂寞溪桥畔。

春衫着破谁针线。点点行行泪痕满。落日解鞍
芳草岸。花无人戴，酒无人劝。醉也无人管。

【注释】

①青玉案：这是一首社日思归怀人之作。上片词人悬
想远方闺中人社日停针线后，如何排解相思愁绪。
同时写自己客居他乡的羁旅愁思。下片写春衫已
破，谁为补缀，每一念此，清泪洒衣。落日时分，
驻马解鞍，虽有鲜花，却无人佩戴；便有美酒，亦

无人把盏。纵然拼却一醉，又有谁能扶归？凄清、寂冷，一至于此。

②社日：祭社神的日子。停针线：唐宋时期的妇人在社日忌用针线。

朱嗣发

朱嗣发（1234—1304），字士荣，号雪崖，乌程（今浙江吴兴）人。宋亡，举充提学学官，不受。存词一首，见《阳春白雪》。

摸鱼儿①

对西风、鬓摇烟碧，参差前事流水。紫丝罗带鸳鸯结，的的镜盟钗誓。浑不记，漫手织回文，几度欲心碎。安花着叶，奈雨覆云翻，情宽分窄②，石上玉簪脆。

朱楼外，愁压空云欲坠。月痕犹照无寐。阴晴也只随天意，枉了玉消香碎。君且醉。君不见、长门青草春风泪③。一时左计④，悔不早荆钗，暮天修竹，头白倚寒翠⑤。

【注释】

①摸鱼儿：这是一首弃妇词，借弃妇之恨，寄托亡国之思。上片写女子遭遗弃后的哀怨之情，下片写女子尽管凄苦艰辛，却能够清操自守，矢志不悔。

②分（fèn）：缘分。

③长门：汉宫名。

④左计：失策。

⑤"暮天"二句：语本杜甫《佳人》诗"天寒翠袖薄，
日暮倚修竹"。

刘辰翁

刘辰翁（1232—1297），字会孟，号须溪，庐陵（今江
西吉安）人。景定元年（1260）补太学生；三年（1262）廷
试对策忤贾似道，虽置进士丙等，却有鲠直美名；自请为
赣州濂溪书院山长；后为江万里幕僚，曾任临安府学教授；
德祐元年（1275）授太学博士，因战乱不能赴任。宋亡后
隐居不仕。作为遗民词人，其词多写战乱之苦，故国之思，
如借"送春"而悲宋亡，寄托遥深。爱国情怀及遒劲词风
与苏、辛一脉相承，含蓄而不隐晦，真挚而不雕琢，清丽
中又发激越豪情。有《须溪词》三卷，见《彊村丛书》。

兰陵王① 丙子送春

送春去。春去人间无路。秋千外、芳草连天，
谁遣风沙暗南浦。依依甚意绪。漫忆海门飞絮②。
乱鸦过、斗转城荒，不见来时试灯处。

春去谁最苦。但箭雁沉边，梁燕无主。杜鹃声
里长门暮。想玉树凋土③。泪盘如露。咸阳送客屡
回顾，斜日未能度。

春去尚来否。正江令恨别④，庾信愁赋，苏堤
尽日风和雨⑤。叹神游故国，花记前度。人生流落，

顾孺子，共夜语。

【注释】

①兰陵王：这首词写送春，实际是哀悼南宋王朝的灭亡。词分三片，上片写临安失陷后的衰败景象及词人的感受，中片写春天归去以后，南宋君臣与庶民百姓所遭受的亡国之痛，下片写故国之思。卓人月《古今词统》："送春去"二句悲绝，"春去谁最苦"四句凄清，何减夜猿，第三叠悠扬悱恻，即以为《小雅》《楚骚》可也。

②海门：县名。

③玉树凋土：喻指国破家亡。

④江令：指江淹。作有《恨赋》《别赋》，表达悲痛之情。

⑤苏堤：在杭州西湖中，苏东坡筑。

宝鼎现①

红妆春骑。踏月影、竿旗穿市。望不尽、楼台歌舞，习习香尘莲步底。箫声断、约彩鸾归去②，未怕金吾呵醉③。甚辇路、喧阗且止。听得念奴歌起④。

父老犹记宣和事⑤。抱铜仙、清泪如水⑥。还转盼、沙河多丽⑦。滉漾明光连邸第。帘影冻、散红光成绮。月浸葡萄十里。看往来、神仙才子。肯把菱花扑碎。

　　肠断竹马儿童，空见说、三千乐指。等多时、春不归来，到春时欲睡。又说向、灯前拥髻。暗滴鲛珠坠⑧。便当日、亲见《霓裳》，天上人间梦里。

【注释】

①宝鼎现：调见《中吴纪闻》卷五宋范周词。又名《三段子》《宝鼎见》《宝鼎儿》《宝鼎词》等。俞陛云《唐五代两宋词选释》：刘在宋末隐遁不仕，此为感旧之作。上段先述元夕之盛，中段从父老眼中曾见宣和往事，朱邸豪华，铜街士女，只赢得铜仙对泣，已极伤怀。下阕言大好春色而畏逢春色，有怀莫述，归向绿窗人灯前掩泪，尤为凄黯。

②彩鸾：传说中的仙女。

③金吾：官名。

④念奴：歌妓名。

⑤宣和事：指北宋徽、钦二宗被掳事。

⑥抱铜仙、清泪如水：用金铜仙人辞汉归魏事。

⑦沙河：塘名。

⑧鲛珠：指眼泪。

永遇乐①

　　余自乙亥上元，诵李易安《永遇乐》②，为之涕下。今三年矣，每闻此词，辄不自堪，遂依其声，又托之易安自喻，虽辞情不及，而悲苦过之。

璧月初晴，黛云远淡，春事谁主。禁苑娇寒，湖堤倦暖，前度遽如许③。香尘暗陌，华灯明昼，长是懒携手去。谁知道、断烟禁夜，满城似愁风雨。

宣和旧日，临安南渡④，芳景犹自如故。缃帙流离⑤，风鬟三五⑥。能赋词最苦。江南无路。鄜州今夜⑦，此苦又谁知否。空相对、残釭无寐⑧，满村社鼓。

【注释】

①永遇乐：这首词抒发了词人眷念故国故都的情怀。上片写故国之思，悲其沦陷，首三句春夜景致，次三句追忆起都城临安往昔的繁华，末二句写临安沦陷后城中的愁风愁雨。下片借易安自喻，自伤身世，换头三句感叹世事的变换，次三句悬想当年易安流亡之苦，再三句写自己的流离之苦，末二句写长夜难眠。

②李易安：即李清照。

③遽（jù）：匆匆。

④临安：今浙江杭州。

⑤缃帙（xiāngzhì）：浅黄色的书套。此指代书。

⑥风鬟（huán）：头发零乱的样子。

⑦鄜（fū）州今夜：语本杜甫《月夜》诗"今夜鄜州月，闺中只独看"。

⑧残釭（gāng）：残灯。

摸鱼儿^① 酒边留同年徐云屋

怎知他、春归何处，相逢且尽尊酒。少年袅袅天涯恨，长结西湖烟柳。休回首，但细雨断桥，憔悴人归后。东风似旧，问前度桃花，刘郎能记，花复认郎否^②。

君且住，草草留君剪韭^③，前宵正恁时候。深杯欲共歌声滑，翻湿春衫半袖。空眉皱。看白发尊前，已似人人有。临分把手。叹一笑论文，清狂顾由^④，此会几时又。

【注释】

①摸鱼儿：这是一首席间送别友人的词作，寄托了故国之思。上片写自己客中送客的愁思，忆昔感今，讽刺了元代的新贵。下片写依依送客之情，同时又兼及自己，感时伤老。

②"东风"四句：语本刘禹锡诗"种桃道士归何去，前度刘郎今又来"。

③剪韭：指留客。杜甫《赠卫八处士》："夜雨剪春韭，新炊间黄粱。"

④顾曲：指欣赏音乐。

周 密

周密（1232—1298），字公瑾，号草窗、蘋州、弁阳啸翁、四水潜夫等。祖籍济南（今属山东），寓居吴兴（今属浙江）。景炎初年曾任义乌令。入元不仕，以保存故国文献自任，居杭州癸辛街，努力著述。曾编《绝妙好词》流传至今。他是宋末格律派重要词人，早期词韵美声谐，中年后常与王沂孙、陈允平、张炎等唱和，独标清丽，入元后则多寄托，情词凄切。有《草窗词》收入《知不足斋丛书》等；又《蘋州渔笛谱》二卷，集外词一卷，《彊村丛书》本收录考订为善。

瑶华①

后土之花②，天下无二本。方其初开，帅臣以金瓶飞骑进之天上，间亦分致贵邸。余客辇下，有以一枝（下缺。按他本题改作"琼花"）。

朱钿宝玦③。天上飞琼，比人间春别。江南江北，曾未见、漫拟梨云梅雪。淮山春晚，问谁识、芳心高洁。消几番、花落花开，老了玉关豪杰。

金壶剪送琼枝，看一骑红尘④，香度瑶阙⑤。韶华正好，应自喜、初识长安蜂蝶。杜郎老矣⑥，想旧事、花须能说。记少年、一梦扬州，二十四桥明月⑦。

【注释】

①瑶华：调见吴文英《梦窗丁稿》。又名《瑶华慢》。这是一首以咏琼花来讽喻政治的词作。上片起首三句赞美琼花的特异资质，天下无双，为花中极品。"江南"二句说此花名贵，不同于梨花梅花，世人

亦不能辨识。"淮山"以下，言南宋北界的淮水旁正是琼花生长的地方，胡尘弥漫，兵戈扰攘，故国难复，琼花也为之浩叹！下片换头三句讽刺当年宋官赏花之举，次二句写当年花动京城，"杜郎"以下，回忆往事，无限向往之至。

②后土：后土祠，在扬州。

③玦（jué）：玉佩。

④一骑红尘：语本杜牧《过华清宫绝句》"一骑红尘妃子笑，无人知是荔枝来"。

⑤瑶阙：宫阙。

⑥杜郎：杜牧。

⑦"记少年"二句：语本杜牧《寄扬州韩绰判官》"二十四桥明月夜，玉人何处教吹箫"。

玉京秋①

长安独客，又见西风，素月丹枫，凄然其为秋也，因调夹钟羽一解。

烟水阔。高林弄残照，晚蜩凄切②。碧砧度韵，银床飘叶③。衣湿桐阴露冷，采凉花、时赋秋雪④。叹轻别。一襟幽事，砌虫能说⑤。

客思吟商还怯。怨歌长、琼壶暗缺。翠扇恩疏，红衣香褪，翻成消歇。玉骨西风，恨最恨、闲却新凉时节。楚箫咽，谁倚西楼淡月。

【注释】

【注释】

①玉京秋：为周密自度曲。调见《蘋州渔笛谱》卷一。
　　这是一首感秋怀人的词。词的上片先写景，由远至
　　近，展现出辽阔苍茫的秋天景色。"衣湿"二句才出
　　现了感怀伤秋之人。"叹轻别"以下，追悔畴昔离
　　别，慨叹相见无期。下片倾诉别恨，极写客愁之秋
　　怨。整首词结构严密，井然有序，语言精练，着笔
　　清雅。

②蜩（tiáo）：蝉。

③银床：指井架。

④秋雪：指芦花。

⑤砌虫：指蟋蟀。

曲游春①

禁烟湖上薄游，施中山赋词甚佳，余因次其韵。盖平
时游舫，至午后则尽入里湖，抵暮始出断桥，小驻而归，
非习于游者不知也。故中山极击节余"闲却半湖春色"之
句，谓能道人之所未云。

禁苑东风外②，飏暖丝晴絮③，春思如织。燕
约莺期。恼芳情偏在，翠深红隙。漠漠香尘隔，沸
十里、乱丝丛笛。看画船、尽入西泠④，闲却半湖
春色。

柳陌。新烟凝碧。映帘底宫眉，堤上游勒⑤。
轻暝笼寒，怕梨云梦冷，杏香愁幂⑥。歌管酬寒食。

奈蝶怨、良宵岑寂⑦。正满湖、碎月摇花，怎生去得。

【注释】

①曲游春：调见《绝妙好词》卷四宋施岳词。这是一首寒食节游湖之作。上片写清明景色及词人的春思情愫，继而写十里湖面，画船笙歌，繁华喧闹的景象，词人自己的特殊感受和退思也融汇其中。下片写游人逐渐散去、寂静清幽的西湖夜色，前后映照，层次分明，时间、空间在不断移换，这种多彩多变的写法令人耳目一新，击节称叹。

②禁苑：皇家园林。

③飏（yáng）：飘扬。

④西泠（líng）：即西泠桥。在西湖。

⑤游勒：游骑。

⑥幂（mì）：形容深浓。

⑦岑（cén）寂：清冷，孤寂。

花犯① 水仙花

楚江湄②，湘娥再见③，无言洒清泪。淡然春意。空独倚东风，芳思谁寄。凌波路、冷秋无际。香云随步起。漫记得、汉宫仙掌④，亭亭明月底。

冰丝写怨更多情，骚人恨，枉赋芳兰幽芷⑤。春思远，谁叹赏、国香风味。相将共、岁寒伴侣，小窗静，沉烟熏翠被。幽梦觉、泪泪清露，一枝灯影里。

【注释】

①花犯：这是一首吟咏水仙花的咏物词，寄托遗民之
节操。上片主要描写水仙的绰约风姿。下片由水仙
引发联想，赞美水仙国色多情，甘受寂寞的高洁情
怀。整首词写得多情缠绵，缠绵悱恻。

②湄（méi）：岸边水草相接之地。

③湘娥：即湘妃。此处指水仙。

④汉宫仙掌：即汉武帝所铸的以手掌托盘承露的铜
仙人。

⑤"骚人恨"二句：屈原赋《离骚》常以芳兰幽芷喻
自身高洁。

蒋　捷

蒋捷（生卒年不详），字胜欲，号竹山，阳羡（今江苏
宜兴）人。咸淳十年（1274）进士；宋亡，隐居不仕。其词
多于落寞愁苦中寄寓亡国的感伤，时有清丽而不低沉的隽
永之作。炼字精深，调音谐畅，语多创获，词法丰富。有
《竹山词》行世。

贺新郎①

梦冷黄金屋②。叹秦筝、斜鸿阵里，素弦尘扑。
化作娇莺飞归去，犹识纱窗旧绿。正过雨、荆桃如
菽。此恨难平君知否。似琼台涌起弹棋局。消瘦

影，嫌明烛。

鸳楼碎泻东西玉③。问芳踪、何时再展，翠钗难卜。待把宫眉横云样，描上生绡画幅。怕不是、新来装束。彩扇红牙今都在，恨无人、解听开元曲。空掩袖，倚寒竹④。

【注释】

① 贺新郎：这是一首怀念故国的词作。上片写梦回故国宫殿，秦筝犹在，却无人弹奏。梦魂似娇莺，还认得旧时纱窗，窗下蓬绿。斜雨飞过，杂树亭台。不忍见烛前瘦影，却怨明烛。下片追思当年一别。玉杯碎泻，覆水难收，何时再见芳踪，佳期难卜。待图画倩影，怕不是眼前模样。抚弦寄恨，如今谁能听懂。算只有，空自掩袖，独倚寒竹。

② 黄金屋：汉武帝年少时，长公主欲把阿娇许配给他，武帝曰："若得阿娇作妇，当作金屋贮之。"

③ 东西玉：指酒。

④ 空掩袖，倚寒竹：语本杜甫《佳人》诗"天寒翠袖薄，日暮倚修竹"。

女冠子① 元夕

蕙花香也。雪晴池馆如画。春风飞到，宝钗楼上，一片笙箫，琉璃光射②。而今灯漫挂。不是暗尘明月，那时元夜。况年来、心懒意怯，羞与蛾儿争耍③。

江城人悄初更打。问繁华谁解，再向天公借。剔残红炧④。但梦里隐隐，钿车罗帕⑤。吴笺银粉砑⑥。待把旧家风景，写成闲话。笑绿鬟邻女，倚窗犹唱，夕阳西下。

【注释】

①女冠子：唐教坊曲名，后用为词调名。女冠，即女道士。此调原用来歌咏女道士之神态。分小令、长调两体，小令始于温庭筠，长调始于柳永。又名《女冠子慢》。这是一首元夕之作。词中抒写了词人的故国之思。唐圭璋《唐宋词简释》：此首元夕感赋，起六句，极力渲染昔时元夕之盛况。"蕙花"二句，写月光；"春风"四句，写灯光，中间人影、箫声，盛极一时。"而今"二字，陡转今情，哀痛无比。时既非当时之时，人亦非当时之人，故无心闲赏元夕。换头六句，皆今夕冷落景象，反应起六句盛时景象。人悄灯残，此情真不堪回首。"吴笺"以下六句，一气舒卷，言我自伤往，而人犹乐今，可笑亦可叹也。

②琉璃：指琉璃灯。

③蛾儿：妇女插戴于发的饰物。

④炧（xiè）：指灯烛。

⑤钿（diàn）车：嵌以珠玉的车子。

⑥砑（yà）：碾磨。

张 炎

张炎（1248—1320?），字叔夏，号玉田，又号乐笑翁，临安（今浙江杭州）人。张镃的曾孙。曾北游大都（今北京），失意南归，漫游江浙，潦倒终生。所著《词源》二卷，宣韵律，讲技巧，是有影响的词论专著。其词写景咏物，形神兼备，凄清婉转；写国破家亡，浪迹江湖的凄苦，亦苍凉蕴藉。然偏重声律和形式，与姜夔接武，为清初浙西词派所推崇。有《山中白云词》八卷，又名《玉田词》，收入《疆村丛书》。

高阳台① 西湖春感

接叶巢莺②，平波卷絮，断桥斜日归船③。能几番游，看花又是明年。东风且伴蔷薇住，到蔷薇、春已堪怜。更凄然。万绿西泠，一抹荒烟。

当年燕子知何处，但苔深韦曲④，草暗斜川。见说新愁，如今也到鸥边。无心再续笙歌梦，掩重门、浅醉闲眠。莫开帘。怕见飞花，怕听啼鹃。

【注释】

①高阳台：这首词写西湖春日之游，写词人身世之沉沦，抒发眷念故国之哀情。上片写西湖暮春景色，景象凄凉。下片借景抒情，寄托故国之思，有黍离之悲。

②接叶巢莺：语本杜甫诗"卑枝低结子，接叶暗巢莺"。

③断桥：桥名。在西湖。

④韦曲（qū）：唐代长安城南郊是韦氏世居之地。此指杭城贵族居处。

八声甘州①

辛卯岁，沈尧道同余北归，各处杭、越。逾岁，尧道来问寂寞，语笑数日，又复别去，赋此曲，并寄赵学舟。

记玉关、踏雪事清游②。寒气脆貂裘。傍枯林古道，长河饮马，此意悠悠。短梦依然江表，老泪洒西州③。一字无题处，落叶都愁。

载取白云归去，问谁留楚佩，弄影中洲。折芦花赠远，零落一身秋。向寻常、野桥流水，待招来、不是旧沙鸥④。空怀感，有斜阳处，却怕登楼⑤。

【注释】

①八声甘州：这首词是词人北游归来后，向友人诉说心中失意的词作。上片写身世之感，抒发心头凄苦之情。下片写怀友之情，表现词人对友情的珍重。整首词抒情婉转低回，黯然神伤。

②玉关：关名。在甘肃境内。

③老泪洒西州：据《晋书》载，羊昙为谢安所器重，谢安抱病还都时从西州城门而入，死后，羊昙即避而不走西州路。后酒后大醉，不知至西州门，恸哭而去。

④旧沙鸥：指志同道合的老朋友。

⑤登楼：东汉末王粲避乱荆州，作《登楼赋》以抒发思国怀乡之情。

解连环① 孤雁

楚江空晚。恨离群万里，恍然惊散。自顾影、却下寒塘，正沙净草枯，水平天远。写不成书，只寄得相思一点。料因循误了②，残毡拥雪③。故人心眼。

谁怜旅愁荏苒④。谩长门夜悄，锦筝弹怨。想伴侣、犹宿芦花，也曾念春前，去程应转。暮雨相呼，怕蓦地、玉关重见。未羞他、双燕归来，画帘半卷。

【注释】

①解连环：这是一首歌咏孤雁的咏物词。上片词人首先描绘了一个空阔、黯淡的环境以衬托离群之雁的孤单。下片写孤雁的羁旅哀怨之情。词人借孤雁失群表现自己漂泊不定的身世，寄托国破家亡的沉痛与哀思。

②因循：拖延。

③残毡拥雪：据《汉书》载，苏武出使匈奴，被匈奴所拘，不屈，则置苏武于大窖中，不给饮食。天下雪，苏武以雪拌毡毛，食之，不死。后双方和亲，汉派使者到匈奴索苏武，匈奴假说苏武已死，汉使

说汉天子射雁，在雁足上发现苏武的信。匈奴于是只得将苏武放回。

④荏苒（rěnrǎn）：时光流逝。

疏影[①] 咏荷叶

碧圆自洁。向浅洲远浦，亭亭清绝。犹有遗簪，不展秋心，能卷几多炎热。鸳鸯密语同倾盖，且莫与、浣纱人说。恐怨歌、忽断花风，碎却翠云千叠。

回首当年汉舞，怕飞去谩皱，留仙裙折[②]。恋恋青衫，犹染枯香，还叹鬓丝飘雪。盘心清露如铅水[③]，又一夜西风吹折。喜净看、匹练飞光，倒泻半湖明月。

【注释】

①疏影：这是一首咏叹荷叶的词作。寄托词人归隐湖山的高逸情怀。上片写荷叶的高洁清绝，下片写荷叶即便凋零，犹有枯香。整首词写荷即写人，咏物言志，情物契合无垠。

②"回首"三句：据《赵飞燕外传》载，飞燕善舞，裙随风起，像要成仙飞去似的，风停止后，裙就变得很皱。他日宫女们都将裙子做成皱形，号留仙裙。

③盘心清露如铅水：语本李贺《金铜仙人辞汉歌》诗"忆君清泪如铅水"。

月下笛①

孤游万竹山中，闲门落叶，愁思黯然，因动黍离之感②。时寓甬东积翠山舍。

万里孤云，清游渐远，故人何处。寒窗梦里，犹记经行旧时路。连昌约略无多柳③，第一是、难听夜雨。谩惊回凄悄④，相看烛影，拥衾谁语。

张绪⑤。归何暮。半零落，依依断桥鸥鹭。天涯倦旅。此时心事良苦。只愁重洒西州泪，问杜曲、人家在否。恐翠袖，正天寒，犹倚梅花那树。

【注释】

①月下笛：调见周邦彦《片玉集》，又名《凉蟾莹澈》《静倚官桥吹笛》等。这是一首记孤游的词作。词人通过对杭州的怀念，表现了深沉的故国之思。上片写客舍中寒夜听雨，夜深难眠，孤独无似。下片写倦旅思归，心念故人。

②黍离之感：即故国之思。

③连昌：即唐连昌宫，宫中多置柳树。

④谩（màn）：无端。

⑤张绪：南齐时吴郡人，官至国子祭酒，风姿清雅。据《艺文类聚》载，刘悛之为益州刺史，献蜀柳数株，条甚长，状如丝缕，武帝将之置于云和殿前，常叹赏曰："杨柳风流可爱，似张绪当年时。"

王沂孙

王沂孙（约1240—1290），字圣与，号碧山，又号中仙，亦号玉笥山人，会稽（今浙江绍兴）人。曾与周密、张炎等赋词暗喻宋帝六陵被掘事，寄托亡国哀痛。至元中曾出任庆元路学正。亦为宋末格律派重要词人。词意高远，词法缜密，擅长咏物，字句工雅。然用典较多，反觉隐晦曲折。为清代常州派词家所推重。有《碧山乐府》，又名《花外集》《玉笥山人词》。

天香① 龙涎香②

孤峤蟠烟③，层涛蜕月，骊宫夜采铅水④。汛远槎风⑤，梦深薇露，化作断魂心字。红瓷候火，还乍识、冰环玉指。一缕萦帘翠影，依稀海天云气。

几回殢娇半醉。剪春灯、夜寒花碎。更好故溪飞雪，小窗深闭。荀令如今顿老⑥，总忘却、樽前旧风味。漫惜余熏，空篝素被⑦。

【注释】

①天香：唐释道世《法苑珠林》云："天童子天香甚香。"调名本此。这是一首咏物词，词人藉咏龙涎香抒发故国之思、遗民之恨。俞陛云《唐五代两宋词选释》：此调前半体物浏亮，后半即物寓情，咏物之名作也。起笔切合而极凝练，"蟠"字、"蜕"字尤工。"萦帘"二句既状香痕荡漾，而以海山云气关合本题，在离合之间。后四字藉香以寓身世今昔

之感，开合有致。

②龙涎香：香料的一种。

③蟠（pán）：缭绕。

④骊（lí）宫：骊龙居住的宫殿。

⑤槎（chá）：水中浮木。

⑥荀令：东汉末荀彧（yù），曾任汉献帝守尚书令，故人称荀令。据《襄阳记》载："荀令君至人家，坐幕三日香气不歇。"

⑦篝（gōu）：熏笼。

眉妩① 新月

渐新痕悬柳，淡彩穿花，依约破初暝。便有团圆意，深深拜，相逢谁在香径。画眉未稳，料素娥、犹带离恨②。最堪爱、一曲银钩小，宝帘挂秋冷③。

千古盈亏休问，叹谩磨玉斧④，难补金镜⑤。太液池犹在⑥，凄凉处、何人重赋清景。故山夜永，试待他、窥户端正⑦。看云外山河，还老尽、桂花影。

【注释】

①眉妩：《汉书·张敞传》："（敞）又为妇画眉，长安中传张京兆眉妩。"调名本此。又名《百宜娇》。这是一首歌咏新月的咏物词，词人借咏新月寄寓亡国哀思。上片写新月之美，下片借咏新月流露出伤时

悼国的感情，同时也蕴含了对重整河山的憧憬。整首词虚虚实实，令人捉摸不定，笔法含蓄，立意高迈。

②素娥：嫦娥。

③宝帘：窗帘。

④磨玉斧：古代传说有玉斧修月之事。

⑤金镜：喻圆月。

⑥太液池：指宋朝宫中的池沼。

⑦端正：月圆。

齐天乐① 蝉

一襟余恨宫魂断②，年年翠阴庭树。乍咽凉柯，还移暗叶，重把离愁深诉。西窗过雨。怪瑶佩流空，玉筝调柱。镜暗妆残，为谁娇鬓尚如许。

铜仙铅泪似洗，叹携盘去远，难贮零露③。病翼惊秋，枯形阅世，消得斜阳几度。余音更苦。甚独抱清商④，顿成凄楚。谩想熏风⑤，柳丝千万缕。

【注释】

①齐天乐：张惠言《词选批注》：详味词意，殆亦碧山黍离之悲也。首句"宫魂"点清命意。"乍咽""还移"，概播迁也。"西窗"三句，伤敌骑暂退，宴安如故也。"镜暗妆残"，残破满眼。"为难"句，指当日修容饰貌，妩媚依然。衰世臣主全无心肺，真千古一辙也。"铜仙"三句，伤宗室重宝均被

迁夺北去也。"病翼"三句，更是痛哭流涕，大声疾呼，言海凫栖流，断不能久也。"余音"三句，哀怨难论也。末二句，责诸人当此尚安危利灾，视若全盛也。语意明显，凄婉至不能卒读。

②宫魂断：据《古今注》载，齐王后怨齐王而死，死后尸体化为蝉。

③"铜仙"三句：汉武帝时用铜铸造了以手托盘承露的仙人像，后魏明帝遣人拆走了此像，铜仙人潸然泪下。

④清商：即清商曲，是古乐府的一种曲子。

⑤熏风：和风。

高阳台① 和周草窗寄越中诸友韵

残雪庭阴，轻寒帘影，霏霏玉管春葭。小贴金泥，不知春在谁家。相思一夜窗前梦，奈个人水隔天遮②。但凄然、满树幽香，满地横斜。

江南自是离愁苦，况游骢古道③，归雁平沙。怎得银笺④，殷勤与说年华。如今处处生芳草，纵凭高、不见天涯。更消他，几度东风，几度飞花。

【注释】

①高阳台：这是一首春日怀友人之作。陈廷焯《白雨斋词话》："上半阕是叙其远游未还，悬揣之词；数语是怀西麓正面。下半阕是言其他日归后情事，逆料之词。"整首词以双关手法写春，既关时令，又

涉时局；既写相思，又言离愁。收缩处"低徊掩
抑，荡气回肠"（况周颐《蕙风词话》）。

②个人：伊人。

③游骢（cōng）：漫游的马。

④银笺：指书信。

法曲献仙音[①] 聚景亭梅次草窗韵

层绿峨峨[②]，纤琼皎皎[③]，倒压波痕清浅[④]。过
眼年华，动人幽意，相逢几番春换。记唤酒寻芳
处，盈盈褪妆晚。

已消黯。况凄凉、近来离思，应忘却、明月夜
深归辇[⑤]。荏苒一枝春，恨东风、人似天远。纵有
残花，洒征衣，铅泪都满。但殷勤折取，自遣一襟
幽怨。

【注释】

①法曲献仙音：陈旸《乐书》："法曲兴于唐，其声始
出清商部，比正律差四律，有铙、钹、钟、磬之
音。《献仙音》其一也。"又名《献仙音》《越女镜
心》等。俞陛云《唐五代两宋词选释》：亭在聚景
园中，梅林极盛，碧山屡往观之，故上阕有几度寻
芳之语……下阕云"明月夜深归辇"，想见当日宸
游之乐。迨年久境迁，园亭芜圮，悠悠行客，孰勿
余悲。故"满"字韵云纵有残花，唯凄凉过客泪洒
征衣耳。

②层绿：指绿梅。

③纤琼：指白梅。

④倒压波痕清浅：语本林逋《山园小梅》诗"疏影横
　　斜水清浅"。

⑤辇（niǎn）：车。

彭元逊

彭元逊（生卒年不详），字巽吾，庐陵（今江西吉
安）人。景定二年（1261）解试，曾与刘辰翁唱和。存词二
十首。

疏影① 寻梅不见

江空不渡。恨蘼芜杜若②，零落无数。远道荒
寒，婉娩流年，望望美人迟暮③。风烟雨雪阴晴晚，
更何须，春风千树。尽孤城、落木萧萧，日夜江声
流去。

日晏山深闻笛，恐他年流落，与子同赋。事阔
心违，交淡媒劳，蔓草沾衣多露。汀洲窈窕余醒
寐，遗佩浮沉澧浦④。有白鸥淡月，微波寄语，逍
遥容与⑤。

【注释】

①疏影：这是一首寻梅词，词人感伤时事，寻梅怀旧。
　　上片写寻梅，春天未至，百草不芳，词人寻梅，不
　　辞远道荒寒，常恐年光流逝，梅容衰老，美人迟

暮。若能寻到一枝梅花，便抵得上春风千树。下片怀旧，词人回忆与梅的相识、相知、相恋的过程，唯愿缔盟结心，永远相伴。

②蘼（mí）芜、杜若：皆香草名。

③美人迟暮：语本《离骚》"惟草木之零落兮，恐美人之迟暮"。此喻梅花。

④遗佩浮沉澧浦：语本《离骚》"遗余佩兮澧浦"。

⑤容与：从容闲舒的样子。

六丑^① 杨花

似东风老大，那复有、当时风气。有情不收，江山身是寄。浩荡何世。但忆临官道，暂来不住，便出门千里。痴心指望回风坠。扇底相逢，钗头微缀。他家万条千缕，解遮亭障驿，不隔江水。

瓜洲曾舣^②。等行人岁岁。日下长秋，城乌夜起。帐庐好在春睡。共飞归湖上，草青无地。愔愔雨、春心如腻^③。欲待化、丰乐楼前，帐饮青门都废^④。何人念、流落无几。点点抟作^⑤，雪绵松润，为君浥泪^⑥。

【注释】

①六丑：这是一首歌咏杨花的咏物词，抒发身世之感、家国之恨。上片写杨花漂泊不定的身世。时值暮春，杨花也像东风一样，老大迟暮，但因杨花有情，仍在漂泊，这样的漂泊，何年才是尽头？可悲

的是，尽管能在扇底钗头稍作停留，但阻不断光阴似水，浩浩东流。下片由漂泊的杨花联想到漂泊的人。人花同命，人花同悲，人花同泣，人花同慰。

②舣（yǐ）：船靠岸。

③愔（yīn）愔：安和的样子。

④青门：长安城门名。门外出好瓜，广陵人邵平为秦东陵侯，秦亡后为布衣，种瓜青门外。

⑤抟（tuán）：以手捏之成团。

⑥浥（yì）：沾湿。

姚云文

姚云文（生卒年不详），字圣瑞，高安（今属江西）人。咸淳四年（1268）进士，官高邮尉、兴县尉；入元授承直郎，抚、建两路儒学提举。存词九首。

紫萸香慢①

近重阳、偏多风雨，绝怜此日暄明。问秋香浓未，待携客、出西城。正自羁怀多感，怕荒台高处，更不胜情。向尊前、又忆漉酒插花人②。只座上、已无老兵。

凄清。浅醉还醒。愁不肯、与诗平。记长楸走马，雕弓搊柳③，前事休评。紫萸一枝传赐，梦谁到、汉家陵。尽乌纱、便随风去，要天知道，华发如此星星。歌罢涕零。

【注释】

① 紫萸香慢：调见《凤林书院元词》，为姚云文自度曲，因词中有"紫萸一枝传赐"句，故取以为调名。这是一首重阳感怀的词作。上片写重阳把酒，思亲怀友。下片写酒罢忆昔伤今。整首词叙事今昔交错，抒情刚柔相济。

② 漉（lù）酒：滤酒。

③ 搋（shè）柳：同"射柳"。古时一种竞技活动。在场上插柳，驰马射之，中者为胜。

僧　挥

仲殊（生卒年不详），字师利，俗姓张，名挥，仲殊其法号，故又称僧挥，安州（今湖北安陆）人。尝举进士；因游荡不羁，几被妻子毒死，遂弃家为僧，寓居苏州奉天寺、杭州宝月寺。与苏轼交游甚厚。苏轼称其"胸中无一毫发事"，"能文善诗及歌词，皆操笔立成，不点窜一字"（《东坡志林》卷一一）。词风超旷，绘景亦壮丽，小令尤清婉、洒脱。有词七卷，名《宝月集》，今不传。近人赵万里辑《宝月集》一卷。

金明池①

天阔云高，溪横水远，晚日寒生轻晕。闲阶静，杨花渐少，朱门掩，莺声犹嫩。悔匆匆、过却清明，旋占得、余芳已成幽恨。却几日阴沉，连宵慵困。起来韶华都尽。

怨入双眉闲斗损。乍品得情怀，看承全近^②。深深态，无非自许，厌厌意^③，终羞人问。争知道、梦里蓬莱，待忘了余香，时传音信。纵留得莺花，东风不住，也则眼前愁闷。

【注释】

①金明池：原为北宋汴京西郊的一处皇家苑囿。叶梦得《石林燕语》卷一："太平兴国中，复凿金明池于苑北，导金水河水注之，以教神卫虎翼水军习舟楫，因为水嬉"，"今惟琼林、金明最盛。岁以二月开，命士庶纵观，谓之开池。至上巳车驾临幸毕即闭。岁赐二府从官燕，及进士闻喜燕，皆在其间"。秦观《淮海集》卷九有诗，诗题曰："元祐七年三月上巳，诏赐馆合官花酒，以中浣日游金明池、琼林苑，又会于国夫人园，会者二十有六人。"则秦观曾有金明池之游。《淮海集》有词《赋东京金明池》，即以调为题也。这是一首伤春词。上片描写春光将尽的过程，有惜春之意。下片抒发无法留春的愁怀，有怨春之情。

②看承：护持。全近：极其亲近。

③厌厌：同"恹恹"，精神不振的样子。

李清照

李清照（1084—1155？），自号易安居士，济南章丘（今属山东）人。宋代杰出女词人。良好的家庭教养和过人的才华，使她前期词清新婉约，语新意隽，多为情歌或写景。她因北宋党争而丧父，因战乱逃亡而丧夫，晚年颠沛流离，故后期词多怀乡念旧，孤苦凄凉，每有故国之思。在艺术上讲求格律，巧于构思，语言精巧，善用白描，刻画细腻，形象生动，比喻新颖，独出心裁。清照创词"别是一家"之说，其词创为"易安体"，为宋词一家。词集名《漱玉集》，今本皆为后人所辑。

如梦令^①

昨夜雨疏风骤。浓睡不消残酒。试问卷帘人，却道海棠依旧。知否。知否。应是绿肥红瘦^②。

【注释】

①如梦令：据苏轼《仇池笔记》，此曲本后唐庄宗制，名《忆仙姿》，嫌其名不雅，故改为《如梦令》，盖因此词中有"如梦、如梦"迭句也。周邦彦又因此词首句改名《宴桃源》。沈会宗词有"不见、不见"迭句，名《不见》。张辑词有"比著梅花谁瘦"句，名《比梅》等。这是一首伤春惜春词，并以花自喻，慨叹自己的青春易逝。黄氏《蓼园词选》云："一问极有情，答以'依旧'，答得极淡，跌出'知否'二句来，而'绿肥红瘦'无限凄婉，却又妙在含蓄。短幅中藏无数曲折，自是圣于词者。"

②绿肥红瘦：形容叶繁花少。

凤凰台上忆吹箫①

香冷金猊②，被翻红浪，起来慵自梳头。任宝奁尘满③，日上帘钩。生怕离怀别苦，多少事、欲说还休。新来瘦，非干病酒，不是悲秋。

休休。者回去也，千万遍《阳关》④，也则难留。念武陵人远⑤，烟锁秦楼。惟有楼前流水，应念我、终日凝眸。凝眸处，从今又添，一段新愁。

【注释】

①凤凰台上忆吹箫：《列仙传》卷上"萧史"："萧史者，秦穆公时人也。善吹箫，能致孔雀、白鹤于庭。穆公有女字弄玉，好之，公遂以女妻焉。日教弄玉作凤鸣，居数年，吹似凤声，凤凰来止其屋。公为作凤台，夫妇止其上，不下数年。一旦，皆随凤凰飞去。"调名《凤凰台上忆吹箫》即取自这一传说。《晁氏琴趣外篇》首见此调。又名《忆吹箫》。这首词抒发了词人与丈夫分别后的相思之情。上片写词人与丈夫临别时怅然若失、百无聊赖的心情。紧扣一个"慵"字，一路写来，"慵"态可掬。继而写心念离怀别苦，而神伤形瘦。下片先写丈夫的去而难留，进而设想自己别后的情形。整首词层层渲染离愁别苦，读来感人至深。

②金猊（ní）：狮形铜香炉。

③宝奁（lián）：梳妆镜匣。

④《阳关》：乐府曲名。是为送别之曲。

⑤武陵人远：用陶渊明《桃花源记》之武陵人入桃花源事，言所思之人已远去。

醉花阴①

薄雾浓云愁永昼。瑞脑消金兽②。佳节又重阳，玉枕纱厨③，半夜凉初透。

东篱把酒黄昏后④。有暗香盈袖。莫道不消魂，帘卷西风，人比黄花瘦⑤。

【注释】

①醉花阴：此调首见毛滂《东堂词》，因其中有"人在翠阴中……劝君对客杯须覆"。因据句意取调名。《古杭杂记》："太学上舍郑文，秀州人。其妻寄以《忆秦娥》云：'花深深，一钩罗袜行花阴。行花阴，闲将钿带结同心。'此调为同舍见者传播，酒楼妓馆皆歌之。"《醉花阴》词调遂行于世。《琅嬛记》："李易安以重阳《醉花阴》词，函致赵明诚。明诚叹赏，自愧弗逮，务欲胜之。一切谢客，忘食寝者三日夜，得五十阕，杂易安作，以示友人陆德夫。德夫玩之再三，曰：'只三句绝佳。'明诚诘之，曰：'莫道不销魂，帘卷西风，人比黄花瘦。'正易安作也。"这首词写词人重阳佳节思念丈夫的心情。上片写重阳佳节之时，词人只身一人，时光变得如此漫长，刚送走愁闷的白昼，又须面对凄凉的秋夜。下片写词人独自饮酒赏菊，愁绪满怀，末句"人比

黄花瘦"，至今为人传颂不已。

②瑞脑：即龙脑，是一种名贵的香料。金兽：兽形铜香炉。

③纱厨：即纱帐。

④东篱把酒黄昏后：语本陶渊明《饮酒》诗"采菊东篱下，悠然见南山"。

⑤黄花：菊花。

声声慢①

寻寻觅觅，冷冷清清，凄凄惨惨戚戚。乍暖还寒时候②，最难将息③。三杯两盏淡酒，怎敌他、晚来风急。雁过也，正伤心，却是旧时相识。

满地黄花堆积。憔悴损、如今有谁堪摘。守着窗儿，独自怎生得黑④。梧桐更兼细雨，到黄昏、点点滴滴。这次第⑤，怎一个愁字了得。

【注释】

①声声慢：明杨慎《升庵集》卷六十三"慢字为乐曲名"："陈后山诗'吴吟未至慢，楚语不假些'，任渊注云：'慢，谓南朝慢体，如徐庾之作。'余谓此解是也，但未原其始。《乐记》云：'宫商角徵羽，五者皆乱迭相陵，谓之慢。'又曰：'郑卫之音，乱世之音也，比于慢矣。'宋词有《声声慢》《石州慢》《惜余春慢》《木兰花慢》《拜星月慢》《潇湘逢故人慢》，皆杂比成调，古谓之嘖曲，嘖与赜同，杂乱

也。琴曲有名散，元曲有名犯，又曲终入破，义亦如此。"晁补之词名《胜胜慢》，吴文英词有"人在小楼"句，名《人在楼上》。这是一首赋体慢词，表现悲秋主题，堪比一篇《悲秋赋》。上片起首连用十四个叠字，表现一个人苦寻无着、心神不宁、若有所失的神态。继而以酒浇愁，目送秋鸿，心中平添许多怅惘。下片词人环顾自家庭院，黄花堆积，伤心人却无心摘赏。终日枯坐无聊，独自一人，如何捱到天黑，即便黑夜到来，又将如何，黄昏时分，秋雨绵绵，雨打桐叶，愁煞闺中人，此情此景，一个"愁"字，怎能概括得了。

②乍暖还寒：初春忽冷忽热的天气。

③将息：休养。

④怎生：怎样。

⑤这次第：这种情状。

念奴娇①

萧条庭院，又斜风细雨，重门须闭。宠柳娇花寒食近，种种恼人天气。险韵诗成②，扶头酒醒，别是闲滋味。征鸿过尽③，万千心事难寄。

楼上几日春寒，帘垂四面，玉阑干慵倚。被冷香消新梦觉，不许愁人不起。清露晨流，新桐初引④，多少游春意。日高烟敛，更看今日晴未。

【注释】

①念奴娇：这首词写寒食节将至，词人独守空闺，思念远方的丈夫。黄氏《蓼园词评》："只写心绪落漠，遇寒食更难遣耳。徒然而起，便尔深邃。至前阕云'重门须闭'，次阕云'不许''不起'，一开一合，情各戛戛生新。起处雨，结句晴，句法浑成。"

②险韵：以生僻难押字押韵。

③征鸿：飞翔的鸿雁。

④"清露"二句：语出《世说新语・赏誉》。初引：刚刚发芽。

永遇乐①

落日熔金，暮云合璧，人在何处。染柳烟浓，吹梅笛怨②，春意知几许。元宵佳节，融和天气，次第岂无风雨。来相召、香车宝马，谢他酒朋诗侣。

中州盛日③，闺门多暇，记得偏重三五④。铺翠冠儿，捻金雪柳，簇带争济楚⑤。如今憔悴，风鬟霜鬓⑥，怕见夜间出去。不如向、帘儿底下，听人笑语。

【注释】

①永遇乐：这首词写词人晚年流寓临安时的生活境况。上片首二句一抹亮色突然而降，使人顿觉炫目。继而引出"人在何处"的疑问，隐含了人在异乡的漂泊之感。接下来描写盎然春意，满目烟柳，远处笛

声，一切都那么美好，词人运笔至此，又添波澜，"次第岂无风雨"，一个反问蕴含了词人对世事沧桑、变幻莫测的顾虑。这也正是词人谢绝邀请、不愿出游的原因。下片首六句忆昔，后五句伤今，结句"不如向、帘儿底下，听人笑语"，读之尤觉酸楚。

②吹梅笛怨：笛曲《梅花落》凄婉哀怨。

③中州：河南一带古称中州。此处指汴京。

④三五：指元宵节。

⑤簇带：插戴满头。济楚：整洁的样子。

⑥风鬟霜鬓：头发斑白零乱。

浣溪沙①

鬓子伤春慵更梳。晚风庭院落梅初。淡云来往月疏疏。

玉鸭熏炉闲瑞脑，朱樱斗帐掩流苏。通犀还解辟寒无②。

【注释】

①浣溪沙：这是一首伤春词。上片写鬓发慵梳，晚风习习，庭院落梅，云淡月疏，一幅清丽之景。下片写室内之景。词人在庭院中伫立多时，春寒袭人，只得回到室内，室内香炉已停，斗帐已掩，人却因春寒而不成寐。词人不禁疑问：传说中能够避寒的通犀，还能避寒吗？这里蕴含心境之凄冷无法消除之意。整首词以清丽的风格，寓伤春之情于景物描

写之中，格高韵胜，富有诗的意境。

②通犀：犀角的一种。据《开元天宝遗事》载："开元二年冬至，交趾国进犀一株，色黄如金。使者请以金盘置于殿中，温温然有暖气袭人。上问其故，使者对曰：'此辟寒犀也。'"